А.П. ЧЕХОВ

ВИШНЕВЫЙ САД

GW00771041

ИЗДАТЕЛЬСТВО АСТ
МОСКВА

УДК 821.161.1-2
ББК 84(2Рос=Рус)1-6
Ч-56

Серия «Эксклюзив: Русская классика»

Серийное оформление *Е. Ферез*

Чехов, Антон Павлович.

Ч-56   Вишневый сад : [сборник] / Антон Павлович Чехов. — Москва : Издательство АСТ, 2018. — 352 с. — (Эксклюзив: Русская классика).

ISBN 978-5-17-097313-2

В этот сборник вошли лучшие пьесы Чехова — «Чайка», «Дядя Ваня», «Три сестры» и «Вишневый сад». Главным достоинством всех чеховских пьес и его новаторством было то, что он впервые сделал предметом исследования мельчайшие детали быта и жизни людей. Он описывал повседневность, и именно через нее читатель узнает о мыслях и чувствах героев. За внешним отсутствием действия скрывается напряженная психологическая жизнь ее персонажей. «Пусть на сцене все будет так же сложно и так же вместе с тем просто, как в жизни. Люди обедают, только обедают, а в это время слагается их счастье и разбиваются их жизни» — это слова самого Чехова.

Можно бесконечно перечитывать чеховскую драматургию, каждый раз открывая в ней что-то новое, — режиссеры всего мира обращаются к его пьесам за поиском нового содержания и новых форм.

УДК 821.161.1-2
ББК 84(2Рос=Рус)1-6

ISBN 978-5-17-097313-2

ЧАЙКА

Комедия в четырех действиях

ДЕЙСТВУЮЩИЕ ЛИЦА

И р и н а   Н и к о л а е в н а   А р к а д и н а, по мужу
Треплева, актриса.

К о н с т а н т и н   Г а в р и л о в и ч   Т р е п л е в, ее сын,
молодой человек.

П е т р   Н и к о л а е в и ч   С о р и н, ее брат.

Н и н а   М и х а й л о в н а   З а р е ч н а я, молодая девушка, дочь богатого помещика.

И л ь я   А ф а н а с ь е в и ч   Ш а м р а е в, поручик в отставке, управляющий у Сорина.

П о л и н а   А н д р е е в н а, его жена.

М а ш а, его дочь.

Б о р и с   А л е к с е е в и ч   Т р и г о р и н, беллетрист.

Е в г е н и й   С е р г е е в и ч   Д о р н, врач.

С е м е н   С е м е н о в и ч   М е д в е д е н к о, учитель.

Я к о в, работник.

П о в а р.

Г о р н и ч н а я.

Действие происходит в усадьбе Сорина. — Между
третьим и четвертым действием проходит два года.

Действие первое

Часть парка в имении Сорина. Широкая аллея, ведущая по направлению от зрителей в глубину парка к озеру, загорожена эстрадой, наскоро сколоченной для домашнего спектакля, так что озера совсем не видно. Налево и направо у эстрады кустарник. Несколько стульев, столик.

Только что зашло солнце. На эстраде за опущенным занавесом Я к о в и другие р а б о т н и к и; слышатся кашель и стук. М а ш а и М е д е д е н к о идут слева, возвращаясь с прогулки.

М е д в е д е н к о. Отчего вы всегда ходите в черном?

М а ш а. Это траур по моей жизни. Я несчастна.

М е д в е д е н к о. Отчего? *(В раздумье.)* Не понимаю... Вы здоровы, отец у вас хотя и небогатый, но с достатком. Мне живется гораздо тяжелее, чем вам. Я получаю всего двадцать три рубля в месяц, да еще вычитают с меня в эмеритуру, а все же я не ношу траура.

Садятся.

М а ш а. Дело не в деньгах. И бедняк может быть счастлив.

М е д в е д е н к о. Это в теории, а на практике выходит так: я, да мать, да две сестры и братишка, а жалованья всего двадцать три рубля. Ведь есть и пить надо? Чаю и сахару надо? Табаку надо? Вот тут и вертись.

Антон Павлович Чехов

М а ш а *(оглядываясь на эстраду).* Скоро начнется спектакль.

М е д в е д е н к о. Да. Играть будет Заречная, а пьеса сочинения Константина Гавриловича. Они влюблены друг в друга, и сегодня их души сольются в стремлении дать один и тот же художественный образ. А у моей души и у вашей нет общих точек соприкосновения. Я люблю вас, не могу от тоски сидеть дома, каждый день хожу пешком шесть верст сюда да шесть обратно и встречаю один лишь индифферентизм с вашей стороны. Это понятно. Я без средств, семья у меня большая... Какая охота идти за человека, которому самому есть нечего?

М а ш а. Пустяки. *(Нюхает табак.)* Ваша любовь трогает меня, но я не могу отвечать взаимностью, вот и все. *(Протягивает ему табакерку.)* Одолжайтесь.

М е д в е д е н к о. Не хочется.

Пауза.

М а ш а. Душно, должно быть, ночью будет гроза. Вы всё философствуете или говорите о деньгах. По-вашему, нет большего несчастья, как бедность, а по-моему, в тысячу раз легче ходить в лохмотьях и побираться, чем... Впрочем, вам не понять этого...

Входят справа С о р и н и Т р е п л е в.

С о р и н *(опираясь на трость).* Мне, брат, в деревне как-то не того, и, понятная вещь, никогда я тут не привыкну. Вчера лег в десять и сегодня утром проснулся в девять с таким чувством, как будто от долгого спанья у меня мозг прилип к черепу и все такое. *(Смеется.)* А после обеда нечаянно опять уснул, и теперь я весь разбит, испытываю кошмар, в конце концов...

Т р е п л е в. Правда, тебе нужно жить в городе. *(Увидев Машу и Медведенка.)* Господа, когда начнется, вас позовут, а теперь нельзя здесь. Уходите, пожалуйста.

С о р и н *(Маше).* Марья Ильинична, будьте так добры, попросите вашего папашу, чтобы он распорядился отвязать собаку, а то она воет. Сестра опять всю ночь не спала.

М а ш а. Говорите с моим отцом сами, а я не стану. Увольте, пожалуйста. *(Медведенку.)* Пойдемте!

М е д в е д е н к о *(Треплеву).* Так вы перед началом пришлите сказать.

Оба уходят.

С о р и н. Значит, опять всю ночь будет выть собака. Вот история, никогда в деревне я не жил, как хотел. Бывало, возьмешь отпуск на двадцать восемь дней и приедешь сюда, чтобы отдохнуть и все, но тут тебя так доймут всяким вздором, что уж с первого дня хочется вон. *(Смеется.)* Всегда я уезжал отсюда с удовольствием... Ну, а теперь я в отставке, деваться некуда, в конце концов. Хочешь — не хочешь, живи...

Антон Павлович Чехов

Яков *(Треплеву).* Мы, Константин Гаврилыч, купаться пойдем.

Треплев. Хорошо, только через десять минут будьте на местах. *(Смотрит на часы.)* Скоро начнется.

Яков. Слушаю. *(Уходит.)*

Треплев *(окидывая взглядом эстраду).* Вот тебе и театр. Занавес, потом первая кулиса, потом вторая и дальше пустое пространство. Декораций никаких. Открывается вид прямо на озеро и на горизонт. Поднимем занавес ровно в половине девятого, когда взойдет луна.

Сорин. Великолепно.

Треплев. Если Заречная опоздает, то, конечно, пропадет весь эффект. Пора бы уж ей быть. Отец и мачеха стерегут ее, и вырваться ей из дому так же трудно, как из тюрьмы. *(Поправляет дяде галстук.)* Голова и борода у тебя взлохмачены. Надо бы постричься, что ли...

Сорин *(расчесывая бороду).* Трагедия моей жизни. У меня и в молодости была такая наружность, будто я запоем пил — и все. Меня никогда не любили женщины. *(Садясь.)* Отчего сестра не в духе?

Треплев. Отчего? Скучает. *(Садясь рядом.)* Ревнует. Она уже и против меня, и против спектакля, и против моей пьесы, потому что не она играет, а Заречная. Она не знает моей пьесы, но уже ненавидит ее.

Сорин *(смеется).* Выдумаешь, право...

Т р е п л е в. Ей уже досадно, что вот на этой маленькой сцене будет иметь успех Заречная, а не она. *(Посмотрев на часы.)* Психологический курьез — моя мать. Бесспорно талантлива, умна, способна рыдать над книжкой, отхватит тебе всего Некрасова наизусть, за больными ухаживает, как ангел; но попробуй похвалить при ней Дузе! Ого-го! Нужно хвалить только ее одну, нужно писать о ней, кричать, восторгаться ее необыкновенною игрой в «La dame aux camélias»* или в «Чад жизни», но так как здесь, в деревне, нет этого дурмана, то вот она скучает и злится, и все мы — ее враги, все мы виноваты. Затем она суеверна, боится трех свечей, тринадцатого числа. Она скупа. У нее в Одессе в банке семьдесят тысяч — это я знаю наверное. А попроси у нее взаймы, она станет плакать.

С о р и н. Ты вообразил, что твоя пьеса не нравится матери, и уже волнуешься, и все. Успокойся, мать тебя обожает.

Т р е п л е в *(обрывая у цветка лепестки).* Любит — не любит, любит — не любит, любит — не любит. *(Смеется.)* Видишь, моя мать меня не любит. Еще бы! Ей хочется жить, любить, носить светлые кофточки, а мне уже двадцать пять лет, и я постоянно напоминаю ей, что она уже не молода. Когда меня нет, ей только тридцать два года, при мне же сорок три, и за это она ме-

_____
* «Дама с камелиями» *(фр.).*

ня ненавидит. Она знает также, что я не признаю театра. Она любит театр, ей кажется, что она служит человечеству, святому искусству, а по-моему, современный театр — это рутина, предрассудок. Когда поднимается занавес и при вечернем освещении, в комнате с тремя стенами, эти великие таланты, жрецы святого искусства изображают, как люди едят, пьют, любят, ходят, носят свои пиджаки; когда из пошлых картин и фраз стараются выудить мораль — мораль маленькую, удобопонятную, полезную в домашнем обиходе; когда в тысяче вариаций мне подносят все одно и то же, одно и то же, одно и то же, — то я бегу и бегу, как Мопассан бежал от Эйфелевой башни, которая давила ему мозг своею пошлостью.

С о р и н. Без театра нельзя.

Т р е п л е в. Нужны новые формы. Новые формы нужны, а если их нет, то лучше ничего не нужно. *(Смотрит на часы.)* Я люблю мать, сильно люблю; но она ведет бестолковую жизнь, вечно носится с этим беллетристом, имя ее постоянно треплют в газетах, — и это меня утомляет. Иногда же просто во мне говорит эгоизм обыкновенного смертного; бывает жаль, что у меня мать известная актриса, и, кажется, будь это обыкновенная женщина, то я был бы счастливее. Дядя, что может быть отчаяннее и глупее положения: бывало, у нее сидят в гостях сплошь всё знаменитости, артисты и писатели, и между ними только один я — ничто, и меня терпят только потому, что я ее сын. Кто я? Что я? Вышел из третьего курса университета по обстоятельствам, как говорится, от редакции не зависящим, никаких талантов, денег ни гроша, а по паспорту я — киевский мещанин. Мой отец ведь киевский мещанин, хотя тоже был известным актером. Так вот, когда, бывало, в ее гостиной все эти артисты и писатели обращали на меня свое милостивое внимание, то мне казалось, что своими взглядами они измеряли мое ничтожество, — я угадывал их мысли и страдал от унижения...

С о р и н. Кстати, скажи, пожалуйста, что за человек этот беллетрист? Не поймешь его. Все молчит.

Т р е п л е в. Человек умный, простой, немножко, знаешь, меланхоличный. Очень порядочный. Сорок лет будет ему еще не скоро, но он уже знаменит и сыт по горло... Что касается его писаний, то... как тебе сказать? Мило, талантливо... но... после Толстого или Зола не захочешь читать Тригорина.

С о р и н. А я, брат, люблю литераторов. Когда-то я страстно хотел двух вещей: хотел жениться и хотел стать литератором, но не удалось ни то, ни другое. Да. И маленьким литератором приятно быть, в конце концов.

Т р е п л е в (*прислушивается*). Я слышу шаги... (*Обнимает дядю.*) Я без нее жить не могу...

Даже звук ее шагов прекрасен... Я счастлив безумно. *(Быстро идет навстречу Нине Заречной, которая входит.)* Волшебница, мечта моя...

Н и н а *(взволнованно)*. Я не опоздала... Конечно, я не опоздала...

Т р е п л е в *(целуя ее руки)*. Нет, нет, нет...

Н и н а. Весь день я беспокоилась, мне было так страшно! Я боялась, что отец не пустит меня... Но он сейчас уехал с мачехой. Красное небо, уже начинает восходить луна, и я гнала лошадь, гнала. *(Смеется.)* Но я рада. *(Крепко жмет руку Сорина.)*

С о р и н *(смеется)*. Глазки, кажется, заплаканы... Ге-ге! Нехорошо!

Н и н а. Это так... Видите, как мне тяжело дышать. Через полчаса я уеду, надо спешить. Нельзя, нельзя, бога ради, не удерживайте. Отец не знает, что я здесь.

Т р е п л е в. В самом деле, уже пора начинать. Надо идти звать всех.

С о р и н. Я схожу, и все. Сию минуту. *(Идет вправо и поет.)* «Во Францию два гренадера...» *(Оглядывается.)* Раз так же вот я запел, а один товарищ прокурора и говорит мне: «А у вас, ваше превосходительство, голос сильный...» Потом подумал и прибавил: «Но... противный». *(Смеется и уходит.)*

Н и н а. Отец и его жена не пускают меня сюда. Говорят, что здесь богема... боятся, как бы я не пошла в актрисы... А меня тянет сюда, к озеру, как чайку... Мое сердце полно вами. *(Оглядывается.)*

Т р е п л е в. Мы одни.

Н и н а. Кажется, кто-то там...

Т р е п л е в. Никого.

Поцелуй.

Н и н а. Это какое дерево?

Т р е п л е в. Вяз.

Н и н а. Отчего оно такое темное?

Т р е п л е в. Уже вечер, темнеют все предметы. Не уезжайте рано, умоляю вас.

Н и н а. Нельзя.

Т р е п л е в. А если я поеду к вам, Нина? Я всю ночь буду стоять в саду и смотреть на ваше окно.

Н и н а. Нельзя, вас заметит сторож. Трезор еще не привык к вам и будет лаять.

Т р е п л е в. Я люблю вас.

Н и н а. Тсс...

Т р е п л е в *(услышав шаги)*. Кто там? Вы, Яков?

Я к о в *(за эстрадой)*. Точно так.

Т р е п л е в. Становитесь по местам. Пора. Луна восходит?

Я к о в. Точно так.

Т р е п л е в. Спирт есть? Сера есть? Когда покажутся красные глаза, нужно, чтобы пахло серой. *(Нине.)* Идите, там все приготовлено. Вы волнуетесь?..

Антон Павлович Чехов

Н и н а. Да, очень. Ваша мама — ничего, ее я не боюсь, но у вас Тригорин... Играть при нем мне страшно и стыдно... Известный писатель... Он молод?

Т р е п л е в. Да.

Н и н а. Какие у него чудесные рассказы!

Т р е п л е в *(холодно)*. Не знаю, не читал.

Н и н а. В вашей пьесе трудно играть. В ней нет живых лиц.

Т р е п л е в. Живые лица! Надо изображать жизнь не такою, как она есть, и не такою, как должна быть, а такою, как она представляется в мечтах.

Н и н а. В вашей пьесе мало действия, одна только читка. И в пьесе, по-моему, непременно должна быть любовь...

Оба уходят за эстраду.
Входят П о л и н а А н д р е е в н а и Д о р н.

П о л и н а А н д р е е в н а. Становится сыро. Вернитесь, наденьте калоши.

Д о р н. Мне жарко.

П о л и н а А н д р е е в н а. Вы не бережете себя. Это упрямство. Вы — доктор и отлично знаете, что вам вреден сырой воздух, но вам хочется, чтобы я страдала; вы нарочно просидели вчера весь вечер на террасе...

Д о р н *(напевает)*. «Не говори, что молодость сгубила».

Полина Андреевна. Вы были так увлечены разговором с Ириной Николаевной... вы не замечали холода. Признайтесь, она вам нравится...

Дорн. Мне пятьдесят пять лет.

Полина Андреевна. Пустяки, для мужчины это не старость. Вы прекрасно сохранились и еще нравитесь женщинам.

Дорн. Так что же вам угодно?

Полина Андреевна. Перед актрисой вы все готовы падать ниц. Все!

Дорн *(напевает).* «Я вновь пред тобою...» Если в обществе любят артистов и относятся к ним иначе, чем, например, к купцам, то это в порядке вещей. Это — идеализм.

Полина Андреевна. Женщины всегда влюблялись в вас и вешались на шею. Это тоже идеализм?

Дорн *(пожав плечами).* Что ж? В отношениях женщин ко мне было много хорошего. Во мне любили главным образом превосходного врача. Лет десять — пятнадцать назад, вы помните, во всей губернии я был единственным порядочным акушером. Затем всегда я был честным человеком.

Полина Андреевна *(хватает его за руку).* Дорогой мой!

Дорн. Тише. Идут.

Входят Аркадина под руку с Сориным, Тригорин, Шамраев, Медведенко и Маша.

Антон Павлович Чехов

Ш а м р а е в. В тысяча восемьсот семьдесят третьем году в Полтаве на ярмарке она играла изумительно. Один восторг! Чудно играла! Не изволите ли также знать, где теперь комик Чадин, Павел Семеныч? В Расплюеве был неподражаем, лучше Садовского, клянусь вам, многоуважаемая. Где он теперь?

А р к а д и н а. Вы всё спрашиваете про каких-то допотопных. Откуда я знаю! *(Садится.)*

Ш а м р а е в *(вздохнув)*. Пашка Чадин! Таких уж нет теперь. Пала сцена, Ирина Николаевна! Прежде были могучие дубы, а теперь мы видим одни только пни.

Д о р н. Блестящих дарований теперь мало, это правда, но средний актер стал гораздо выше.

Ш а м р а е в. Не могу с вами согласиться. Впрочем, это дело вкуса. De gustibus aut bene, aut nihil*.

Т р е п л е в выходит из-за эстрады.

А р к а д и н а *(сыну)*. Мой милый сын, когда же начало?

Т р е п л е в. Через минуту. Прошу терпения.

А р к а д и н а *(читает из Гамлета)*. «Мой сын! Ты очи обратил мне внутрь души, и я увидела ее в таких кровавых, в таких смертельных язвах — нет спасенья!»

_____

* О вкусах — или хорошо, или ничего *(лат.)*.

Т р е п л е в *(из Гамлета).* «И для чего ж ты поддалась пороку, любви искала в бездне преступленья?»

За эстрадой играют в рожок.

Господа, начало! Прошу внимания!

Пауза.

Я начинаю. *(Стучит палочкой и говорит громко.)* О вы, почтенные, старые тени, которые носитесь в ночную пору над этим озером, усыпите нас, и пусть нам приснится то, что будет через двести тысяч лет!

С о р и н. Через двести тысяч лет ничего не будет.

Т р е п л е в. Так вот пусть изобразят нам это ничего.

А р к а д и н а. Пусть. Мы спим.

Поднимается занавес; открывается вид на озеро; луна над горизонтом, отражение ее в воде; на большом камне сидит Н и н а З а р е ч н а я, вся в белом.

Н и н а. Люди, львы, орлы и куропатки, рогатые олени, гуси, пауки, молчаливые рыбы, обитавшие в воде, морские звезды, и те, которых нельзя было видеть глазом, — словом, все жизни, все жизни, все жизни, свершив печальный круг, угасли... Уже тысячи веков, как земля не носит на себе ни одного живого существа, и эта бедная луна напрасно зажигает свой фонарь. На лугу уже не просыпаются с криком жу-

Антон Павлович Чехов

равли, и майских жуков не бывает слышно в липовых рощах. Холодно, холодно, холодно. Пусто, пусто, пусто. Страшно, страшно, страшно.

Пауза.

Тела живых существ исчезли в прахе, и вечная материя обратила их в камни, в воду, в облака, а души их всех слились в одну. Общая мировая душа — это я... я... Во мне душа и Александра Великого, и Цезаря, и Шекспира, и Наполеона, и последней пиявки. Во мне сознания людей слились с инстинктами животных, и я помню все, все, все, и каждую жизнь в себе самой я переживаю вновь.

Показываются болотные огни.

А р к а д и н а *(тихо)*. Это что-то декадентское.
Т р е п л е в *(умоляюще и с упреком)*. Мама!
Н и н а. Я одинока. Раз в сто лет я открываю уста, чтобы говорить, и мой голос звучит в этой пустоте уныло, и никто не слышит... И вы, бледные огни, не слышите меня... Под утро вас рождает гнилое болото, и вы блуждаете до зари, но без мысли, без воли, без трепетания жизни. Боясь, чтобы в вас не возникла жизнь, отец вечной материи, дьявол, каждое мгновение в вас, как в камнях и в воде, производит обмен атомов, и вы меняетесь непрерывно. Во вселенной остается постоянным и неизменным один лишь дух.

Пауза.

Как пленник, брошенный в пустой глубокий колодец, я не знаю, где я и что меня ждет. От меня не скрыто лишь, что в упорной, жестокой борьбе с дьяволом, началом материальных сил, мне суждено победить, и после того материя и дух сольются в гармонии прекрасной и наступит царство мировой воли. Но это будет, лишь когда мало-помалу, через длинный, длинный ряд тысячелетий, и луна, и светлый Сириус, и земля обратятся в пыль... А до тех пор ужас, ужас...

Пауза; на фоне озера показываются две красные точки.

Вот приближается мой могучий противник, дьявол. Я вижу его страшные, багровые глаза...

А р к а д и н а. Серой пахнет. Это так нужно?

Т р е п л е в. Да.

А р к а д и н а *(смеется)*. Да, это эффект.

Т р е п л е в. Мама!

Н и н а. Он скучает без человека...

П о л и н а   А н д р е е в н а *(Дорну)*. Вы сняли шляпу. Наденьте, а то простудитесь.

А р к а д и н а. Это доктор снял шляпу перед дьяволом, отцом вечной материи.

Т р е п л е в *(вспылив, громко)*. Пьеса кончена! Довольно! Занавес!

А р к а д и н а. Что же ты сердишься?

Т р е п л е в. Довольно! Занавес! Подавай занавес! *(Топнув ногой.)* Занавес!

Антон Павлович Чехов

Занавес опускается.

Виноват! Я выпустил из вида, что писать пьесы и играть на сцене могут только немногие избранные. Я нарушил монополию! Мне... я... *(Хочет еще что-то сказать, но машет рукой и уходит влево.)*

А р к а д и н а. Что с ним?

С о р и н. Ирина, нельзя так, матушка, обращаться с молодым самолюбием.

А р к а д и н а. Что же я ему сказала?

С о р и н. Ты его обидела.

А р к а д и н а. Он сам предупреждал, что это шутка, и я относилась к его пьесе, как к шутке.

С о р и н. Все-таки...

А р к а д и н а. Теперь оказывается, что он написал великое произведение! Скажите пожалуйста! Стало быть, устроил он этот спектакль и надушил серой не для шутки, а для демонстрации... Ему хотелось поучить нас, как надо писать и что нужно играть. Наконец, это становится скучно. Эти постоянные вылазки против меня и шпильки, воля ваша, надоедят хоть кому! Капризный, самолюбивый мальчик.

С о р и н. Он хотел доставить тебе удовольствие.

А р к а д и н а. Да? Однако же вот он не выбрал какой-нибудь обыкновенной пьесы, а заставил нас прослушать этот декадентский бред. Ради шутки я готова слушать и бред, но ведь тут претензии на новые формы, на новую эру в искусстве. А по-моему, никаких тут новых форм нет, а просто дурной характер.

Т р и г о р и н. Каждый пишет так, как хочет и как может.

А р к а д и н а. Пусть он пишет, как хочет и как может, только пусть оставит меня в покое.

Д о р н. Юпитер, ты сердишься...

А р к а д и н а. Я не Юпитер, а женщина. *(Закуривает.)* Я не сержусь, мне только досадно, что молодой человек так скучно проводит время. Я не хотела его обидеть.

М е д в е д е н к о. Никто не имеет основания отделять дух от материи, так как, быть может, самый дух есть совокупность материальных атомов. *(Живо, Тригорину.)* А вот, знаете ли, описать бы в пьесе и потом сыграть на сцене, как живет наш брат — учитель. Трудно, трудно живется!

А р к а д и н а. Это справедливо, но не будем говорить ни о пьесах, ни об атомах. Вечер такой славный! Слышите, господа, поют? *(Прислушивается.)* Как хорошо!

П о л и н а   А н д р е е в н а. Это на том берегу.

Пауза.

А р к а д и н а *(Тригорину).* Сядьте возле меня. Лет десять — пятнадцать назад здесь, на озере, музыка и пение слышались непрерывно почти каждую ночь. Тут на берегу шесть помещичьих усадеб. Помню, смех, шум, стрельба, и всё

Антон Павлович Чехов

романы, романы... Jeune premier'ом* и кумиром всех этих шести усадеб был тогда вот, рекомендую *(кивает на Дорна),* доктор Евгений Сергеич. И теперь он очарователен, но тогда был неотразим. Однако меня начинает мучить совесть. За что я обидела моего бедного мальчика? Я непокойна. *(Громко.)* Костя! Сын! Костя!

М а ш а. Я пойду поищу его.

А р к а д и н а. Пожалуйста, милая.

М а ш а *(идет влево)*. Ау! Константин Гаврилович!.. Ау! *(Уходит.)*

Н и н а *(выходя из-за эстрады)*. Очевидно, продолжения не будет, мне можно выйти. Здравствуйте! *(Целуется с Аркадиной и Полиной Андреевной.)*

С о р и н. Браво! браво!

А р к а д и н а. Браво! браво! Мы любовались. С такою наружностью, с таким чудным голосом нельзя, грешно сидеть в деревне. У вас должен быть талант. Слышите? Вы обязаны поступить на сцену!

Н и н а. О, это моя мечта! *(Вздохнув.)* Но она никогда не осуществится.

А р к а д и н а. Кто знает? Вот позвольте вам представить: Тригорин, Борис Алексеевич.

Н и н а. Ах, я так рада... *(Сконфузившись.)* Я всегда вас читаю...

А р к а д и н а *(усаживая ее возле)*. Не конфузьтесь, милая. Он знаменитость, но у него простая душа. Видите, он сам сконфузился.

---

* Первым любовником *(фр.)* — театральное амплуа.

Дорн. Полагаю, теперь можно поднять занавес, а то жутко.

Шамраев *(громко).* Яков, подними-ка, братец, занавес!

Занавес поднимается.

Нина *(Тригорину).* Не правда ли, странная пьеса?

Тригорин. Я ничего не понял. Впрочем, смотрел я с удовольствием. Вы так искренно играли. И декорация была прекрасная.

Пауза.

Должно быть, в этом озере много рыбы.

Нина. Да.

Тригорин. Я люблю удить рыбу. Для меня нет больше наслаждения, как сидеть под вечер на берегу и смотреть на поплавок.

Нина. Но, я думаю, кто испытал наслаждение творчества, для того уже все другие наслаждения не существуют.

Аркадина *(смеясь).* Не говорите так. Когда ему говорят хорошие слова, то он проваливается.

Шамраев. Помню, в Москве в оперном театре однажды знаменитый Сильва взял нижнее до. А в это время, как нарочно, сидел на галерее бас из наших синодальных певчих, и вдруг, можете себе представить наше крайнее изумление, мы слышим с галереи: «Браво, Сильва!» — целою октавой ниже... Вот этак *(низким баском):* «Браво, Сильва...» Театр так и замер.

Антон Павлович Чехов

Пауза.

Д о р н. Тихий ангел пролетел.

Н и н а. А мне пора. Прощайте.

А р к а д и н а. Куда? Куда так рано? Мы вас не пустим.

Н и н а. Меня ждет папа.

А р к а д и н а. Какой он, право...

Целуются.

Ну, что делать. Жаль, жаль вас отпускать.

Н и н а. Если бы вы знали, как мне тяжело уезжать!

А р к а д и н а. Вас бы проводил кто-нибудь, моя крошка.

Н и н а (*испуганно*). О нет, нет!

С о р и н (*ей, умоляюще*). Останьтесь!

Н и н а. Не могу, Петр Николаевич.

С о р и н. Останьтесь на один час, и все. Ну, что, право...

Н и н а (*подумав, сквозь слезы*). Нельзя! (*Пожимает руку и быстро уходит.*)

А р к а д и н а. Несчастная девушка, в сущности. Говорят, ее покойная мать завещала мужу все свое громадное состояние, все до копейки, и теперь эта девочка осталась ни с чем, так как отец ее уже завещал все своей второй жене. Это возмутительно.

Д о р н. Да, ее папенька порядочная-таки скотина, надо отдать ему полную справедливость.

С о р и н *(потирая озябшие руки)*. Пойдемте-ка, господа, и мы, а то становится сыро. У меня ноги болят.

А р к а д и н а. Они у тебя, как деревянные, едва ходят. Ну, пойдем, старик злосчастный. *(Берет его под руку.)*

Ш а м р а е в *(подавая руку жене)*. Мадам?

С о р и н. Я слышу, опять воет собака. *(Шамраеву.)* Будьте добры, Илья Афанасьевич, прикажите отвязать ее.

Ш а м р а е в. Нельзя, Петр Николаевич, боюсь, как бы воры в амбар не забрались. Там у меня просо. *(Идущему рядом Медведенку.)* Да, на целую октаву ниже: «Браво, Сильва!» А ведь не певец, простой синодальный певчий.

М е д в е д е н к о. А сколько жалованья получает синодальный певчий?

Все уходят, кроме Дорна.

Д о р н *(один)*. Не знаю, быть может, я ничего не понимаю или сошел с ума, но пьеса мне понравилась. В ней что-то есть. Когда эта девочка говорила об одиночестве и потом, когда показались красные глаза дьявола, у меня от волнения дрожали руки. Свежо, наивно... Вот, кажется, он идет. Мне хочется наговорить ему побольше приятного.

Т р е п л е в *(входит)*. Уже нет никого.

Д о р н. Я здесь.

Т р е п л е в. Меня по всему парку ищет Машенька. Несносное создание.

Д о р н. Константин Гаврилович, мне ваша пьеса чрезвычайно понравилась. Странная она какая-то, и конца я не слышал, и все-таки впечатление сильное. Вы талантливый человек, вам надо продолжать.

Треплев крепко жмет ему руку и обнимает порывисто.

Фуй, какой нервный. Слезы на глазах... Я что хочу сказать? Вы взяли сюжет из области отвлеченных идей. Так и следовало, потому что художественное произведение непременно должно выражать какую-нибудь большую мысль. Только то прекрасно, что серьезно. Как вы бледны!

Т р е п л е в. Так вы говорите — продолжать?

Д о р н. Да... Но изображайте только важное и вечное. Вы знаете, я прожил свою жизнь разнообразно и со вкусом, я доволен, но если бы мне пришлось испытать подъем духа, какой бывает у художников во время творчества, то, мне кажется, я презирал бы свою материальную оболочку и все, что этой оболочке свойственно, и уносился бы от земли подальше в высоту.

Т р е п л е в. Виноват, где Заречная?

Д о р н. И вот еще что. В произведении должна быть ясная, определенная мысль. Вы должны знать, для чего пишете, иначе если пойдете по этой живописной дороге без определенной цели, то вы заблудитесь и ваш талант погубит вас.

Т р е п л е в *(нетерпеливо)*. Где Заречная?

Д о р н. Она уехала домой.

Т р е п л е в *(в отчаянии)*. Что же мне делать? Я хочу ее видеть... Мне необходимо ее видеть... Я поеду...

М а ш а входит.

Д о р н *(Треплеву)*. Успокойтесь, мой друг.

Т р е п л е в. Но все-таки я поеду. Я должен поехать.

М а ш а. Идите, Константин Гаврилович, в дом. Вас ждет ваша мама. Она непокойна.

Т р е п л е в. Скажите ей, что я уехал. И прошу вас всех, оставьте меня в покое! Оставьте! Не ходите за мной!

Д о р н. Но, но, но, милый... нельзя так... Нехорошо.

Т р е п л е в *(сквозь слезы)*. Прощайте, доктор. Благодарю... *(Уходит.)*

Д о р н *(вздохнув)*. Молодость, молодость!

М а ш а. Когда нечего больше сказать, то говорят: молодость, молодость... *(Нюхает табак.)*

Д о р н *(берет у нее табакерку и швыряет в кусты)*. Это гадко!

Пауза.

В доме, кажется, играют. Надо идти.

М а ш а. Погодите.

Д о р н. Что?

Антон Павлович Чехов

М а ш а. Я еще раз хочу вам сказать. Мне хочется поговорить... *(Волнуясь.)* Я не люблю своего отца... но к вам лежит мое сердце. Почему-то я всею душой чувствую, что вы мне близки... Помогите же мне. Помогите, а то я сделаю глупость, я насмеюсь над своею жизнью, испорчу ее... Не могу дольше...

Д о р н. Что? В чем помочь?

М а ш а. Я страдаю. Никто, никто не знает моих страданий! *(Кладет ему голову на грудь, тихо.)* Я люблю Константина.

Д о р н. Как все нервны! Как все нервны! И сколько любви... О, колдовское озеро! *(Нежно.)* Ну что же я могу сделать, дитя мое? Что? Что?

Занавес

Действие второе

Площадка для крокета. В глубине направо дом с большою террасой, налево видно озеро, в котором, отражаясь, сверкает солнце. Цветники. Полдень. Жарко. Сбоку площадки, в тени старой липы, сидят на скамье А р к а д и н а, Д о р н и М а ш а. У Дорна на коленях раскрытая книга.

А р к а д и н а *(Маше).* Вот встанемте.

Обе встают.

Станем рядом. Вам двадцать два года, а мне почти вдвое. Евгений Сергеич, кто из нас моложавее?

Д о р н. Вы, конечно.

А р к а д и н а. Вот-с... А почему? Потому что я работаю, я чувствую, я постоянно в суете, а вы сидите всё на одном месте, не живёте... И у меня правило: не заглядывать в будущее. Я никогда не думаю ни о старости, ни о смерти. Чему быть, того не миновать.

М а ш а. А у меня такое чувство, как будто я родилась уже давно-давно; жизнь свою я тащу волоком, как бесконечный шлейф... И часто не бывает никакой охоты жить. *(Садится.)* Конечно, это все пустяки. Надо встряхнуться, сбросить с себя все это.

Д о р н *(напевает тихо)*. «Расскажите вы ей, цветы мои...»

А р к а д и н а. Затем я корректна, как англичанин. Я, милая, держу себя в струне, как говорится, и всегда одета и причесана comme il faut*. Чтобы я позволила себе выйти из дому, хотя бы вот в сад, в блузе или непричесанной? Никогда. Оттого я и сохранилась, что никогда не была фефелой, не распускала себя, как некоторые... *(Подбоченясь, прохаживается по площадке.)* Вот вам, — как цыпочка. Хоть пятнадцатилетнюю девочку играть.

Д о р н. Ну-с, тем не менее все-таки я продолжаю. *(Берет книгу.)* Мы остановились на лабазнике и крысах...

---

* Как следует *(фр.).*

Антон Павлович Чехов

А р к а д и н а. И крысах. Читайте. *(Садится.)* Впрочем, дайте мне, я буду читать. Моя очередь. *(Берет книгу и ищет в ней глазами.)* И крысах... Вот оно... *(Читает.)* «И, разумеется, для светских людей баловать романистов и привлекать их к себе так же опасно, как лабазнику воспитывать крыс в своих амбарах. А между тем их любят. Итак, когда женщина избрала писателя, которого она желает заполонить, она осаждает его посредством комплиментов, любезностей и угождений...» Ну, это у французов, может быть, но у нас ничего подобного, никаких программ. У нас женщина обыкновенно, прежде чем заполонить писателя, сама уже влюблена по уши, сделайте милость. Недалеко ходить, взять хоть меня и Тригорина...

Идет С о р и н, опираясь на трость, и рядом с ним Н и н а; М е д в е д е н к о катит за ними пустое кресло.

С о р и н *(тоном, каким ласкают детей).* Да? У нас радость? Мы сегодня веселы в конце концов? *(Сестре.)* У нас радость! Отец и мачеха уехали в Тверь, и мы теперь свободны на целых три дня.

Н и н а *(садится рядом с Аркадиной и обнимает ее).* Я счастлива! Я теперь принадлежу вам.

С о р и н *(садится в свое кресло).* Она сегодня красивенькая.

А р к а д и н а. Нарядная, интересная... За это вы умница. *(Целует Нину.)* Но не нужно очень хвалить, а то сглазим. Где Борис Алексеевич?

Нина. Он в купальне рыбу удит.

Аркадина. Как ему не надоест! *(Хочет продолжать читать.)*

Нина. Это вы что?

Аркадина. Мопассан, «На воде», милочка. *(Читает несколько строк про себя.)* Ну, дальше неинтересно и неверно. *(Закрывает книгу.)* Непокойна у меня душа. Скажите, что с моим сыном? Отчего он так скучен и суров? Он целые дни проводит на озере, и я его почти совсем не вижу.

Маша. У него нехорошо на душе. *(Нине, робко.)* Прошу вас, прочтите из его пьесы!

Нина *(пожав плечами).* Вы хотите? Это так неинтересно!

Маша *(сдерживая восторг).* Когда он сам читает что-нибудь, то глаза у него горят и лицо становится бледным. У него прекрасный, печальный голос, а манеры как у поэта.

Слышно, как храпит Сорин.

Дорн. Спокойной ночи!

Аркадина. Петруша!

Сорин. А?

Аркадина. Ты спишь?

Сорин. Нисколько.

Пауза.

Аркадина. Ты не лечишься, а это нехорошо, брат.

С о р и н. Я рад бы лечиться, да вот доктор не хочет.

Д о р н. Лечиться в шестьдесят лет!

С о р и н. И в шестьдесят лет жить хочется.

Д о р н *(досадливо)*. Э! Ну, принимайте валериановые капли.

А р к а д и н а. Мне кажется, ему хорошо бы поехать куда-нибудь на воды.

Д о р н. Что ж? Можно поехать. Можно и не поехать.

А р к а д и н а. Вот и пойми.

Д о р н. И понимать нечего. Все ясно.

Пауза.

М е д в е д е н к о. Петру Николаевичу следовало бы бросить курить.

С о р и н. Пустяки.

Д о р н. Нет, не пустяки. Вино и табак обезличивают. После сигары или рюмки водки вы уже не Петр Николаевич, а Петр Николаевич плюс еще кто-то; у вас расплывается ваше я, и вы уже относитесь к самому себе, как к третьему лицу — он.

С о р и н *(смеется)*. Вам хорошо рассуждать. Вы пожили на своем веку, а я? Я прослужил по судебному ведомству двадцать восемь лет, но еще не жил, ничего не испытал, в конце концов, и, понятная вещь, жить мне очень хочется. Вы сыты и равнодушны и потому имеете наклонность к философии, я же хочу жить и потому пью за обедом херес и курю сигары, и все. Вот и все.

Д о р н. Надо относиться к жизни серьезно, а лечиться в шестьдесят лет, жалеть, что в молодости мало наслаждался, это, извините, легкомыслие.

М а ш а *(встает).* Завтракать пора, должно быть. *(Идет ленивою, вялою походкой.)* Ногу отсидела... *(Уходит.)*

Д о р н. Пойдет и перед завтраком две рюмочки пропустит.

С о р и н. Личного счастья нет у бедняжки.

Д о р н. Пустое, ваше превосходительство.

С о р и н. Вы рассуждаете, как сытый человек.

А р к а д и н а. Ах, что может быть скучнее этой вот милой деревенской скуки! Жарко, тихо, никто ничего не делает, все философствуют... Хорошо с вами, друзья, приятно вас слушать, но... сидеть у себя в номере и учить роль — куда лучше!

Н и н а *(восторженно).* Хорошо! Я понимаю вас.

С о р и н. Конечно, в городе лучше. Сидишь в своем кабинете, лакей никого не впускает без доклада, телефон... на улице извозчики и все...

Д о р н *(напевает).* «Расскажите вы ей, цветы мои...»

Входит Ш а м р а е в, за ним П о л и н а А н д р е е в н а.

Ш а м р а е в. Вот и наши. Добрый день! *(Целует руку у Аркадиной, потом у Нины.)* Весьма рад видеть вас в добром здоровье. *(Аркадиной.)* Жена говорит, что вы собираетесь сегодня ехать с нею вместе в город. Это правда?

А р к а д и н а. Да, мы собираемся.

Ш а м р а е в. Гм... Это великолепно, но на чем же вы поедете, многоуважаемая? Сегодня у нас возят рожь, все работники заняты. А на каких лошадях, позвольте вас спросить?

А р к а д и н а. На каких? Почем я знаю — на каких!

С о р и н. У нас же выездные есть.

Ш а м р а е в *(волнуясь)*. Выездные? А где я возьму хомуты? Где я возьму хомуты? Это удивительно! Это непостижимо! Высокоуважаемая! Извините, я благоговею перед вашим талантом, готов отдать за вас десять лет жизни, но лошадей я вам не могу дать!

А р к а д и н а. Но если я должна ехать? Странное дело!

Ш а м р а е в. Многоуважаемая! Вы не знаете, что значит хозяйство!

А р к а д и н а *(вспылив)*. Это старая история! В таком случае я сегодня же уезжаю в Москву. Прикажите нанять для меня лошадей в деревне, а то я уйду на станцию пешком!

Ш а м р а е в *(вспылив)*. В таком случае я отказываюсь от места! Ищите себе другого управляющего! *(Уходит.)*

А р к а д и н а. Каждое лето так, каждое лето меня здесь оскорбляют! Нога моя здесь больше не будет! *(Уходит влево, где предполагается купальня; через минуту видно, как она проходит в дом; за нею идет Тригорин с удочками и с ведром.)*

С о р и н *(вспылив)*. Это нахальство! Это черт знает что такое! Мне это надоело, в конце концов. Сейчас же подать сюда всех лошадей!

Н и н а *(Полине Андреевне)*. Отказать Ирине Николаевне, знаменитой артистке! Разве всякое желание ее, даже каприз, не важнее вашего хозяйства? Просто невероятно!

П о л и н а А н д р е е в н а *(в отчаянии)*. Что я могу? Войдите в мое положение: что я могу?

С о р и н *(Нине)*. Пойдемте к сестре... Мы все будем умолять ее, чтобы она не уезжала. Не правда ли? *(Глядя по направлению, куда ушел Шамраев.)* Невыносимый человек! Деспот!

Н и н а *(мешая ему встать)*. Сидите, сидите... Мы вас довезем...

Она и Медведенко катят кресло.

О, как это ужасно!..

С о р и н. Да, да, это ужасно... Но он не уйдет, я сейчас поговорю с ним.

Уходят; остаются только Дорн и Полина Андреевна.

Д о р н. Люди скучны. В сущности, следовало бы вашего мужа отсюда просто в шею, а ведь все кончится тем, что эта старая баба Петр Николаевич и его сестра попросят у него извинения. Вот увидите!

П о л и н а А н д р е е в н а. Он и выездных лошадей послал в поле. И каждый день такие недоразумения. Если бы вы знали, как это волнует меня! Я заболеваю; видите, я дрожу... Я не выношу его грубости. *(Умоляюще.)* Евгений, дорогой, ненаглядный, возьмите меня к себе... Время наше уходит, мы уже не молоды, и хоть бы в конце жизни нам не прятаться, не лгать...

Пауза.

Д о р н. Мне пятьдесят пять лет, уже поздно менять свою жизнь.

П о л и н а А н д р е е в н а. Я знаю, вы отказываете мне потому, что, кроме меня, есть женщины, которые вам близки. Взять всех к себе невозможно. Я понимаю. Простите, я надоела вам.

Нина показывается около дома; она рвет цветы.

Д о р н. Нет, ничего.

П о л и н а А н д р е е в н а. Я страдаю от ревности. Конечно, вы доктор, вам нельзя избегать женщин. Я понимаю...

Д о р н *(Нине, которая подходит)*. Как там?

Н и н а. Ирина Николаевна плачет, а у Петра Николаевича астма.

Д о р н *(встает)*. Пойти дать обоим валериановых капель...

Н и н а *(подает ему цветы).* Извольте!

Д о р н. Merci bien[*]. *(Идет к дому.)*

П о л и н а   А н д р е е в н а *(идя с ним).* Какие миленькие цветы! *(Около дома, глухим голосом.)* Дайте мне эти цветы! Дайте мне эти цветы! *(Получив цветы, рвет их и бросает в сторону.)*

Оба идут в дом.

Н и н а *(одна).* Как странно видеть, что известная артистка плачет, да еще по такому пустому поводу! И не странно ли, знаменитый писатель, любимец публики, о нем пишут во всех газетах, портреты его продаются, его переводят на иностранные языки, а он целый день ловит рыбу и радуется, что поймал двух голавлей. Я думала, что известные люди горды, неприступны, что они презирают толпу и своею славой, блеском своего имени как бы мстят ей за то, что она выше всего ставит знатность происхождения и богатство. Но они вот плачут, удят рыбу, играют в карты, смеются и сердятся, как все...

Т р е п л е в *(входит без шляпы, с ружьем и с убитою чайкой).* Вы одни здесь?

Н и н а. Одна.

Треплев кладет у ее ног чайку.

Что это значит?

_____

[*] Весьма благодарен *(фр.).*

Антон Павлович Чехов

Т р е п л е в. Я имел подлость убить сегодня эту чайку. Кладу у ваших ног.

Н и н а. Что с вами? *(Поднимает чайку и глядит на нее.)*

Т р е п л е в *(после паузы).* Скоро таким же образом я убью самого себя.

Н и н а. Я вас не узнаю.

Т р е п л е в. Да, после того, как я перестал узнавать вас. Вы изменились ко мне, ваш взгляд холоден, мое присутствие стесняет вас.

Н и н а. В последнее время вы стали раздражительны, выражаетесь все непонятно, какими-то символами. И вот эта чайка тоже, по-видимому, символ, но, простите, я не понимаю... *(Кладет чайку на скамью.)* Я слишком проста, чтобы понимать вас.

Т р е п л е в. Это началось с того вечера, когда так глупо провалилась моя пьеса. Женщины не прощают неуспеха. Я все сжег, все до последнего клочка. Если бы вы знали, как я несчастлив! Ваше охлаждение страшно, невероятно, точно я проснулся и вижу вот, будто это озеро вдруг высохло или утекло в землю. Вы только что сказали, что вы слишком просты, чтобы понимать меня. О, что тут понимать?! Пьеса не понравилась, вы презираете мое вдохновение, уже считаете меня заурядным, ничтожным, каких много... *(Топнув ногой.)* Как это я хорошо понимаю, как понимаю! У меня в мозгу точно гвоздь, будь он проклят вместе с моим самолюбием, которое сосет мою кровь, сосет, как змея... *(Увидев Тригорина, который идет, читая книжку.)* Вот идет истинный талант; ступает, как Гамлет, и тоже с книжкой. *(Дразнит.)* «Слова, слова, слова...» Это солнце еще не подошло к вам, а вы уже улыбаетесь, взгляд ваш растаял в его лучах. Не стану мешать вам. *(Уходит быстро.)*

Т р и г о р и н *(записывая в книжку)*. Нюхает табак и пьет водку... Всегда в черном. Ее любит учитель...

Н и н а. Здравствуйте, Борис Алексеевич!

Т р и г о р и н. Здравствуйте. Обстоятельства неожиданно сложились так, что, кажется, мы сегодня уезжаем. Мы с вами едва ли еще увидимся когда-нибудь. А жаль. Мне приходится не часто встречать молодых девушек, молодых и интересных, я уже забыл и не могу себе ясно представить, как чувствуют себя в восемнадцать-девятнадцать лет, и потому у меня в повестях и рассказах молодые девушки обыкновенно фальшивы. Я бы вот хотел хоть один час побыть на вашем месте, чтобы узнать, как вы думаете и вообще что вы за штучка.

Н и н а. А я хотела бы побывать на вашем месте.

Т р и г о р и н. Зачем?

Н и н а. Чтобы узнать, как чувствует себя известный, талантливый писатель. Как чувствуется известность? Как вы ощущаете то, что вы известны?

Т р и г о р и н. Как? Должно быть, никак. Об этом я никогда не думал. *(Подумав.)* Что-нибудь из двух: или вы преувеличиваете мою известность, или же вообще она никак не ощущается.

Н и н а. А если читаете про себя в газетах?

Т р и г о р и н. Когда хвалят, приятно, а когда бранят, то потом два дня чувствуешь себя не в духе.

Н и н а. Чудный мир! Как я завидую вам, если бы вы знали! Жребий людей различен. Одни едва влачат свое скучное, незаметное существование, все похожие друг на друга, все несчастные; другим же, как, например, вам, — вы один из миллиона, — выпала на долю жизнь интересная, светлая, полная значения... Вы счастливы...

Т р и г о р и н. Я? *(Пожимая плечами.)* Гм... Вы вот говорите об известности, о счастье, о какой-то светлой, интересной жизни, а для меня все эти хорошие слова, простите, все равно что мармелад, которого я никогда не ем. Вы очень молоды и очень добры.

Н и н а. Ваша жизнь прекрасна!

Т р и г о р и н. Что же в ней особенно хорошего? *(Смотрит на часы.)* Я должен сейчас идти и писать. Извините, мне некогда... *(Смеется.)* Вы, как говорится, наступили на мою самую любимую мозоль, и вот я начинаю волноваться и немного сердиться. Впрочем, давайте говорить. Будем говорить о моей прекрасной, светлой жизни... Ну-с, с чего начнем?

(Подумав немного.) **Бывают насильственные представления, когда человек день и ночь думает, например, все о луне, и у меня есть своя такая луна. День и ночь одолевает меня одна неотвязчивая мысль: я должен писать, я должен писать, я должен... Едва кончил повесть, как уже почему-то должен писать другую, потом третью, после третьей четвертую... Пишу непрерывно, как на перекладных, и иначе не могу. Что же тут прекрасного и светлого, я вас спрашиваю? О, что за дикая жизнь! Вот я с вами, я волнуюсь, а между тем каждое мгновение помню, что меня ждет неоконченная повесть. Вижу вот облако, похожее на рояль. Думаю: надо будет упомянуть где-нибудь в рассказе, что плыло облако, похожее на рояль. Пахнет гелиотропом. Скорее мотаю на ус: приторный запах, вдовий цвет, упомянуть при описании летнего вечера. Ловлю себя и вас на каждой фразе, на каждом слове и спешу скорее запереть все эти фразы и слова в свою литературную кладовую: авось пригодится! Когда кончаю работу, бегу в театр или удить рыбу; тут бы и отдохнуть, забыться, ан — нет, в голове уже ворочается тяжелое чугунное ядро — новый сюжет, и уже тянет к столу, и надо спешить опять писать и писать. И так всегда, всегда, и нет мне покоя от самого себя, и я чувствую, что съедаю собственную жизнь, что для меда, который я отдаю кому-то в пространство, я обираю пыль с лучших своих**

Антон Павлович Чехов

цветов, рву самые цветы и топчу их корни. Разве я не сумасшедший? Разве мои близкие и знакомые держат себя со мною как со здоровым? «Что пописываете? Чем нас подарите?» Одно и то же, одно и то же, и мне кажется, что это внимание знакомых, похвалы, восхищение — все это обман, меня обманывают, как больного, и я иногда боюсь, что вот-вот подкрадутся ко мне сзади, схватят и повезут, как Поприщина, в сумасшедший дом. А в те годы, в молодые, лучшие годы, когда я начинал, мое писательство было одним сплошным мучением. Маленький писатель, особенно когда ему не везет, кажется себе неуклюжим, неловким, лишним, нервы у него напряжены, издерганы; неудержимо бродит он около людей, причастных к литературе и к искусству, непризнанный, никем не замечаемый, боясь прямо и смело глядеть в глаза, точно страстный игрок, у которого нет денег. Я не видел своего читателя, но почему-то в моем воображении он представлялся мне недружелюбным, недоверчивым. Я боялся публики, она была страшна мне, и когда мне приходилось ставить свою новую пьесу, то мне казалось всякий раз, что брюнеты враждебно настроены, а блондины холодно равнодушны. О, как это ужасно! Какое это было мучение!

Н и н а. Позвольте, но разве вдохновение и самый процесс творчества не дают вам высоких, счастливых минут?

Тригорин. Да. Когда пишу, приятно. И корректуру читать приятно, но... едва вышло из печати, как я не выношу и вижу уже, что оно не то, ошибка, что его не следовало бы писать вовсе, и мне досадно, на душе дрянно... *(Смеясь.)* А публика читает: «Да, мило, талантливо... Мило, но далеко до Толстого», или: «Прекрасная вещь, но «Отцы и дети» Тургенева лучше». И так до гробовой доски все будет только мило и талантливо, мило и талантливо — больше ничего, а как умру, знакомые, проходя мимо могилы, будут говорить: «Здесь лежит Тригорин. Хороший был писатель, но он писал хуже Тургенева».

Нина. Простите, я отказываюсь понимать вас. Вы просто избалованы успехом.

Тригорин. Каким успехом? Я никогда не нравился себе. Я не люблю себя как писателя. Хуже всего, что я в каком-то чаду и часто не понимаю, что я пишу... Я люблю вот эту воду, деревья, небо, я чувствую природу, она возбуждает во мне страсть, непреодолимое желание писать. Но ведь я не пейзажист только, я ведь еще гражданин, я люблю родину, народ, я чувствую, что если я писатель, то я обязан говорить о народе, об его страданиях, об его будущем, говорить о науке, о правах человека и прочее и прочее, и я говорю обо всем, тороплюсь, меня со всех сторон подгоняют, сердятся, я мечусь из стороны в сторону, как лисица, затравленная псами, вижу, что жизнь и наука все уходят вперед и вперед, а я все отстаю и отстаю, как мужик, опоздавший на поезд, и в конце концов чувствую, что я умею писать только пейзаж, а во всем остальном я фальшив, и фальшив до мозга костей.

Н и н а. Вы заработались, и у вас нет времени и охоты сознать свое значение. Пусть вы недовольны собою, но для других вы велики и прекрасны! Если бы я была таким писателем, как вы, то я отдала бы толпе всю свою жизнь, но сознавала бы, что счастье ее только в том, чтобы возвышаться до меня, и она возила бы меня на колеснице.

Т р и г о р и н. Ну, на колеснице... Агамемнон я, что ли?

Оба улыбнулись.

Н и н а. За такое счастье, как быть писательницей или артисткой, я перенесла бы нелюбовь близких, нужду, разочарование, я жила бы под крышей и ела бы только ржаной хлеб, страдала бы от недовольства собою, от сознания своих несовершенств, но зато бы уж я потребовала славы... настоящей, шумной славы... *(Закрывает лицо руками.)* Голова кружится... Уф!..

Голос Аркадиной из дому: «Борис Алексеевич!»

Т р и г о р и н. Меня зовут... Должно быть, укладываться. А не хочется уезжать. *(Оглядывается на озеро.)* Ишь ведь какая благодать!.. Хорошо!

Н и н а. Видите на том берегу дом и сад?

Т р и г о р и н. Да.

Н и н а. Это усадьба моей покойной матери. Я там родилась. Я всю жизнь провела около этого озера и знаю на нем каждый островок.

Т р и г о р и н. Хорошо у вас тут! *(Увидев чайку.)* А это что?

Н и н а. Чайка. Константин Гаврилыч убил.

Т р и г о р и н. Красивая птица. Право, не хочется уезжать. Вот уговорите-ка Ирину Николаевну, чтобы она осталась. *(Записывает в книжку.)*

Н и н а. Что это вы пишете?

Т р и г о р и н. Так, записываю... Сюжет мелькнул... *(Пряча книжку.)* Сюжет для небольшого рассказа: на берегу озера с детства живет молодая девушка, такая, как вы; любит озеро, как чайка, и счастлива, и свободна, как чайка. Но случайно пришел человек, увидел и от нечего делать погубил ее, как вот эту чайку.

Пауза. В окне показывается А р к а д и н а.

А р к а д и н а. Борис Алексеевич, где вы?

Т р и г о р и н. Сейчас! *(Идет и оглядывается на Нину; у окна, Аркадиной.)* Что?

А р к а д и н а. Мы остаемся.

Тригорин уходит в дом.

Н и н а *(подходит к рампе; после некоторого раздумья).* Сон!

З а н а в е с

Действие третье

Столовая в доме Сорина. Направо и налево двери. Буфет. Шкап с лекарствами. Посреди комнаты стол. Чемодан и картонки; заметны приготовления к отъезду. Тригорин завтракает. Маша стоит у стола.

Маша. Все это я рассказываю вам как писателю. Можете воспользоваться. Я вам по совести: если бы он ранил себя серьезно, то я не стала бы жить ни одной минуты. А все ж я храбрая. Вот взяла и решила: вырву эту любовь из своего сердца, с корнем вырву.

Тригорин. Каким же образом?

Маша. Замуж выхожу. За Медведенка.

Тригорин. Это за учителя?

Маша. Да.

Тригорин. Не понимаю, какая надобность.

Маша. Любить безнадежно, целые годы все ждать чего-то... А как выйду замуж, будет уже не до любви, новые заботы заглушат все старое. И все-таки, знаете ли, перемена. Не повторить ли нам?

Тригорин. А не много ли будет?

Маша. Ну вот! (Наливает по рюмке.) Вы не смотрите на меня так. Женщины пьют чаще, чем вы думаете. Меньшинство пьет открыто, как я, а большинство тайно. Да. И всё водку или коньяк. (Чокается.) Желаю вам! Вы человек простой, жалко с вами расставаться.

Пьют.

Тригорин. Мне самому не хочется уезжать.

Маша. А вы попросите, чтобы она осталась.

Тригорин. Нет, теперь не останется. Сын ведет себя крайне бестактно. То стрелялся, а теперь, говорят, собирается меня на дуэль вызвать. А чего ради? Дуется, фыркает, проповедует новые формы... Но ведь всем хватит места, и новым и старым, — зачем толкаться?

Маша. Ну, и ревность. Впрочем, это не мое дело.

Пауза. Я к о в проходит слева направо с чемоданом; входит Н и н а и останавливается у окна.

Мой учитель не очень-то умен, но добрый человек и бедняк и меня сильно любит. Его жалко. И его мать-старушку жалко. Ну-с, позвольте пожелать вам всего хорошего. Не поминайте лихом. *(Крепко пожимает руку.)* Очень вам благодарна за ваше доброе расположение. Пришлите же мне ваши книжки, непременно с автографом. Только не пишите «многоуважаемой», а просто так: «Марье, родства не помнящей, неизвестно для чего живущей на этом свете». Прощайте! *(Уходит.)*

Нина *(протягивая в сторону Тригорина руку, сжатую в кулак)*. Чет или нечет?

Тригорин. Чет.

Антон Павлович Чехов

Н и н а *(вздохнув)*. Нет. У меня в руке только одна горошина. Я загадала: идти мне в актрисы или нет? Хоть бы посоветовал кто.

Т р и г о р и н. Тут советовать нельзя.

Пауза.

Н и н а. Мы расстаемся и... пожалуй, более уже не увидимся. Я прошу вас принять от меня на память вот этот маленький медальон. Я приказала вырезать ваши инициалы... а с этой стороны название вашей книжки: «Дни и ночи».

Т р и г о р и н. Как грациозно! *(Целует медальон.)* Прелестный подарок!

Н и н а. Иногда вспоминайте обо мне.

Т р и г о р и н. Я буду вспоминать. Я буду вспоминать вас, какою вы были в тот ясный день — помните? — неделю назад, когда вы были в светлом платье... Мы разговаривали... еще тогда на скамье лежала белая чайка.

Н и н а *(задумчиво)*. Да, чайка...

Пауза.

Больше нам говорить нельзя, сюда идут... Перед отъездом дайте мне две минуты, умоляю вас... *(Уходит влево.)*

Одновременно входят справа А р к а д и н а, С о р и н во фраке со звездой, потом Я к о в, озабоченный укладкой.

А р к а д и н а. Оставайся-ка, старик, дома. Тебе ли с твоим ревматизмом разъезжать по гостям? *(Тригорину.)* Это кто сейчас вышел? Нина?

Тригорин. Да.

Аркадина. Pardon, мы помешали... *(Садится.)* Кажется, все уложила. Замучилась.

Тригорин *(читает на медальоне)*. «Дни и ночи», страница 121, строки 11 и 12.

Яков *(убирая со стола)*. Удочки тоже прикажете уложить?

Тригорин. Да, они мне еще понадобятся. А книги отдай кому-нибудь.

Яков. Слушаю.

Тригорин *(про себя)*. Страница 121, строки 11 и 12. Что же в этих строках? *(Аркадиной.)* Тут в доме есть мои книжки?

Аркадина. У брата в кабинете, в угловом шкапу.

Тригорин. Страница 121... *(Уходит.)*

Аркадина. Право, Петруша, остался бы дома...

Сорин. Вы уезжаете, без вас мне будет тяжело дома.

Аркадина. А в городе что же?

Сорин. Особенного ничего, но все же. *(Смеется.)* Будет закладка земского дома и все такое... Хочется хоть на час-другой воспрянуть от этой пескариной жизни, а то очень уж я залежался, точно старый мундштук. Я приказал подавать лошадей к часу, в одно время и выедем.

Аркадина *(после паузы)*. Ну, живи тут, не скучай, не простуживайся. Наблюдай за сыном. Береги его. Наставляй.

Пауза.

Вот уеду, так и не буду знать, отчего стрелялся Константин. Мне кажется, главной причиной была ревность, и чем скорее я увезу отсюда Тригорина, тем лучше.

С о р и н. Как тебе сказать? Были и другие причины. Понятная вещь, человек молодой, умный, живет в деревне, в глуши, без денег, без положения, без будущего. Никаких занятий. Стыдится и боится своей праздности. Я его чрезвычайно люблю, и он ко мне привязан, но все же, в конце концов, ему кажется, что он лишний в доме, что он тут нахлебник, приживал. Понятная вещь, самолюбие...

А р к а д и н а. Горе мне с ним! *(В раздумье.)* Поступить бы ему на службу, что ли...

С о р и н *(насвистывает, потом нерешительно).* Мне кажется, было бы самое лучшее, если бы ты... дала ему немного денег. Прежде всего ему нужно одеться по-человечески, и все. Посмотри, один и тот же сюртучишко он таскает три года, ходит без пальто... *(Смеется.)* Да и погулять малому не мешало бы... Поехать за границу, что ли... Это ведь не дорого стоит.

А р к а д и н а. Все-таки... Пожалуй, на костюм я еще могу, но чтобы за границу... Нет, в настоящее время и на костюм не могу. *(Решительно.)* Нет у меня денег!

Сорин смеется.

Нет!

С о р и н *(насвистывает).* Так-с. Прости, милая, не сердись. Я тебе верю... Ты великодушная, благородная женщина.

А р к а д и н а *(сквозь слезы).* Нет у меня денег!

С о р и н. Будь у меня деньги, понятная вещь, я бы сам дал ему, но у меня ничего нет, ни пятачка. *(Смеется.)* Всю мою пенсию у меня забирает управляющий и тратит на земледелие, скотоводство, пчеловодство, и деньги мои пропадают даром. Пчелы дохнут, коровы дохнут, лошадей мне никогда не дают...

А р к а д и н а. Да, у меня есть деньги, но ведь я артистка; одни туалеты разорили совсем.

С о р и н. Ты добрая, милая... Я тебя уважаю... Да... Но опять со мною что-то того... *(Пошатывается.)* Голова кружится. *(Держится за стол.)* Мне дурно, и все.

А р к а д и н а *(испуганно).* Петруша! *(Стараясь поддержать его.)* Петруша, дорогой мой... *(Кричит.)* Помогите мне! Помогите!..

Входят Т р е п л е в с повязкой на голове, М е д в е-
д е н к о.

Ему дурно!

С о р и н. Ничего, ничего... *(Улыбается и пьет воду.)* Уже прошло... и все...

Т р е п л е в *(матери).* Не пугайся, мама, это не опасно. С дядей теперь это часто бывает. *(Дяде.)* Тебе, дядя, надо полежать.

С о р и н. Немножко, да... А все-таки в город я поеду... Полежу и поеду... понятная вещь... *(Идет, опираясь на трость.)*

М е д в е д е н к о *(ведет его под руку)*. Есть загадка: утром на четырех, в полдень на двух, вечером на трех...

С о р и н *(смеется)*. Именно. А ночью на спине. Благодарю вас, я сам могу идти...

М е д в е д е н к о. Ну вот, церемонии!..

Он и Сорин уходят.

А р к а д и н а. Как он меня напугал!

Т р е п л е в. Ему нездорово жить в деревне. Тоскует. Вот если бы ты, мама, вдруг расщедрилась и дала ему взаймы тысячи полторы-две, то он мог бы прожить в городе целый год.

А р к а д и н а. У меня нет денег. Я актриса, а не банкирша.

Пауза.

Т р е п л е в. Мама, перемени мне повязку. Ты это хорошо делаешь.

А р к а д и н а *(достает из аптечного шкапа йодоформ и ящик с перевязочным материалом)*. А доктор опоздал.

Т р е п л е в. Обещал быть к десяти, а уже полдень.

А р к а д и н а. Садись. *(Снимает у него с головы повязку.)* Ты как в чалме. Вчера один приезжий спрашивал на кухне, какой ты национальности. А у тебя почти совсем зажило. Остались самые пустяки. *(Целует его в голову.)* А ты без меня опять не сделаешь чик-чик?

Т р е п л е в. Нет, мама. То была минута безумного отчаяния, когда я не мог владеть собою. Больше это не повторится. *(Целует ей руку.)* У тебя золотые руки. Помню, очень давно, когда ты еще служила на казенной сцене — я тогда был маленьким, — у нас во дворе была драка, сильно побили жилицу-прачку. Помнишь? Ее подняли без чувств... ты все ходила к ней, носила лекарства, мыла в корыте ее детей. Неужели не помнишь?

А р к а д и н а. Нет. *(Накладывает новую повязку.)*

Т р е п л е в. Две балерины жили тогда в том же доме, где мы... Ходили к тебе кофе пить...

А р к а д и н а. Это помню.

Т р е п л е в. Богомольные они такие были.

Пауза.

В последнее время, вот в эти дни, я люблю тебя так же нежно и беззаветно, как в детстве. Кроме тебя, теперь у меня никого не осталось. Только зачем, зачем ты поддаешься влиянию этого человека?

А р к а д и н а. Ты не понимаешь его, Константин. Это благороднейшая личность...

Т р е п л е в. Однако когда ему доложили, что я собираюсь вызвать его на дуэль, благородство

Антон Павлович Чехов

не помешало ему сыграть труса. Уезжает. Позорное бегство!

А р к а д и н а. Какой вздор! Я сама прошу его уехать отсюда.

Т р е п л е в. Благороднейшая личность! Вот мы с тобою почти ссоримся из-за него, а он теперь где-нибудь в гостиной или в саду смеется над нами... развивает Нину, старается окончательно убедить ее, что он гений.

А р к а д и н а. Для тебя наслаждение говорить мне неприятности. Я уважаю этого человека и прошу при мне не выражаться о нем дурно.

Т р е п л е в. А я не уважаю. Ты хочешь, чтобы я тоже считал его гением, но прости, я лгать не умею, от его произведений мне претит.

А р к а д и н а. Это зависть. Людям не талантливым, но с претензиями, ничего больше не остается, как порицать настоящие таланты. Нечего сказать, утешение!

Т р е п л е в *(иронически)*. Настоящие таланты! *(Гневно.)* Я талантливее вас всех, коли на то пошло! *(Срывает с головы повязку.)* Вы, рутинеры, захватили первенство в искусстве и считаете законным и настоящим лишь то, что делаете вы сами, а остальное вы гнетете и душите! Не признаю я вас! Не признаю ни тебя, ни его!

А р к а д и н а. Декадент!..

Т р е п л е в. Отправляйся в свой милый театр и играй там в жалких, бездарных пьесах!

Аркадина. Никогда я не играла в таких пьесах. Оставь меня! Ты и жалкого водевиля написать не в состоянии. Киевский мещанин! Приживал!

Треплев. Скряга!

Аркадина. Оборвыш!

Треплев садится и тихо плачет.

Ничтожество! *(Пройдясь в волнении.)* Не плачь. Не нужно плакать... *(Плачет.)* Не надо... *(Целует его в лоб, в щеки, в голову.)* Милое мое дитя, прости... Прости свою грешную мать. Прости меня, несчастную.

Треплев *(обнимает ее).* Если бы ты знала! Я все потерял. Она меня не любит, я уже не могу писать... пропали все надежды...

Аркадина. Не отчаивайся... Все обойдется. Он сейчас уедет, она опять тебя полюбит. *(Утирает ему слезы.)* Будет. Мы уже помирились.

Треплев *(целует ей руки).* Да, мама.

Аркадина *(нежно).* Помирись и с ним. Не надо дуэли... Ведь не надо?

Треплев. Хорошо... Только, мама, позволь мне не встречаться с ним. Мне это тяжело... выше сил...

Входит Тригорин.

Вот... Я выйду... *(Быстро убирает в шкап лекарства.)* А повязку уже доктор сделает...

Антон Павлович Чехов

Т р и г о р и н *(ищет в книжке)*. Страница 121... строки 11 и 12... Вот... *(Читает.)* «Если тебе когда-нибудь понадобится моя жизнь, то приди и возьми ее».

Треплев подбирает с полу повязку и уходит.

А р к а д и н а *(поглядев на часы)*. Скоро лошадей подадут.

Т р и г о р и н *(про себя)*. Если тебе когда-нибудь понадобится моя жизнь, то приди и возьми ее.

А р к а д и н а. У тебя, надеюсь, все уже уложено?

Т р и г о р и н *(нетерпеливо)*. Да, да... *(В раздумье.)* Отчего в этом призыве чистой души послышалась мне печаль и мое сердце так болезненно сжалось?.. Если тебе когда-нибудь понадобится моя жизнь, то приди и возьми ее. *(Аркадиной.)* Останемся еще на один день!

Аркадина отрицательно качает головой.

Останемся!

А р к а д и н а. Милый, я знаю, что удерживает тебя здесь. Но имей над собою власть. Ты немного опьянел, отрезвись.

Т р и г о р и н. Будь ты тоже трезва, будь умна, рассудительна, умоляю тебя, взгляни на все это как истинный друг... *(Жмет ей руку.)* Ты способна на жертвы... Будь моим другом, отпусти меня...

Аркадина *(в сильном волнении)*. Ты так увлечен?

Тригорин. Меня манит к ней! Быть может, это именно то, что мне нужно.

Аркадина. Любовь провинциальной девочки? О, как ты мало себя знаешь!

Тригорин. Иногда люди спят на ходу, так вот я говорю с тобою, а сам будто сплю и вижу ее во сне... Мною овладели сладкие, дивные мечты... Отпусти...

Аркадина *(дрожа)*. Нет, нет... Я обыкновенная женщина, со мною нельзя говорить так... Не мучай меня, Борис... Мне страшно...

Тригорин. Если захочешь, ты можешь быть необыкновенною. Любовь юная, прелестная, поэтическая, уносящая в мир грез, — на земле только она одна может дать счастье! Такой любви я не испытал еще... В молодости было некогда, я обивал пороги редакций, боролся с нуждой... Теперь вот она, эта любовь, пришла наконец, манит... Какой же смысл бежать от нее?

Аркадина *(с гневом)*. Ты сошел с ума!

Тригорин. И пускай.

Аркадина. Вы все сговорились сегодня мучить меня! *(Плачет.)*

Тригорин *(берет себя за голову)*. Не понимает! Не хочет понять!

Аркадина. Неужели я уже так стара и безобразна, что со мною можно, не стесняясь, говорить о других женщинах? *(Обнимает его и це-*

Антон Павлович Чехов

лует.) О, ты обезумел! Мой прекрасный, дивный... Ты последняя страница моей жизни! *(Становится на колени.)* Моя радость, моя гордость, мое блаженство... *(Обнимает его колени.)* Если ты покинешь меня хотя на один час, то я не переживу, сойду с ума, мой изумительный, великолепный, мой повелитель...

Т р и г о р и н. Сюда могут войти. *(Помогает ей встать.)*

А р к а д и н а. Пусть, я не стыжусь моей любви к тебе. *(Целует ему руки.)* Сокровище мое, отчаянная голова, ты хочешь безумствовать, но я не хочу, не пущу... *(Смеется.)* Ты мой... ты мой... И этот лоб мой, и глаза мои, и эти прекрасные шелковистые волосы тоже мои... Ты весь мой. Ты такой талантливый, умный, лучший из всех теперешних писателей, ты единственная надежда России... У тебя столько искренности, простоты, свежести, здорового юмора... Ты можешь одним штрихом передать главное, что характерно для лица или пейзажа, люди у тебя как живые. О, тебя нельзя читать без восторга! Ты думаешь, это фимиам? Я льщу? Ну, посмотри мне в глаза... посмотри... Похожа я на лгунью? Вот и видишь, я одна умею ценить тебя; одна говорю тебе правду, мой милый, чудный... Поедешь? Да? Ты меня не покинешь?..

Т р и г о р и н. У меня нет своей воли... У меня никогда не было своей воли... Вялый, рыхлый, всегда покорный — неужели это может нравиться женщине? Бери меня, увози, но только не отпускай от себя ни на шаг...

Аркадина (*про себя*). Теперь он мой. (*Развязно, как ни в чем не бывало.*) Впрочем, если хочешь, можешь остаться. Я уеду сама, а ты приедешь потом, через неделю. В самом деле, куда тебе спешить?

Тригорин. Нет, уж поедем вместе.

Аркадина. Как хочешь. Вместе, так вместе...

Пауза. Тригорин записывает в книжку.

Что ты?

Тригорин. Утром слышал хорошее выражение: «Девичий бор...» Пригодится. (*Потягивается.*) Значит, ехать? Опять вагоны, станции, буфеты, отбивные котлеты, разговоры...

Шамраев (*входит*). Имею честь с прискорбием заявить, что лошади поданы. Пора уже, многоуважаемая, ехать на станцию; поезд приходит в два и пять минут. Так вы же, Ирина Николаевна, сделайте милость, не забудьте навести справочку: где теперь актер Суздальцев? Жив ли? Здоров ли? Вместе пивали когда-то... В «Ограбленной почте» играл неподражаемо... С ним тогда, помню, в Елисаветграде служил трагик Измайлов, тоже личность замечательная... Не торопитесь, многоуважаемая, пять минут еще можно. Раз в одной мелодраме они играли заговорщиков, и когда их вдруг накрыли, то надо было сказать: «Мы попали в западню», а Измайлов — «Мы попали в запандю»... (*Хохочет.*) Запандю!..

Пока он говорит, Я к о в хлопочет около чемоданов, г о р н и ч н а я приносит Аркадиной шляпу, манто, зонтик, перчатки; все помогают Аркадиной одеться. Из левой двери выглядывает п о в а р, который немного погодя входит нерешительно. Входит П о л и н а А н д р е е в н а, потом С о р и н и М е д в е д е н к о.

П о л и н а А н д р е е в н а (с корзиночкой). Вот вам слив на дорогу... Очень сладкие. Может, захотите полакомиться...

А р к а д и н а. Вы очень добры, Полина Андреевна.

П о л и н а А н д р е е в н а. Прощайте, моя дорогая! Если что было не так, то простите. (Плачет.)

А р к а д и н а (обнимает ее). Все было хорошо, все было хорошо. Только вот плакать не нужно.

П о л и н а А н д р е е в н а. Время наше уходит!

А р к а д и н а. Что же делать!

С о р и н (в пальто с пелериной, в шляпе, с палкой, выходит из левой двери; проходя через комнату). Сестра, пора, как бы не опоздать в конце концов. Я иду садиться. (Уходит.)

М е д в е д е н к о. А я пойду пешком на станцию... провожать. Я живо... (Уходит.)

А р к а д и н а. До свиданья, мои дорогие... Если будем живы и здоровы, летом опять увидимся...

Горничная, Яков и повар целуют у нее руку.

Не забывайте меня. *(Подает повару рубль.)* Вот вам рубль на троих.

П о в а р. Покорнейше благодарим, барыня. Счастливой вам дороги! Много вами довольны!

Я к о в. Дай бог час добрый!

Ш а м р а е в. Письмецом бы осчастливили! Прощайте, Борис Алексеевич!

А р к а д и н а. Где Константин? Скажите ему, что я уезжаю. Надо проститься. Ну, не поминайте лихом. *(Якову.)* Я дала рубль повару. Это на троих.

Все уходят вправо. Сцена пуста. За сценой шум, какой бывает, когда провожают. Г о р н и ч н а я возвращается, чтобы взять со стола корзину со сливами, и опять уходит.

Т р и г о р и н *(возвращаясь).* Я забыл свою трость. Она, кажется, там на террасе. *(Идет и у левой двери встречается с Ниной, которая входит.)* Это вы? Мы уезжаем...

Н и н а. Я чувствовала, что мы еще увидимся. *(Возбужденно.)* Борис Алексеевич, я решила бесповоротно, жребий брошен, я поступаю на сцену. Завтра меня уже не будет здесь, я ухожу от отца, покидаю все, начинаю новую жизнь... Я уезжаю, как и вы... в Москву. Мы увидимся там.

Т р и г о р и н *(оглянувшись).* Остановитесь в «Славянском базаре»... Дайте мне тотчас же знать... Молчановка, дом Грохольского... Я тороплюсь...

Антон Павлович Чехов

Пауза.

Н и н а. Еще одну минуту...

Т р и г о р и н *(вполголоса)*. Вы так прекрасны... О, какое счастье думать, что мы скоро увидимся!

Она склоняется к нему на грудь.

Я опять увижу эти чудные глаза, невыразимо прекрасную, нежную улыбку... эти кроткие черты, выражение ангельской чистоты... Дорогая моя...

Продолжительный поцелуй.

З а н а в е с

Между третьим и четвертым действием проходит два года.

Действие четвертое

Одна из гостиных в доме Сорина, обращенная Константином Треплевым в рабочий кабинет. Направо и налево двери, ведущие во внутренние покои. Прямо стеклянная дверь на террасу. Кроме обычной гостиной мебели, в правом углу письменный стол, возле левой двери турецкий диван, шкап с книгами, книги на окнах, на стульях. — Вечер. Горит одна лампа под колпаком. Полумрак. Слышно, как шумят деревья и воет ветер в трубах. Стучит сторож. М е д в е д е н к о и М а ш а входят.

М а ш а *(окликает)*. Константин Гаврилыч! Константин Гаврилыч! *(Осматриваясь.)* Нет никого. Старик каждую минуту все спрашивает, где Костя, где Костя... Жить без него не может...

М е д в е д е н к о. Боится одиночества. *(Прислушиваясь.)* Какая ужасная погода! Это уже вторые сутки.

М а ш а *(припускает огня в лампе)*. На озере волны. Громадные.

М е д в е д е н к о. В саду темно. Надо бы сказать, чтобы сломали в саду тот театр. Стоит голый, безобразный, как скелет, и занавеска от ветра хлопает. Когда я вчера вечером проходил мимо, то мне показалось, будто кто в нем плакал...

М а ш а. Ну вот...

Пауза.

М е д в е д е н к о. Поедем, Маша, домой!

М а ш а *(качает отрицательно головой)*. Я здесь останусь ночевать.

М е д в е д е н к о *(умоляюще)*. Маша, поедем! Наш ребеночек небось голоден.

М а ш а. Пустяки. Его Матрена покормит.

Пауза.

М е д в е д е н к о. Жалко. Уже третью ночь без матери.

М а ш а. Скучный ты стал. Прежде, бывало, хоть пофилософствуешь, а теперь все ребенок, домой, ребенок, домой, — и больше от тебя ничего не услышишь.

М е д в е д е н к о. Поедем, Маша!

М а ш а. Поезжай сам.

Антон Павлович Чехов

М е д в е д е н к о. Твой отец не даст мне лошади.

М а ш а. Даст. Ты попроси, он и даст.

М е д в е д е н к о. Пожалуй, попрошу. Значит, ты завтра приедешь?

М а ш а *(нюхает табак)*. Ну, завтра. Пристал...

Входят Т р е п л е в и П о л и н а А н д р е е в н а; Треплев принес подушки и одеяло, а Полина Андреевна постельное белье; кладут на турецкий диван, затем Треплев идет к своему столу и садится.

Зачем это, мама?

П о л и н а А н д р е е в н а. Петр Николаевич просил постлать ему у Кости.

М а ш а. Давайте я... *(Постилает постель.)*

П о л и н а А н д р е е в н а *(вздохнув)*. Старый что малый... *(Подходит к письменному столу и, облокотившись, смотрит в рукопись.)*

Пауза.

М е д в е д е н к о. Так я пойду. Прощай, Маша. *(Целует у жены руку.)* Прощайте, мамаша. *(Хочет поцеловать руку у тещи.)*

П о л и н а А н д р е е в н а *(досадливо)*. Ну! Иди с богом.

М е д в е д е н к о. Прощайте, Константин Гаврилыч.

Треплев молча подает руку; Медведенко уходит.

Полина Андреевна *(глядя в рукопись)*. Никто не думал и не гадал, что из вас, Костя, выйдет настоящий писатель. А вот, слава богу, и деньги стали вам присылать из журналов. *(Проводит рукой по его волосам.)* И красивый стал... Милый Костя, хороший, будьте поласковее с моей Машенькой!..

Маша *(постилая)*. Оставьте его, мама.

Полина Андреевна *(Треплеву)*. Она славненькая.

Пауза.

Женщине, Костя, ничего не нужно, только взгляни на нее ласково. По себе знаю.

Треплев встает из-за стола и молча уходит.

Маша. Вот и рассердили. Надо было приставать!

Полина Андреевна. Жалко мне тебя, Машенька.

Маша. Очень нужно!

Полина Андреевна. Сердце мое за тебя переболело. Я ведь все вижу, все понимаю.

Маша. Все глупости. Безнадежная любовь — это только в романах. Пустяки. Не нужно только распускать себя и все чего-то ждать, ждать у моря погоды... Раз в сердце завелась любовь, надо ее вон. Вот обещали перевести мужа в другой уезд. Как переедем туда, — все забуду... с корнем из сердца вырву.

Через две комнаты играют меланхолический вальс.

Антон Павлович Чехов

Полина Андреевна. Костя играет. Значит, тоскует.

Маша *(делает бесшумно два-три тура вальса).* Главное, мама, перед глазами не видеть. Только бы дали моему Семену перевод, а там, поверьте, в один месяц забуду. Пустяки все это.

Открывается левая дверь, Д о р н и М е д в е д е н к о катят в кресле С о р и н а.

Медведенко. У меня теперь в доме шестеро. А мука семь гривен пуд.

Дорн. Вот тут и вертись.

Медведенко. Вам хорошо смеяться. Денег у вас куры не клюют.

Дорн. Денег? За тридцать лет практики, мой друг, беспокойной практики, когда я не принадлежал себе ни днем, ни ночью, мне удалось скопить только две тысячи, да и те я прожил недавно за границей. У меня ничего нет.

Маша *(мужу).* Ты не уехал?

Медведенко *(виновато).* Что ж? Когда не дают лошади!

Маша *(с горькою досадой, вполголоса).* Глаза бы мои тебя не видели!

Кресло останавливается в левой половине комнаты; Полина Андреевна, Маша и Дорн садятся возле; Медведенко, опечаленный, отходит в сторону.

Дорн. Сколько у вас перемен, однако! Из гостиной сделали кабинет.

М а ш а. Здесь Константину Гаврилычу удобнее работать. Он может когда угодно выходить в сад и там думать.

Стучит сторож.

С о р и н. Где сестра?

Д о р н. Поехала на станцию встречать Тригорина. Сейчас вернется.

С о р и н. Если вы нашли нужным выписать сюда сестру, значит, я опасно болен. *(Помолчав.)* Вот история, я опасно болен, а между тем мне не дают никаких лекарств.

Д о р н. А чего вы хотите? Валериановых капель? Соды? Хины?

С о р и н. Ну, начинается философия. О, что за наказание! *(Кивнув головой на диван.)* Это для меня постлано?

П о л и н а А н д р е е в н а. Для вас, Петр Николаевич.

С о р и н. Благодарю вас.

Д о р н *(напевает).* «Месяц плывет по ночным небесам...»

С о р и н. Вот хочу дать Косте сюжет для повести. Она должна называться так: «Человек, который хотел». «L'homme qui a voulu». В молодости когда-то хотел я сделаться литератором — и не сделался; хотел красиво говорить — и говорил отвратительно *(дразнит себя):* «и все и все такое, того, не того...» и, бывало, резюме везешь, везешь, даже в пот ударит; хотел жениться — и не женился; хотел всегда жить в городе — и вот кончаю свою жизнь в деревне, и все.

Д о р н. Хотел стать действительным статским советником — и стал.

С о р и н *(смеется)*. К этому я не стремился. Это вышло само собою.

Д о р н. Выражать недовольство жизнью в шестьдесят два года, согласитесь, — это не великодушно.

С о р и н. Какой упрямец. Поймите, жить хочется!

Д о р н. Это легкомыслие. По законам природы всякая жизнь должна иметь конец.

С о р и н. Вы рассуждаете, как сытый человек. Вы сыты и потому равнодушны к жизни, вам все равно. Но умирать и вам будет страшно.

Д о р н. Страх смерти — животный страх... Надо подавлять его. Сознательно боятся смерти только верующие в вечную жизнь, которым страшно бывает своих грехов. А вы, во-первых, неверующий, во-вторых — какие у вас грехи? Вы двадцать пять лет прослужили по судебному ведомству — только всего.

С о р и н *(смеется)*. Двадцать восемь...

Входит Т р е п л е в и садится на скамеечке у ног Сорина. Маша все время не отрывает от него глаз.

Д о р н. Мы мешаем Константину Гавриловичу работать.

Т р е п л е в. Нет, ничего.

Пауза.

Медведенко. Позвольте вас спросить, доктор, какой город за границей вам больше понравился?

Дорн. Генуя.

Треплев. Почему Генуя?

Дорн. Там превосходная уличная толпа. Когда вечером выходишь из отеля, то вся улица бывает запружена народом. Движешься потом в толпе без всякой цели, туда-сюда, по ломаной линии, живешь с нею вместе, сливаешься с нею психически и начинаешь верить, что в самом деле возможна одна мировая душа, вроде той, которую когда-то в вашей пьесе играла Нина Заречная. Кстати, где теперь Заречная? Где она и как?

Треплев. Должно быть, здорова.

Дорн. Мне говорили, будто она повела какую-то особенную жизнь. В чем дело?

Треплев. Это, доктор, длинная история.

Дорн. А вы покороче.

Пауза.

Треплев. Она убежала из дому и сошлась с Тригориным. Это вам известно?

Дорн. Знаю.

Треплев. Был у нее ребенок. Ребенок умер. Тригорин разлюбил ее и вернулся к своим прежним привязанностям, как и следовало ожидать. Впрочем, он никогда не покидал прежних, а, по бесхарактерности, как-то ухитрился и тут и там. Насколько я мог понять из того, что мне известно, личная жизнь Нины не удалась совершенно.

Д о р н. А сцена?

Т р е п л е в. Кажется, еще хуже. Дебютировала она под Москвой в дачном театре, потом уехала в провинцию. Тогда я не упускал ее из виду и некоторое время куда она, туда и я. Бралась она все за большие роли, но играла грубо, безвкусно, с завываниями, с резкими жестами. Бывали моменты, когда она талантливо вскрикивала, талантливо умирала, но это были только моменты.

Д о р н. Значит, все-таки есть талант?

Т р е п л е в. Понять было трудно. Должно быть, есть. Я ее видел, но она не хотела меня видеть, и прислуга не пускала меня к ней в номер. Я понимал ее настроение и не настаивал на свидании.

Пауза.

Что же вам еще сказать? Потом я, когда уже вернулся домой, получал от нее письма. Письма умные, теплые, интересные; она не жаловалась, но я чувствовал, что она глубоко несчастна; что ни строчка, то больной, натянутый нерв. И воображение немного расстроено. Она подписывалась Чайкой. В «Русалке» мельник говорит, что он ворон, так она в письмах все повторяла, что она чайка. Теперь она здесь.

Д о р н. То есть как, здесь?

Т р е п л е в. В городе, на постоялом дворе. Уже дней пять, как живет там в номере. Я было поехал к ней, и вот Марья Ильинишна ездила, но она никого не принимает. Семен Семенович уверяет, будто вчера после обеда видел ее в поле, в двух верстах отсюда.

М е д в е д е н к о. Да, я видел. Шла в ту сторону, к городу. Я поклонился, спросил, отчего не идет к нам в гости. Она сказала, что придет.

Т р е п л е в. Не придет она.

Пауза.

Отец и мачеха не хотят ее знать. Везде расставили сторожей, чтобы даже близко не допускать ее к усадьбе. *(Отходит с доктором к письменному столу.)* Как легко, доктор, быть философом на бумаге и как это трудно на деле!

С о р и н. Прелестная была девушка.

Д о р н. Что-с?

С о р и н. Прелестная, говорю, была девушка. Действительный статский советник Сорин был даже в нее влюблен некоторое время.

Д о р н. Старый ловелас.

Слышен смех Шамраева.

Антон Павлович Чехов

Полина Андреевна. Кажется, наши приехали со станции...

Треплев. Да, я слышу маму.

Входят Аркадина, Тригорин, за ними Шамраев.

Шамраев *(входя).* Мы все стареем, выветриваемся под влиянием стихий, а вы, многоуважаемая, все еще молоды... Светлая кофточка, живость... грация...

Аркадина. Вы опять хотите сглазить меня, скучный человек!

Тригорин *(Сорину).* Здравствуйте, Петр Николаевич! Что это вы всё хвораете? Нехорошо! *(Увидев Машу, радостно.)* Марья Ильинична!

Маша. Узнали? *(Жмет ему руку.)*

Тригорин. Замужем?

Маша. Давно.

Тригорин. Счастливы? *(Раскланивается с Дорном и с Медведенком, потом нерешительно подходит к Треплеву.)* Ирина Николаевна говорила, что вы уже забыли старое и перестали гневаться.

Треплев протягивает ему руку.

Аркадина *(сыну).* Вот Борис Алексеевич привез журнал с твоим новым рассказом.

Треплев *(принимая книгу, Тригорину).* Благодарю вас. Вы очень любезны.

Садятся.

Тригорин. Вам шлют поклон ваши почитатели... В Петербурге и в Москве вообще заинтересованы вами, и меня всё спрашивают про вас. Спрашивают: какой он, сколько лет, брюнет или блондин. Думают все почему-то, что вы уже немолоды. И никто не знает вашей настоящей фамилии, так как вы печатаетесь под псевдонимом. Вы таинственны, как Железная маска.

Треплев. Надолго к нам?

Тригорин. Нет, завтра же думаю в Москву. Надо. Тороплюсь кончить повесть и затем еще обещал дать что-нибудь в сборник. Одним словом — старая история.

> Пока они разговаривают, Аркадина и Полина Андреевна ставят среди комнаты ломберный стол и раскрывают его; Шамраев зажигает свечи, ставит стулья. Достают из шкапа лото.

Погода встретила меня неласково. Ветер жестокий. Завтра утром, если утихнет, отправлюсь на озеро удить рыбу. Кстати, надо осмотреть сад и то место, где — помните? — играли вашу пьесу. У меня созрел мотив, надо только возобновить в памяти место действия.

Маша (*отцу*). Папа, позволь мужу взять лошадь! Ему нужно домой.

Шамраев (*дразнит*). Лошадь... домой...

Антон Павлович Чехов

(Строго.) Сама видела: сейчас посылали на станцию. Не гонять же опять.

М а ш а. Но ведь есть другие лошади... *(Видя, что отец молчит, машет рукой.)* С вами связываться...

М е д в е д е н к о. Я, Маша, пешком пойду. Право...

П о л и н а А н д р е е в н а *(вздохнув)*. Пешком, в такую погоду... *(Садится за ломберный стол.)* Пожалуйте, господа.

М е д в е д е н к о. Ведь всего только шесть верст... Прощай... *(Целует жене руку.)* Прощайте, мамаша.

Теща нехотя протягивает ему для поцелуя руку.

Я бы никого не беспокоил, но ребеночек... *(Кланяется всем.)* Прощайте... *(Уходит; походка виноватая.)*

Ш а м р а е в. Небось дойдет. Не генерал.

П о л и н а А н д р е е в н а *(стучит по столу)*. Пожалуйте, господа. Не будем терять времени, а то скоро ужинать позовут.

Шамраев, Маша и Дорн садятся за стол.

А р к а д и н а *(Тригорину)*. Когда наступают длинные осенние вечера, здесь играют в лото. Вот взгляните: старинное лото, в которое еще играла с нами покойная мать, когда мы были детьми. Не хотите ли до ужина сыграть с нами партию? *(Садится с Тригориным за стол.)* Игра скучная, но если привыкнуть к ней, то ничего. *(Сдает всем по три карты.)*

Т р е п л е в *(перелистывая журнал)*. Свою повесть прочел, а моей даже не разрезал. *(Кладет журнал на письменный стол, потом направляется к левой двери; проходя мимо матери, целует ее в голову.)*

А р к а д и н а. А ты, Костя?

Т р е п л е в. Прости, что-то не хочется... Я пройдусь. *(Уходит.)*

А р к а д и н а. Ставка — гривенник. Поставьте за меня, доктор.

Д о р н. Слушаю-с.

М а ш а. Все поставили? Я начинаю... Двадцать два!

А р к а д и н а. Есть.

М а ш а. Три!..

Д о р н. Так-с.

М а ш а. Поставили три? Восемь! Восемьдесят один! Десять!

Ш а м р а е в. Не спеши.

А р к а д и н а. Как меня в Харькове принимали, батюшки мои, до сих пор голова кружится!

М а ш а. Тридцать четыре!

За сценой играют меланхолический вальс.

Антон Павлович Чехов

А р к а д и н а. Студенты овацию устроили... Три корзины, два венка и вот... *(Снимает с груди брошь и бросает на стол.)*

Ш а м р а е в. Да, это вещь...

М а ш а. Пятьдесят!..

Д о р н. Ровно пятьдесят?

А р к а д и н а. На мне был удивительный туалет... Что-что, а уж одеться я не дура.

П о л и н а А н д р е е в н а. Костя играет. Тоскует, бедный.

Ш а м р а е в. В газетах бранят его очень.

М а ш а. Семьдесят семь!

А р к а д и н а. Охота обращать внимание.

Т р и г о р и н. Ему не везет. Все никак не может попасть в свой настоящий тон. Что-то странное, неопределенное, порой даже похожее на бред. Ни одного живого лица.

М а ш а. Одиннадцать!

А р к а д и н а *(оглянувшись на Сорина)*. Петруша, тебе скучно?

Пауза.

Спит.

Д о р н. Спит действительный статский советник.

М а ш а. Семь! Девяносто!

Т р и г о р и н. Если бы я жил в такой усадьбе, у озера, то разве я стал бы писать? Я поборол бы в себе эту страсть и только и делал бы, что удил рыбу.

М а ш а. Двадцать восемь!

Т р и г о р и н. Поймать ерша или окуня — это такое блаженство!

Д о р н. А я верю в Константина Гаврилыча. Что-то есть! Что-то есть! Он мыслит образами, рассказы его красочны, ярки, и я их сильно чувствую. Жаль только, что он не имеет определенных задач. Производит впечатление, и больше ничего, а ведь на одном впечатлении далеко не уедешь. Ирина Николаевна, вы рады, что у вас сын писатель?

А р к а д и н а. Представьте, я еще не читала. Все некогда.

М а ш а. Двадцать шесть!

Т р е п л е в тихо входит и идет к своему столу.

Ш а м р а е в (*Тригорину*). А у нас, Борис Алексеевич, осталась ваша вещь.

Т р и г о р и н. Какая?

Ш а м р а е в. Как-то Константин Гаврилыч застрелил чайку, и вы поручили мне заказать из нее чучело.

Т р и г о р и н. Не помню. (*Раздумывая.*) Не помню!

М а ш а. Шестьдесят шесть! Один!

Т р е п л е в (*распахивает окно, прислушива-*

ется). Как темно! Не понимаю, отчего я испытываю такое беспокойство.

А р к а д и н а. Костя, закрой окно, а то дует.

Треплев закрывает окно.

М а ш а. Восемьдесят восемь!

Т р и г о р и н. У меня партия, господа.

А р к а д и н а *(весело).* Браво! браво!

Ш а м р а е в. Браво!

А р к а д и н а. Этому человеку всегда и везде везет. *(Встает.)* А теперь пойдемте закусить чего-нибудь. Наша знаменитость не обедала сегодня. После ужина будем продолжать. *(Сыну.)* Костя, оставь свои рукописи, пойдем есть.

Т р е п л е в. Не хочу, мама, я сыт.

А р к а д и н а. Как знаешь. *(Будит Сорина.)* Петруша, ужинать! *(Берет Шамраева под руку.)* Я расскажу вам, как меня принимали в Харькове...

Полина Андреевна тушит на столе свечи, потом она и Дорн катят кресло. Все уходят в левую дверь; на сцене остается один Треплев за письменным столом.

Т р е п л е в *(собирается писать; пробегает то, что уже написано).* Я так много говорил о новых формах, а теперь чувствую, что сам мало-помалу сползаю к рутине. *(Читает.)* «Афиша на заборе гласила... Бледное лицо, обрамленное темными волосами...» Гласила, обрамленное... Это бездарно. *(Зачеркивает.)* Начну с того, как героя разбудил шум дождя, а остальное все вон. Описание лунного вечера длинно и изысканно. Тригорин выработал себе приемы, ему легко... У него на плотине блестит горлышко разбитой бутылки и чернеет тень от мельничного колеса — вот и лунная ночь готова, а у меня и трепещущий свет, и тихое мерцание звезд, и далекие звуки рояля, замирающие в тихом ароматном воздухе... Это мучительно.

Пауза.

Да, я все больше и больше прихожу к убеждению, что дело не в старых и не в новых формах, а в том, что человек пишет, не думая ни о каких формах, пишет, потому что это свободно льется из его души.

Кто-то стучит в окно, ближайшее к столу.

Что такое? *(Глядит в окно.)* Ничего не видно... *(Отворяет стеклянную дверь и смотрит в сад.)* Кто-то пробежал вниз по ступеням. *(Окликает.)* Кто здесь? *(Уходит; слышно, как он быстро идет по террасе; через полминуты возвращается с Ниной Заречной.)* Нина! Нина!

Нина кладет ему голову на грудь и сдержанно рыдает.

Антон Павлович Чехов

(*Растроганный.*) Нина! Нина! Это вы... вы... Я точно предчувствовал, весь день душа моя томилась ужасно. (*Снимает с нее шляпу и тальму.*) О, моя добрая, моя ненаглядная, она пришла! Не будем плакать, не будем.

Н и н а. Здесь есть кто-то.

Т р е п л е в. Никого.

Н и н а. Заприте двери, а то войдут.

Т р е п л е в. Никто не войдет.

Н и н а. Я знаю, Ирина Николаевна здесь. Заприте двери...

Т р е п л е в (*запирает правую дверь на ключ, подходит к левой*). Тут нет замка. Я заставлю креслом. (*Ставит у двери кресло.*) Не бойтесь, никто не войдет.

Н и н а (*пристально глядит ему в лицо*). Дайте я посмотрю на вас. (*Оглядываясь.*) Тепло, хорошо... Здесь тогда была гостиная. Я сильно изменилась?

Т р е п л е в. Да... Вы похудели, и у вас глаза стали больше. Нина, как-то странно, что я вижу вас. Отчего вы не пускали меня к себе? Отчего вы до сих пор не приходили? Я знаю, вы здесь живете уже почти неделю... Я каждый день ходил к вам по нескольку раз, стоял у вас под окном, как нищий.

Н и н а. Я боялась, что вы меня ненавидите. Мне каждую ночь все снится, что вы смотрите на меня и не узнаете. Если бы вы знали! С самого приезда я все ходила тут... около озера. Около вашего дома была много раз и не решалась войти. Давайте сядем.

Садятся.

Сядем и будем говорить, говорить. Хорошо здесь, тепло, уютно... Слышите — ветер? У Тургенева есть место: «Хорошо тому, кто в такие ночи сидит под кровом дома, у кого есть теплый угол». Я — чайка... Нет, не то. *(Трет себе лоб.)* О чем я? Да... Тургенев... «И да поможет Господь всем бесприютным скитальцам...» Ничего. *(Рыдает.)*

Т р е п л е в. Нина, вы опять... Нина!

Н и н а. Ничего, мне легче от этого... Я уже два года не плакала. Вчера поздно вечером я пошла посмотреть в саду, цел ли наш театр. А он до сих пор стоит. Я заплакала в первый раз после двух лет, и у меня отлегло, стало яснее на душе. Видите, я уже не плачу. *(Берет его за руку.)* Итак, вы стали уже писателем... Вы писатель, я — актриса... Попали и мы с вами в круговорот... Жила я радостно, по-детски — проснешься утром и запоешь; любила вас, мечтала о славе, а теперь? Завтра рано утром ехать в Елец в третьем классе... с мужиками, а в Ельце образованные купцы будут приставать с любезностями. Груба жизнь!

Т р е п л е в. Зачем в Елец?

Антон Павлович Чехов

Н и н а. Взяла ангажемент на всю зиму. Пора ехать.

Т р е п л е в. Нина, я проклинал вас, ненавидел, рвал ваши письма и фотографии, но каждую минуту я сознавал, что душа моя привязана к вам навеки. Разлюбить вас я не в силах, Нина. С тех пор как я потерял вас и как начал печататься, жизнь для меня невыносима, — я страдаю... Молодость мою вдруг как оторвало, и мне кажется, что я уже прожил на свете девяносто лет. Я зову вас, целую землю, по которой вы ходили; куда бы я ни смотрел, всюду мне представляется ваше лицо, эта ласковая улыбка, которая светила мне в лучшие годы моей жизни...

Н и н а *(растерянно).* Зачем он так говорит, зачем он так говорит?

Т р е п л е в. Я одинок, не согрет ничьей привязанностью, мне холодно, как в подземелье, и, что бы я ни писал, все это сухо, черство, мрачно. Останьтесь здесь, Нина, умоляю вас, или позвольте мне уехать с вами!

Нина быстро надевает шляпу и тальму.

Нина, зачем? Бога ради, Нина... *(Смотрит, как она одевается.)*

Пауза.

Н и н а. Лошади мои стоят у калитки. Не провожайте, я сама дойду... *(Сквозь слезы.)* Дайте воды...

Треплев *(дает ей напиться)*. Вы куда теперь?

Нина. В город.

Пауза.

Ирина Николаевна здесь?

Треплев. Да... В четверг дяде было нехорошо, мы ей телеграфировали, чтобы она приехала.

Нина. Зачем вы говорите, что целовали землю, по которой я ходила? Меня надо убить. *(Склоняется к столу.)* Я так утомилась! Отдохнуть бы... отдохнуть! *(Поднимает голову.)* Я — чайка... Не то. Я — актриса. Ну да! *(Услышав смех Аркадиной и Тригорина, прислушивается, потом бежит к левой двери и смотрит в замочную скважину.)* И он здесь... *(Возвращаясь к Треплеву.)* Ну да... Ничего... Да... Он не верил в театр, все смеялся над моими мечтами, и мало-помалу я тоже перестала верить и пала духом... А тут заботы любви, ревность, постоянный страх за маленького... Я стала мелочною, ничтожною, играла бессмысленно... Я не знала, что делать с руками, не умела стоять на сцене, не владела голосом. Вы не понимаете этого состояния, когда чувствуешь, что играешь ужасно. Я — чайка. Нет, не то... Помните, вы подстрелили чайку? Случайно пришел человек, увидел и от нечего делать погубил... Сюжет для небольшого рас-

Антон Павлович Чехов

сказа... Это не то... *(Трет себе лоб.)* О чем я?.. Я говорю о сцене. Теперь уж я не так... Я уже настоящая актриса, я играю с наслаждением, с восторгом, пьянею на сцене и чувствую себя прекрасной. А теперь, пока живу здесь, я все хожу пешком, все хожу и думаю, думаю и чувствую, как с каждым днем растут мои душевные силы... Я теперь знаю, понимаю, Костя, что в нашем деле — все равно, играем мы на сцене или пишем — главное не слава, не блеск, не то, о чем я мечтала, а уменье терпеть. Умей нести свой крест и веруй. Я верую, и мне не так больно, и когда я думаю о своем призвании, то не боюсь жизни.

Т р е п л е в *(печально)*. Вы нашли свою дорогу, вы знаете, куда идете, а я все еще ношусь в хаосе грез и образов, не зная, для чего и кому это нужно. Я не верую и не знаю, в чем мое призвание.

Н и н а *(прислушиваясь)*. Тсс... Я пойду. Прощайте. Когда я стану большою актрисой, приезжайте взглянуть на меня. Обещаете? А теперь... *(Жмет ему руку.)* Уже поздно. Я еле на ногах стою... я истощена, мне хочется есть...

Т р е п л е в. Останьтесь, я дам вам поужинать...

Н и н а. Нет, нет... Не провожайте, я сама дойду... Лошади мои близко... Значит, она привезла его с собою? Что ж, все равно. Когда увидите Тригорина, то не говорите ему ничего... Я люблю его. Я люблю его даже сильнее, чем прежде... Сюжет для небольшого рассказа... Люблю, люблю страстно, до отчаяния люблю. Хорошо было прежде, Костя! Помните? Какая ясная, теплая, радостная, чистая жизнь, какие чувства, — чувства, похожие на нежные, изящные цветы... Помните?.. *(Читает.)* «Люди, львы, орлы и куропатки, рогатые олени, гуси, пауки, молчаливые рыбы, обитавшие в воде, морские звезды и те, которых нельзя было видеть глазом, — словом, все жизни, все жизни, все жизни, свершив печальный круг, угасли. Уже тысячи веков, как земля не носит на себе ни одного живого существа, и эта бедная луна напрасно зажигает свой фонарь. На лугу уже не просыпаются с криком журавли, и майских жуков не бывает слышно в липовых рощах...» *(Обнимает порывисто Треплева и убегает в стеклянную дверь.)*

Т р е п л е в *(после паузы).* Нехорошо, если кто-нибудь встретит ее в саду и потом скажет маме. Это может огорчить маму... *(В продолжение двух минут молча рвет все свои рукописи и бросает под стол, потом отпирает правую дверь и уходит.)*

Д о р н *(стараясь отворить левую дверь).* Странно. Дверь как будто заперта... *(Входит и ставит на место кресло.)* Скачка с препятствиями.

Антон Павлович Чехов

Входят Аркадина, Полина Андреевна, за ними Яков с бутылками и Маша, потом Шамраев и Тригорин.

Аркадина. Красное вино и пиво для Бориса Алексеевича ставьте сюда, на стол. Мы будем играть и пить. Давайте-ка садиться, господа.

Полина Андреевна (*Якову*). Сейчас же подавай и чай. (*Зажигает свечи, садится за ломберный стол.*)

Шамраев (*подводит Тригорина к шкапу*). Вот вещь, о которой я давеча говорил... (*Достает из шкапа чучело чайки.*) Ваш заказ.

Тригорин (*глядя на чайку*). Не помню! (*Подумав.*) Не помню!

Направо за сценой выстрел; все вздрагивают.

Аркадина (*испуганно*). Что такое?

Дорн. Ничего. Это, должно быть, в моей походной аптеке что-нибудь лопнуло. Не беспокойтесь. (*Уходит в правую дверь, через полминуты возвращается.*) Так и есть. Лопнула склянка с эфиром. (*Напевает.*) «Я вновь пред тобою стою очарован...»

Аркадина (*садясь за стол*). Фуй, я испугалась. Это мне напомнило, как... (*Закрывает лицо руками.*) Даже в глазах потемнело...

Дорн (*перелистывая журнал, Тригорину*). Тут месяца два назад была напечатана одна статья... письмо из Америки, и я хотел вас спросить, между прочим... *(берет Тригорина за талию и отводит к рампе)* так как я очень интересуюсь этим вопросом... *(Тоном ниже, вполголоса.)* Уведите отсюда куда-нибудь Ирину Николаевну. Дело в том, что Константин Гаврилович застрелился...

Занавес

1896

ДЯДЯ ВАНЯ

Сцены из деревенской жизни в четырех действиях

ДЕЙСТВУЮЩИЕ ЛИЦА

Серебряков Александр Владимирович, отставной профессор.

Елена Андреевна, его жена, 27 лет.

Софья Александровна (Соня), его дочь от первого брака.

Войницкая Мария Васильевна, вдова тайного советника, мать первой жены профессора.

Войницкий Иван Петрович, ее сын.

Астров Михаил Львович, врач.

Телегин Илья Ильич, обедневший помещик.

Марина, старая няня.

Работник.

Действие происходит в усадьбе Серебрякова.

Действие первое

Сад. Видна часть дома с террасой. На аллее под старым тополем стол, сервированный для чая. Скамьи, стулья; на одной из скамей лежит гитара. Недалеко от стола качели. Третий час дня. Пасмурно.
М а р и н а (сырая, малоподвижная старушка, сидит у самовара, вяжет чулок) и А с т р о в (ходит возле).

М а р и н а *(наливает стакан)*. Кушай, батюшка.

А с т р о в *(нехотя принимает стакан)*. Что-то не хочется.

М а р и н а. Может, водочки выпьешь?

А с т р о в. Нет. Я не каждый день водку пью. К тому же душно.

Пауза.

Нянька, сколько прошло, как мы знакомы?

М а р и н а *(раздумывая)*. Сколько? Дай бог память... Ты приехал сюда, в эти края... когда?.. еще жива была Вера Петровна, Сонечкина мать. Ты при ней к нам две зимы ездил... Ну, значит, лет одиннадцать прошло. *(Подумав.)* А может, и больше...

А с т р о в. Сильно я изменился с тех пор?

М а р и н а. Сильно. Тогда ты молодой был, красивый, а теперь постарел. И красота уже не та. Тоже сказать — и водочку пьешь.

А с т р о в. Да... В десять лет другим человеком стал. А какая причина? Заработался, нянька. От утра до ночи все на ногах, покою не знаю, а ночью лежишь под одеялом и боишься, как бы к больному не потащили. За все время, пока мы с тобою знакомы, у меня ни одного дня не было свободного. Как не постареть? Да и сама по себе жизнь скучна, глупа, грязна... Затягивает эта жизнь. Кругом тебя одни чудаки, сплошь одни чудаки; а поживешь с ними года два-три и мало-помалу сам, незаметно для себя, становишься чудаком. Неизбежная участь. *(Закручивая свои длинные усы.)* Ишь громадные усы выросли... Глупые усы. Я стал чудаком, нянька... Поглупеть-то я еще не поглупел, Бог милостив, мозги на своем месте, но чувства как-то притупились. Ничего я не хочу, ничего мне не нужно, никого я не люблю... Вот разве тебя только люблю. *(Целует ее в голову.)* У меня в детстве была такая же нянька.

М а р и н а. Может, ты кушать хочешь?

А с т р о в. Нет. В Великом посту на третьей неделе поехал я в Малицкое на эпидемию... Сыпной тиф... В избах народ вповалку... Грязь, вонь, дым, телята на полу, с больными вместе... Поросята тут же... Возился я целый день, не присел, маковой росинки во рту не было, а приехал домой, не дают отдохнуть — привезли с железной дороги стрелочника; положил я его на стол, чтобы ему операцию делать, а он возьми и умри у меня под хлороформом. И когда вот не нужно, чувства проснулись во мне, и защемило мою совесть, точно это я умышленно убил его... Сел я, закрыл глаза — вот этак, и думаю: те, которые будут жить через сто — двести лет после нас и для которых мы теперь пробиваем дорогу, помянут ли нас добрым словом? Нянька, ведь не помянут!

М а р и н а. Люди не помянут, зато Бог помянет.

А с т р о в. Вот спасибо. Хорошо ты сказала.

Входит В о й н и ц к и й.

В о й н и ц к и й (*выходит из дому; он выспался после завтрака и имеет помятый вид; садится на скамью, поправляет свой щегольской галстук*). Да...

Пауза.

Да...

А с т р о в. Выспался?

В о й н и ц к и й. Да... Очень. (*Зевает.*) С тех пор как здесь живет профессор со своею супругой, жизнь выбилась из колеи... Сплю не вовремя, за завтраком и обедом ем разные кабули, пью вина... нездорово все это! Прежде минуты свободной не было, я и Соня работали — мое почтение, а теперь работает одна Соня, а я сплю, ем, пью... Нехорошо!

М а р и н а (*покачав головой*). Порядки! Профессор встает в двенадцать часов, а самовар кипит с утра, все его дожидается. Без них обедали всегда в первом часу, как везде у людей, а при них в седьмом. Ночью профессор читает и пишет, и вдруг часу во втором звонок... Что такое, батюшки? Чаю! Буди для него народ, ставь самовар... Порядки!

А с т р о в. И долго они еще здесь проживут?

В о й н и ц к и й (*свистит*). Сто лет. Профессор решил поселиться здесь.

М а р и н а. Вот и теперь. Самовар уже два часа на столе, а они гулять пошли.

В о й н и ц к и й. Идут, идут... Не волнуйся.

Слышны голоса; из глубины сада, возвращаясь с прогулки, идут С е р е б р я к о в, Е л е н а А н д р е е в н а, С о н я и Т е л е г и н.

С е р е б р я к о в. Прекрасно, прекрасно... Чудесные виды.

Т е л е г и н. Замечательные, ваше превосходительство.

С о н я. Мы завтра поедем в лесничество, папа. Хочешь?

В о й н и ц к и й. Господа, чай пить!

С е р е б р я к о в. Друзья мои, пришлите мне чай в кабинет, будьте добры! Мне сегодня нужно еще кое-что сделать.

С о н я. А в лесничестве тебе непременно понравится...

Елена Андреевна, Серебряков и Соня уходят в дом; Телегин идет к столу и садится возле Марины.

Войницкий. Жарко, душно, а наш великий ученый в пальто, в калошах, с зонтиком и в перчатках.

Астров. Стало быть, бережет себя.

Войницкий. А как она хороша! Как хороша! Во всю свою жизнь не видел женщины красивее.

Телегин. Еду ли я по полю, Марина Тимофеевна, гуляю ли в тенистом саду, смотрю ли на этот стол, я испытываю неизъяснимое блаженство! Погода очаровательная, птички поют, живем мы все в мире и согласии, — чего еще нам? *(Принимая стакан.)* Чувствительно вам благодарен!

Войницкий *(мечтательно).* Глаза... Чудная женщина!

Астров. Расскажи-ка что-нибудь, Иван Петрович.

Войницкий *(вяло).* Что тебе рассказать?

Астров. Нового нет ли чего?

Войницкий. Ничего. Все старо. Я тот же, что и был, пожалуй, стал хуже, так как обленился, ничего не делаю и только ворчу, как старый хрен. Моя старая галка, maman, все еще лепечет про женскую эмансипацию; одним глазом смотрит в могилу, а другим ищет в своих умных книжках зарю новой жизни.

Астров. А профессор?

Войницкий. А профессор по-прежнему от утра до глубокой ночи сидит у себя в кабине-

Антон Павлович Чехов

те и пишет. «Напрягши ум, наморщивши чело, всё оды пишем, пишем, и ни себе, ни им похвал нигде не слышим». Бедная бумага! Он бы лучше свою автобиографию написал. Какой это превосходный сюжет! Отставной профессор, понимаешь ли, старый сухарь, ученая вобла... Подагра, ревматизм, мигрень, от ревности и зависти вспухла печенка... Живет эта вобла в имении своей первой жены, живет поневоле, потому что жить в городе ему не по карману. Вечно жалуется на свои несчастья, хотя, в сущности, сам необыкновенно счастлив. *(Нервно.)* Ты только подумай, какое счастье! Сын простого дьячка, бурсак, добился ученых степеней и кафедры, стал его превосходительством, зятем сенатора и прочее и прочее. Все это не важно, впрочем. Но ты возьми вот что. Человек ровно двадцать пять лет читает и пишет об искусстве, ровно ничего не понимая в искусстве. Двадцать пять лет он пережевывает чужие мысли о реализме, натурализме и всяком другом вздоре; двадцать пять лет читает и пишет о том, что умным давно уже известно, а для глупых неинтересно: значит, двадцать пять лет переливает из пустого в порожнее. И в то же время какое самомнение! Какие претензии! Он вышел в отставку, и его не знает ни одна живая душа, он совершенно неизвестен; значит, двадцать пять лет он занимал чужое место. А посмотри: шагает, как полубог!

А с т р о в. Ну, ты, кажется, завидуешь.

Войницкий. Да, завидую! А какой успех у женщин! Ни один Дон-Жуан не знал такого полного успеха! Его первая жена, моя сестра, прекрасное, кроткое создание, чистая, как вот это голубое небо, благородная, великодушная, имевшая поклонников больше, чем он учеников, — любила его так, как могут любить одни только чистые ангелы таких же чистых и прекрасных, как они сами. Моя мать, его теща, до сих пор обожает его, и до сих пор он внушает ей священный ужас. Его вторая жена, красавица, умница — вы ее только что видели, — вышла за него, когда уже он был стар, отдала ему молодость, красоту, свободу, свой блеск. За что? Почему?

Астров. Она верна профессору?

Войницкий. К сожалению, да.

Астров. Почему же к сожалению?

Войницкий. Потому что эта верность фальшива от начала до конца. В ней много риторики, но нет логики. Изменить старому мужу, которого терпеть не можешь, — это безнравственно; стараться же заглушить в себе бедную молодость и живое чувство — это не безнравственно.

Телегин (*плачущим голосом*). Ваня, я не люблю, когда ты это говоришь. Ну вот, право... Кто изменяет жене или мужу, тот, значит, неверный человек, тот может изменить и отечеству!

Войницкий (*с досадой*). Заткни фонтан, Вафля!

Антон Павлович Чехов

Т е л е г и н. Позволь, Ваня. Жена моя бежала от меня на другой день после свадьбы с любимым человеком по причине моей непривлекательной наружности. После того я своего долга не нарушал. Я до сих пор ее люблю и верен ей, помогаю чем могу и отдал свое имущество на воспитание деточек, которых она прижила с любимым человеком. Счастья я лишился, но у меня осталась гордость. А она? Молодость уже прошла, красота под влиянием законов природы поблекла, любимый человек скончался... Что же у нее осталось?

Входят С о н я и Е л е н а А н д р е е в н а; немного погодя входит М а р и я В а с и л ь е в н а с книгой; она садится и читает; ей дают чаю, и она пьет не глядя.

С о н я *(торопливо, няне).* Там, нянечка, мужики пришли. Поди поговори с ними, а чай я сама... *(Наливает чай.)*

Няня уходит. Елена Андреевна берет свою чашку и пьет, сидя на качелях.

А с т р о в *(Елене Андреевне).* Я ведь к вашему мужу. Вы писали, что он очень болен, ревматизм и еще что-то, а, оказывается, он здоровехонек.

Е л е н а А н д р е е в н а. Вчера вечером он хандрил, жаловался на боли в ногах, а сегодня ничего...

А с т р о в. А я-то сломя голову скакал тридцать верст. Ну, да ничего, не впервой. Зато уж останусь у вас до завтра и, по крайней мере, высплюсь quantum satis[*].

С о н я. И прекрасно. Это такая редкость, что вы у нас ночуете. Вы небось не обедали?

А с т р о в. Нет-с, не обедал.

С о н я. Так вот кстати и пообедаете. Мы теперь обедаем в седьмом часу. *(Пьет.)* Холодный чай!

Т е л е г и н. В самоваре уже значительно понизилась температура.

Е л е н а А н д р е е в н а. Ничего, Иван Иваныч, мы и холодный выпьем.

Т е л е г и н. Виноват-с... Не Иван Иваныч, а Илья Ильич-с... Илья Ильич Телегин, или, как некоторые зовут меня по причине моего рябого лица, Вафля. Я когда-то крестил Сонечку, и его превосходительство, ваш супруг, знает меня очень хорошо. Я теперь у вас живу-с, в этом имении-с... Если изволили заметить, я каждый день с вами обедаю.

С о н я. Илья Ильич — наш помощник, правая рука. *(Нежно.)* Давайте, крестненький, я вам еще налью.

М а р и я В а с и л ь е в н а. Ах!

С о н я. Что с вами, бабушка?

М а р и я В а с и л ь е в н а. Забыла я сказать Александру... потеряла память... сегодня получила я письмо из Харькова от Павла Алексеевича... Прислал свою новую брошюру...

---

[*] Сколько надо, вволю *(лат.)*.

А с т р о в. Интересно?

М а р и я В а с и л ь е в н а. Интересно, но как-то странно. Опровергает то, что семь лет назад сам же защищал. Это ужасно!

В о й н и ц к и й. Ничего нет ужасного. Пейте, maman, чай.

М а р и я В а с и л ь е в н а. Но я хочу говорить!

В о й н и ц к и й. Но мы уже пятьдесят лет говорим, и говорим, и читаем брошюры. Пора бы уж и кончить.

М а р и я В а с и л ь е в н а. Тебе почему-то неприятно слушать, когда я говорю. Прости, Жан, но в последний год ты так изменился, что я тебя совершенно не узнаю... Ты был человеком определенных убеждений, светлою личностью.

В о й н и ц к и й. О да! Я был светлою личностью, от которой никому не было светло...

Пауза.

Я был светлою личностью... Нельзя сострить ядовитей! Теперь мне сорок семь лет. До прошлого года я так же, как вы, нарочно старался отуманивать свои глаза вашею этою схоластикой, чтобы не видеть настоящей жизни, — и думал, что делаю хорошо. А теперь, если бы вы знали! Я ночи не сплю с досады, от злости, что так глупо проворонил время, когда мог бы иметь все, в чем отказывает мне теперь моя старость!

С о н я. Дядя Ваня, скучно!

М а р и я   В а с и л ь е в н а *(сыну)*. Ты точно обвиняешь в чем-то свои прежние убеждения... Но виноваты не они, а ты сам. Ты забывал, что убеждения сами по себе ничто, мертвая буква... Нужно было дело делать.

В о й н и ц к и й. Дело? Не всякий способен быть пишущим perpetuum mobile*, как ваш герр профессор.

М а р и я   В а с и л ь е в н а. Что ты хочешь этим сказать?

С о н я *(умоляюще)*. Бабушка! Дядя Ваня! Умоляю вас!

В о й н и ц к и й. Я молчу. Молчу и извиняюсь.

Пауза.

Е л е н а   А н д р е е в н а. А хорошая сегодня погода... Не жарко...

Пауза.

В о й н и ц к и й. В такую погоду хорошо повеситься...

Телегин настраивает гитару. М а р и н а ходит около дома и кличет кур.

М а р и н а. Цып, цып, цып...

С о н я. Нянечка, зачем мужики приходили?..

---

* Вечным двигателем *(лат.)*.

Марина. Всё то же, опять всё насчет пустоши. Цып, цып, цып...

Соня. Кого ты это?

Марина. Пеструшка ушла с цыплятами... Вороны бы не потаскали... *(Уходит.)*

Телегин играет польку; все молча слушают; входит
Работник.

Работник. Господин доктор здесь? *(Астрову.)* Пожалуйте, Михаил Львович, за вами приехали.

Астров. Откуда?

Работник. С фабрики.

Астров *(с досадой).* Покорно благодарю. Что ж, надо ехать... *(Ищет глазами фуражку.)* Досадно, черт подери...

Соня. Как это неприятно, право... С фабрики приезжайте обедать.

Астров. Нет, уж поздно будет. Где уж... Куда уж... *(Работнику.)* Вот что, притащи-ка мне, любезный, рюмку водки в самом деле.

Работник уходит.

Где уж... куда уж... *(Нашел фуражку.)* У Островского в какой-то пьесе есть человек с большими усами и малыми способностями... Так это я. Ну, честь имею, господа... *(Елене Андреевне.)* Если когда-нибудь заглянете ко мне, вот вместе с Софьей Александровной, то буду искренно рад. У меня небольшое именьишко, всего десятин тридцать, но, если интересуетесь, образцовый сад и питомник, какого не найдете за тысячу верст кругом. Рядом со мною казенное лесничество... Лесничий там стар, болеет всегда, так что, в сущности, я заведую всеми делами.

Е л е н а А н д р е е в н а. Мне уже говорили, что вы очень любите леса. Конечно, можно принести большую пользу, но разве это не мешает вашему настоящему призванию? Ведь вы доктор.

А с т р о в. Одному Богу известно, в чем наше настоящее призвание.

Е л е н а А н д р е е в н а. И интересно?

А с т р о в. Да, дело интересное.

В о й н и ц к и й *(с иронией)*. Очень!

Е л е н а А н д р е е в н а *(Астрову)*. Вы еще молодой человек, вам на вид... ну, тридцать шесть — тридцать семь лет... и, должно быть, не так интересно, как вы говорите. Все лес и лес. Я думаю, однообразно.

С о н я. Нет, это чрезвычайно интересно. Михаил Львович каждый год сажает новые леса, и ему уже прислали бронзовую медаль и диплом. Он хлопочет, чтобы не истребляли старых. Если вы выслушаете его, то согласитесь с ним вполне. Он говорит, что леса украшают землю, что они учат человека понимать прекрасное и внушают ему величавое настроение. Леса смягчают суровый климат. В странах, где мягкий климат, меньше тратится сил на борьбу

Антон Павлович Чехов

с природой, и потому там мягче и нежнее человек; там люди красивы, гибки, легко возбудимы, речь их изящна, движения грациозны. У них процветают науки и искусства, философия их не мрачна, отношения к женщине полны изящного благородства...

В о й н и ц к и й (*смеясь*). Браво, браво!.. Все это мило, но не убедительно, так что (*Астрову*) позволь мне, мой друг, продолжать топить печи дровами и строить сараи из дерева.

А с т р о в. Ты можешь топить печи торфом, а сараи строить из камня. Ну, я допускаю, руби леса из нужды, но зачем истреблять их? Русские леса трещат под топором, гибнут миллиарды деревьев, опустошаются жилища зверей и птиц, мелеют и сохнут реки, исчезают безвозвратно чудные пейзажи, и все оттого, что у ленивого человека не хватает смысла нагнуться и поднять с земли топливо. (*Елене Андреевне.*) Не правда ли, сударыня? Надо быть безрассудным варваром, чтобы жечь в своей печке эту красоту, разрушать то, чего мы не можем создать. Человек одарен разумом и творческою силой, чтобы приумножать то, что ему дано, но до сих пор он не творил, а разрушал. Лесов все меньше и меньше, реки сохнут, дичь перевелась, климат испорчен, и с каждым днем земля становится все беднее и безобразнее. (*Войницкому.*) Вот ты глядишь на меня с иронией, и все, что я говорю, тебе кажется несерьезным, и... и, быть может, это в самом деле чудачество, но когда я прохожу мимо крестьянских лесов, которые я спас от порубки, или когда я слышу, как шумит мой молодой лес, посаженный моими руками, я сознаю, что климат немножко и в моей власти и что если через тысячу лет человек будет счастлив, то в этом немножко буду виноват и я. Когда я сажаю березку и потом вижу, как она зеленеет и качается от ветра, душа моя наполняется гордостью, и я... *(Увидев работника, который принес на подносе рюмку водки.)* Однако... *(пьет)* мне пора. Все это, вероятно, чудачество в конце концов. Честь имею кланяться! *(Идет к дому.)*

С о н я *(берет его под руку и идет вместе).* Когда же вы приедете к нам?

А с т р о в. Не знаю...

С о н я. Опять через месяц?..

Астров и Соня уходят в дом; Мария Васильевна и Телегин остаются возле стола; Елена Андреевна и Войницкий идут к террасе.

Е л е н а А н д р е е в н а. А вы, Иван Петрович, опять вели себя невозможно. Нужно было вам раздражать Марию Васильевну, говорить о perpetuum mobile! И сегодня за завтраком вы опять спорили с Александром. Как это мелко!

В о й н и ц к и й. Но если я его ненавижу!

Е л е н а А н д р е е в н а. Ненавидеть Александра не за что, он такой же, как все. Не хуже вас.

Антон Павлович Чехов

Войницкий. Если бы вы могли видеть свое лицо, свои движения... Какая вам лень жить! Ах, какая лень!

Елена Андреевна. Ах, и лень, и скучно! Все бранят моего мужа, все смотрят на меня с сожалением: несчастная, у нее старый муж! Это участие ко мне — о, как я его понимаю! Вот как сказал сейчас Астров: все вы безрассудно губите леса, и скоро на земле ничего не останется. Точно так вы безрассудно губите человека, и скоро благодаря вам на земле не останется ни верности, ни чистоты, ни способности жертвовать собою. Почему вы не можете видеть равнодушно женщину, если она не ваша? Потому что, — прав этот доктор, — во всех вас сидит бес разрушения. Вам не жаль ни лесов, ни птиц, ни женщин, ни друг друга.

Войницкий. Не люблю я этой философии!

Пауза.

Елена Андреевна. У этого доктора утомленное, нервное лицо. Интересное лицо. Соне, очевидно, он нравится, она влюблена в него, и я ее понимаю. При мне он был здесь уже три раза, но я застенчива и ни разу не поговорила с ним как следует, не обласкала его. Он подумал, что я зла. Вероятно, Иван Петрович, оттого мы с вами такие друзья, что оба мы нудные, скучные люди! Нудные! Не смотрите на меня так, я этого не люблю.

Войницкий. Могу ли я смотреть на вас иначе, если я люблю вас? Вы мое счастье, жизнь, моя молодость! Я знаю, шансы мои на взаимность ничтожны, равны нулю, но мне ничего не нужно, позвольте мне только глядеть на вас, слышать ваш голос...

Елена Андреевна. Тише, вас могут услышать!

Идут в дом.

Войницкий *(идя за нею)*. Позвольте мне говорить о своей любви, не гоните меня прочь, и это одно будет для меня величайшим счастьем...

Елена Андреевна. Это мучительно...

Оба уходят в дом. Телегин бьет по струнам и играет польку; Мария Васильевна что-то записывает на полях брошюры.

Занавес

Действие второе

Столовая в доме Серебрякова. — Ночь. — Слышно, как в саду стучит сторож.
Серебряков (сидит в кресле перед открытым окном и дремлет) и **Елена Андреевна** (сидит подле него и тоже дремлет).

Серебряков *(очнувшись)*. Кто здесь? Соня, ты?

Елена Андреевна. Это я.

Серебряков. Ты, Леночка... Невыносимая боль!

Елена Андреевна. У тебя плед упал на пол. *(Кутает ему ноги.)* Я, Александр, затворю окно.

Серебряков. Нет, мне душно... Я сейчас задремал, и мне снилось, будто у меня левая нога чужая. Проснулся от мучительной боли. Нет, это не подагра, скорей ревматизм. Который теперь час?

Елена Андреевна. Двадцать минут первого.

Пауза.

Серебряков. Утром поищи в библиотеке Батюшкова. Кажется, он есть у нас.

Елена Андреевна. А?

Серебряков. Поищи утром Батюшкова. Помнится, он был у нас. Но отчего мне так тяжело дышать?

Елена Андреевна. Ты устал. Вторую ночь не спишь.

Серебряков. Говорят, у Тургенева от подагры сделалась грудная жаба. Боюсь, как бы у меня не было. Проклятая, отвратительная старость. Черт бы ее побрал. Когда я постарел, я стал себе противен. Да и вам всем, должно быть, противно на меня смотреть.

Елена Андреевна. Ты говоришь о своей старости таким тоном, как будто все мы виноваты, что ты стар.

Серебряков. Тебе же первой я противен.

Елена Андреевна отходит и садится поодаль.

Конечно, ты права. Я не глуп и понимаю. Ты молода, здорова, красива, жить хочешь, а я старик, почти труп. Что ж? Разве я не понимаю? И, конечно, глупо, что я до сих пор жив. Но погодите, скоро я освобожу вас всех. Недолго мне еще придется тянуть.

Елена Андреевна. Я изнемогаю... Бога ради, молчи.

Серебряков. Выходит так, что благодаря мне все изнемогли, скучают, губят свою молодость, один только я наслаждаюсь жизнью и доволен. Ну да, конечно!

Елена Андреевна. Замолчи! Ты меня замучил!

Серебряков. Я всех замучил. Конечно.

Елена Андреевна *(сквозь слезы)*. Невыносимо! Скажи, что ты хочешь от меня?

Серебряков. Ничего.

Елена Андреевна. Ну, так замолчи. Я прошу.

Серебряков. Странное дело, заговорит Иван Петрович или эта старая идиотка, Марья Васильевна, — и ничего, все слушают, но скажи я хоть одно слово, как все начинают чувствовать себя несчастными. Даже голос мой противен. Ну, допустим, я противен, я эгоист, я деспот, но неужели я даже в старости не имею некоторого права на эгоизм? Неужели я не заслужил? Неужели же, я спрашиваю, я не имею права на покойную старость, на внимание к себе людей?

Е л е н а   А н д р е е в н а. Никто не оспаривает у тебя твоих прав.

Окно хлопает от ветра.

Ветер поднялся, я закрою окно. *(Закрывает.)* Сейчас будет дождь. Никто у тебя твоих прав не оспаривает.

Пауза; сторож в саду стучит и поет песню.

С е р е б р я к о в. Всю жизнь работать для науки, привыкнуть к своему кабинету, к аудитории, к почтенным товарищам — и вдруг, ни с того ни с сего, очутиться в этом склепе, каждый день видеть тут глупых людей, слушать ничтожные разговоры... Я хочу жить, я люблю успех, люблю известность, шум, а тут — как в ссылке. Каждую минуту тосковать о прошлом, следить за успехами других, бояться смерти... Не могу! Нет сил! А тут еще не хотят простить мне моей старости!

Е л е н а   А н д р е е в н а. Погоди, имей терпение: через пять-шесть лет и я буду стара.

Входит С о н я.

С о н я. Папа, ты сам приказал послать за доктором Астровым, а когда он приехал, ты отказываешься принять его. Это неделикатно. Только напрасно побеспокоили человека...

С е р е б р я к о в. На что мне твой Астров? Он столько же понимает в медицине, как я в астрономии.

С о н я. Не выписывать же сюда для твоей подагры целый медицинский факультет.

С е р е б р я к о в. С этим юродивым я и разговаривать не стану.

С о н я. Это как угодно. *(Садится.)* Мне все равно.

С е р е б р я к о в. Который теперь час?

Е л е н а А н д р е е в н а. Первый.

С е р е б р я к о в. Душно... Соня, дай мне со стола капли!

С о н я. Сейчас. *(Подает капли.)*

С е р е б р я к о в *(раздраженно)*. Ах, да не эти! Ни о чем нельзя попросить!

С о н я. Пожалуйста, не капризничай. Может быть, это некоторым и нравится, но меня избавь, сделай милость! Я этого не люблю. И мне некогда, мне нужно завтра рано вставать, у меня сенокос.

Входит В о й н и ц к и й в халате и со свечой.

Молния.

Вона как! Hélène и Соня, идите спать, я пришел вас сменить!

С е р е б р я к о в *(испуганно)*. Нет, нет! Не оставляйте меня с ним! Нет. Он меня заговорит!

Войницкий. Но надо же дать им покой! Они уже другую ночь не спят.

Серебряков. Пусть идут спать, но и ты уходи. Благодарю. Умоляю тебя. Во имя нашей прежней дружбы, не протестуй. После поговорим.

Войницкий *(с усмешкой)*. Прежней нашей дружбы... Прежней...

Соня. Замолчи, дядя Ваня.

Серебряков *(жене)*. Дорогая моя, не оставляй меня с ним! Он меня заговорит.

Войницкий. Это становится даже смешно.

Входит Марина со свечой.

Соня. Ты бы ложилась, нянечка. Уже поздно.

Марина. Самовар со стола не убран. Не очень-то ляжешь.

Серебряков. Все не спят, изнемогают, один только я блаженствую.

Марина *(подходит к Серебрякову, нежно)*. Что, батюшка? Больно? У меня у самой ноги гудут, так и гудут. *(Поправляет плед.)* Это у вас давняя болезнь. Вера Петровна, покойница, Сонечкина мать, бывало, ночи не спит, убивается... Очень уж она вас любила...

Пауза.

Старые что малые, хочется, чтобы пожалел кто, а старых-то никому не жалко. *(Целует Серебрякова в плечо.)* Пойдем, батюшка, в постель...

Пойдем, светик... Я тебя липовым чаем напою, ножки твои согрею... Богу за тебя помолюсь...

С е р е б р я к о в (*растроганный*). Пойдем, Марина.

М а р и н а. У самой-то у меня ноги так и гудут, так и гудут! (*Ведет его вместе с Соней.*) Вера Петровна, бывало, все убивается, все плачет... Ты, Сонюшка, тогда была еще мала, глупа... Иди, иди, батюшка...

Серебряков, Соня и Марина уходят.

Е л е н а   А н д р е е в н а. Я замучилась с ним. Едва на ногах стою.

В о й н и ц к и й. Вы с ним, а я с самим собою. Вот уже третью ночь не сплю.

Е л е н а   А н д р е е в н а. Неблагополучно в этом доме. Ваша мать ненавидит все, кроме своих брошюр и профессора; профессор раздражен, мне не верит, вас боится; Соня злится на отца, злится на меня и не говорит со мною вот уже две недели; вы ненавидите мужа и открыто презираете свою мать; я раздражена и сегодня раз двадцать принималась плакать... Неблагополучно в этом доме.

В о й н и ц к и й. Оставим философию!

Е л е н а   А н д р е е в н а. Вы, Иван Петрович, образованны и умны и, кажется, должны бы понимать, что мир погибает не от разбойников, не от пожаров, а от ненависти, вражды, от всех этих мелких дрязг... Ваше бы дело не ворчать, а мирить всех.

В о й н и ц к и й. Сначала помирите меня с самим собою! Дорогая моя... *(Припадает к ее руке.)*

Е л е н а А н д р е е в н а. Оставьте! *(Отнимает руку.)* Уходите!

В о й н и ц к и й. Сейчас пройдет дождь, и все в природе освежится и легко вздохнет. Одного только меня не освежит гроза. Днем и ночью, точно домовой, душит меня мысль, что жизнь моя потеряна безвозвратно. Прошлого нет, оно глупо израсходовано на пустяки, а настоящее ужасно по своей нелепости. Вот вам моя жизнь и моя любовь: куда мне их девать, что мне с ними делать? Чувство мое гибнет даром, как луч солнца, попавший в яму, и сам я гибну.

Е л е н а А н д р е е в н а. Когда вы мне говорите о своей любви, я как-то тупею и не знаю, что говорить. Простите, я ничего не могу сказать вам. *(Хочет идти.)* Спокойной ночи.

В о й н и ц к и й *(загораживая ей дорогу)*. И если бы вы знали, как я страдаю от мысли, что рядом со мною в этом же доме гибнет другая жизнь — ваша! Чего вы ждете? Какая проклятая философия мешает вам? Поймите же, поймите...

Е л е н а А н д р е е в н а *(пристально смотрит на него)*. Иван Петрович, вы пьяны!

В о й н и ц к и й. Может быть, может быть...

Е л е н а А н д р е е в н а. Где доктор?

Войницкий. Он там... у меня ночует. Может быть, может быть... Все может быть!

Елена Андреевна. И сегодня пили? К чему это?

Войницкий. Все-таки на жизнь похоже... Не мешайте мне, Hélène!

Елена Андреевна. Раньше вы никогда не пили, и никогда вы так много не говорили... Идите спать! Мне с вами скучно.

Войницкий *(припадая к ее руке).* Дорогая моя... чудная!

Елена Андреевна *(с досадой).* Оставьте меня. Это, наконец, противно. *(Уходит.)*

Войницкий *(один).* Ушла...

Пауза.

Десять лет тому назад я встречал ее у покойной сестры. Тогда ей было семнадцать, а мне тридцать семь лет. Отчего я тогда не влюбился в нее и не сделал ей предложения? Ведь это было так возможно! И была бы она теперь моею женой... Да... Теперь оба мы проснулись бы от грозы; она испугалась бы грома, а я держал бы ее в своих объятиях и шептал: «Не бойся, я здесь». О, чудные мысли, как хорошо, я даже смеюсь... но, боже мой, мысли путаются в голове... Зачем я стар? Зачем она меня не понимает? Ее риторика, ленивая мораль, вздорные, ленивые мысли о погибели мира — все это мне глубоко ненавистно.

Антон Павлович Чехов

Пауза.

О, как я обманут! Я обожал этого профессора, этого жалкого подагрика, я работал на него как вол! Я и Соня выжимали из этого имения последние соки; мы, точно кулаки, торговали постным маслом, горохом, творогом, сами недоедали куска, чтобы из грошей и копеек собирать тысячи и посылать ему. Я гордился им и его наукой, я жил, я дышал им! Все, что он писал и изрекал, казалось мне гениальным... Боже, а теперь? Вот он в отставке, и теперь виден весь итог его жизни: после него не останется ни одной страницы труда, он совершенно неизвестен, он ничто! Мыльный пузырь! И я обманут... вижу — глупо обманут...

Входит А с т р о в в сюртуке, без жилета и без галстука; он навеселе; за ним Т е л е г и н с гитарой.

А с т р о в. Играй!
Т е л е г и н. Все спят-с!
А с т р о в. Играй!

Телегин тихо наигрывает.

(Войницкому.) Ты один здесь? Дам нет? (Подбоченясь, тихо поет.) «Ходи, хата, ходи, печь, хозяину негде лечь...» А меня гроза разбудила. Важный дождик. Который теперь час?
В о й н и ц к и й. А черт его знает.
А с т р о в. Мне как будто бы послышался голос Елены Андреевны.

Войницкий. Сейчас она была здесь.

Астров. Роскошная женщина. *(Осматривает склянки на столе.)* Лекарства. Каких только тут нет рецептов! И харьковские, и московские, и тульские... Всем городам надоел своею подагрой. Он болен или притворяется?

Войницкий. Болен.

Пауза.

Астров. Что ты сегодня такой печальный? Профессора жаль, что ли?

Войницкий. Оставь меня.

Астров. А то, может быть, в профессоршу влюблен?

Войницкий. Она мой друг.

Астров. Уже?

Войницкий. Что значит это «уже»?

Астров. Женщина может быть другом мужчины лишь в такой последовательности: сначала приятель, потом любовница, а затем уж друг.

Войницкий. Пошляческая философия.

Астров. Как? Да... Надо сознаться — становлюсь пошляком. Видишь, я и пьян. Обыкновенно я напиваюсь так один раз в месяц. Когда бываю в таком состоянии, то становлюсь нахальным и наглым до крайности. Мне тогда всё нипочем! Я берусь за самые трудные операции и делаю их прекрасно; я рисую самые широкие планы будущего; в это время я уже не кажусь себе чудаком и верю, что приношу человечеству громадную пользу... громадную! И в это время у меня своя собственная философская система, и все вы, братцы, представляетесь мне такими букашками... микробами. *(Телегину.)* Вафля, играй!

Т е л е г и н. Дружочек, я рад бы для тебя всею душой, но пойми же — в доме спят!

А с т р о в. Играй!

Телегин тихо наигрывает.

Выпить бы надо. Пойдем, там, кажется, у нас еще коньяк остался. А как рассветет, ко мне поедем. Идёть? У меня есть фельдшер, который никогда не скажет «идет», а «идёть». Мошенник страшный. Так идёть? *(Увидев входящую Соню.)* Извините, я без галстука. *(Быстро уходит.)*

Телегин идет за ним.

С о н я. А ты, дядя Ваня, опять напился с доктором. Подружились ясные соколы. Ну, тот уж всегда такой, а ты-то с чего? В твои годы это совсем не к лицу.

В о й н и ц к и й. Годы тут ни при чем. Когда нет настоящей жизни, то живут миражами. Все-таки лучше, чем ничего.

С о н я. Сено у нас все скошено, идут каждый день дожди, все гниет, а ты занимаешься миражами. Ты совсем забросил хозяйство... Я работаю одна, совсем из сил выбилась... *(Испуганно.)* Дядя, у тебя на глазах слезы!

В о й н и ц к и й. Какие слезы? Ничего нет...

вздор... Ты сейчас взглянула на меня, как покойная твоя мать. Милая моя... *(Жадно целует ее руки и лицо.)* Сестра моя... милая сестра моя... где она теперь? Если бы она знала! Ах, если бы она знала!

С о н я. Что? Дядя, что знала?

В о й н и ц к и й. Тяжело, нехорошо... Ничего... После... Ничего... Я уйду... *(Уходит.)*

С о н я *(стучит в дверь)*. Михаил Львович! Вы не спите? На минутку!

А с т р о в *(за дверью)*. Сейчас! *(Немного погодя входит; он уже в жилетке и галстуке.)* Что прикажете?

С о н я. Сами вы пейте, если это вам не противно, но, умоляю, не давайте пить дяде. Ему вредно.

А с т р о в. Хорошо. Мы не будем больше пить.

Пауза.

Я сейчас уеду к себе. Решено и подписано. Пока запрягут, будет уже рассвет.

С о н я. Дождь идет. Погодите до утра.

А с т р о в. Гроза идет мимо, только краем захватит. Поеду. И, пожалуйста, больше не приглашайте меня к вашему отцу. Я ему говорю — подагра, а он — ревматизм; я прошу лежать, он сидит. А сегодня так и вовсе не стал говорить со мною.

С о н я. Избалован. *(Ищет в буфете.)* Хотите закусить?

А с т р о в. Пожалуй, дайте.

С о н я. Я люблю по ночам закусывать. В буфете, кажется, что-то есть. Он в жизни, говорят, имел большой успех у женщин, и его дамы избаловали. Вот берите сыр.

Оба стоят у буфета и едят.

А с т р о в. Я сегодня ничего не ел, только пил. У вашего отца тяжелый характер. *(Достает из буфета бутылку.)* Можно? *(Выпивает рюмку.)* Здесь никого нет, и можно говорить прямо. Знаете, мне кажется, что в вашем доме я не выжил бы одного месяца, задохнулся бы в этом воздухе... Ваш отец, который весь ушел в свою подагру и в книги, дядя Ваня со своею хандрой, ваша бабушка, наконец, ваша мачеха...

С о н я. Что мачеха?

А с т р о в. В человеке должно быть все прекрасно: и лицо, и одежда, и душа, и мысли. Она прекрасна, спора нет, но... ведь она только ест, спит, гуляет, чарует всех нас своею красотой — и больше ничего. У нее нет никаких обязанностей, на нее работают другие... Ведь так? А праздная жизнь не может быть чистою.

Пауза.

Впрочем, быть может, я отношусь слишком строго. Я не удовлетворен жизнью, как ваш дядя Ваня, и оба мы становимся брюзгами.

С о н я. А вы недовольны жизнью?

А с т р о в. Вообще жизнь люблю, но нашу жизнь, уездную, русскую, обывательскую, терпеть не могу и презираю ее всеми силами моей души. А что касается моей собственной, личной жизни, то, ей-богу, в ней нет решительно ничего хорошего. Знаете, когда идешь темною ночью по лесу и если в это время вдали светит огонек, то не замечаешь ни утомления, ни потемок, ни колючих веток, которые бьют тебя по лицу... Я работаю, — вам это известно, — как никто в уезде, судьба бьет меня, не переставая, порой страдаю я невыносимо, но у меня вдали нет огонька. Я для себя уже ничего не жду, не люблю людей... Давно уже никого не люблю.

С о н я. Никого?

А с т р о в. Никого. Некоторую нежность я чувствую только к вашей няньке — по старой памяти. Мужики однообразны очень, неразвиты, грязно живут, а с интеллигенцией трудно ладить. Она утомляет. Все они, наши добрые знакомые, мелко мыслят, мелко чувствуют и не видят дальше своего носа — просто-напросто глупы. А те, которые поумнее и покрупнее, истеричны, заедены анализом, рефлексом... Эти ноют, ненавистничают, болезненно клевещут, подходят к человеку боком, смотрят на него искоса и решают: «О, это психопат!» или: «Это фразер!» А когда не знают, какой ярлык прилепить к моему лбу, то говорят: «Это странный человек, странный!» Я люблю лес — это странно;

я не ем мяса — это тоже странно. Непосред-
ственного, чистого, свободного отношения
к природе и к людям уже нет... Нет и нет! *(Хочет
выпить.)*

С о н я *(мешает ему)*. Нет, прошу вас, умоляю, не пейте больше.

А с т р о в. Отчего?

С о н я. Это так не идет к вам! Вы изящны,
у вас такой нежный голос... Даже больше, вы,
как никто из всех, кого я знаю, — вы прекрасны. Зачем же вы хотите походить на обыкновен-
ных людей, которые пьют и играют в карты? О,
не делайте этого, умоляю вас! Вы говорите всегда, что люди не творят, а только разрушают то,
что им дано свыше. Зачем же, зачем вы разру-
шаете самого себя? Не надо, не надо, умоляю,
заклинаю вас.

А с т р о в *(протягивает ей руку)*. Не буду
больше пить.

С о н я. Дайте мне слово.

А с т р о в. Честное слово.

С о н я *(крепко пожимает руку)*. Благодарю!

А с т р о в. Баста! Я отрезвел. Видите, я уже
совсем трезв и таким останусь до конца дней
моих. *(Смотрит на часы.)* Итак, будем продолжать. Я говорю: мое время уже ушло, поздно
мне... Постарел, заработался, испошлился, притупились все чувства, и, кажется, я уже не мог
бы привязаться к человеку. Я никого не люблю
и... уже не полюблю. Что меня еще захватывает,

так это красота. Неравнодушен я к ней. Мне кажется, что если бы вот Елена Андреевна захотела, то могла бы вскружить мне голову в один день... Но ведь это не любовь, не привязанность... *(Закрывает рукой глаза и вздрагивает.)*

С о н я. Что с вами?

А с т р о в. Так... В Великом посту у меня больной умер под хлороформом.

С о н я. Об этом пора забыть.

Пауза.

Скажите мне, Михаил Львович... Если бы у меня была подруга или младшая сестра и если бы вы узнали, что она... ну, положим, любит вас, то как бы вы отнеслись к этому?

А с т р о в *(пожав плечами)*. Не знаю. Должно быть, никак. Я дал бы ей понять, что полюбить ее не могу... да и не тем моя голова занята. Как-никак, а если ехать, то уже пора. Прощайте, голубушка, а то мы так до утра не кончим. *(Пожимает руку.)* Я пройду через гостиную, если позволите, а то боюсь, как бы ваш дядя меня не задержал. *(Уходит.)*

С о н я *(одна)*. Он ничего не сказал мне... Душа и сердце его все еще скрыты от меня, но отчего же я чувствую себя такою счастливою? *(Смеется от счастья.)* Я ему сказала: вы изящны, благородны, у вас такой нежный голос... Разве это вышло некстати? Голос его дрожит, ласкает... вот я чувствую его в воздухе. А когда я сказала ему про младшую сестру, он не понял... *(Ломая руки.)* О, как это ужасно, что я некрасива! Как ужасно! А я знаю, что я некрасива, знаю, знаю... В прошлое воскресенье, когда выходили из церкви, я слышала, как говорили про меня, и одна женщина сказала: «Она добрая, великодушная, но жаль, что она так некрасива...» Некрасива...

Входит Елена Андреевна.

Елена Андреевна *(открывает окна).* Прошла гроза. Какой хороший воздух!

Пауза.

Где доктор?
Соня. Ушел.

Пауза.

Елена Андреевна. Софи!
Соня. Что?
Елена Андреевна. До каких пор вы будете дуться на меня? Друг другу мы не сделали никакого зла. Зачем же нам быть врагами? Полноте...
Соня. Я сама хотела... *(Обнимает ее.)* Довольно сердиться.
Елена Андреевна. И отлично.

Обе взволнованы.

Соня. Папа лег?

Елена Андреевна. Нет, сидит в гостиной... Не говорим мы друг с другом по целым неделям и бог знает из-за чего... *(Увидев, что буфет открыт.)* Что это?

Соня. Михаил Львович ужинал.

Елена Андреевна. И вино есть... Давайте выпьем брудершафт.

Соня. Давайте.

Елена Андреевна. Из одной рюмочки... *(Наливает.)* Этак лучше. Ну, значит — ты?

Соня. Ты.

Пьют и целуются.

Я давно уже хотела мириться, да все как-то совестно было... *(Плачет.)*

Елена Андреевна. Что же ты плачешь?

Соня. Ничего, это я так.

Елена Андреевна. Ну, будет, будет... *(Плачет.)* Чудачка, и я заплакала...

Пауза.

Ты на меня сердита за то, что я будто вышла за твоего отца по расчету... Если веришь клятвам, то клянусь тебе — я выходила за него по любви. Я увлеклась им как ученым и известным человеком. Любовь была не настоящая, искусственная, но ведь мне казалось тогда, что она настоящая. Я не виновата. А ты с самой нашей свадьбы не переставала казнить меня своими умными подозрительными глазами.

Антон Павлович Чехов

С о н я. Ну, мир, мир! Забудем.

Е л е н а   А н д р е е в н а. Не надо смотреть так — тебе это не идет. Надо всем верить, иначе жить нельзя.

Пауза.

С о н я. Скажи мне по совести, как друг... Ты счастлива?

Е л е н а   А н д р е е в н а. Нет.

С о н я. Я это знала. Еще один вопрос. Скажи откровенно — ты хотела бы, чтобы у тебя был молодой муж?

Е л е н а   А н д р е е в н а. Какая ты еще девочка. Конечно, хотела бы! (Смеется.) Ну, спроси еще что-нибудь, спроси...

С о н я. Тебе доктор нравится?

Е л е н а   А н д р е е в н а. Да, очень.

С о н я (смеется). У меня глупое лицо... да? Вот он ушел, а я все слышу его голос и шаги, а посмотрю на темное окно — там мне представляется его лицо. Дай мне высказаться... Но я не могу говорить так громко, мне стыдно. Пойдем ко мне в комнату, там поговорим. Я тебе кажусь глупою? Сознайся... Скажи мне про него что-нибудь...

Е л е н а   А н д р е е в н а. Что же?

С о н я. Он умный... Он все умеет, все может... Он и лечит, и сажает лес...

Е л е н а   А н д р е е в н а. Не в лесе и не в медицине дело... Милая моя, пойми, это талант! А ты знаешь, что значит талант? Смелость, свободная голова, широкий размах... Посадит деревцо и уже загадывает, что будет от этого через тысячу лет, уже мерещится ему счастье человечества. Такие люди редки, их нужно любить... Он пьет, бывает грубоват, — но что за беда? Талантливый человек в России не может быть чистеньким. Сама подумай, что за жизнь у этого доктора! Непролазная грязь на дорогах, морозы, метели, расстояния громадные, народ грубый, дикий, кругом нужда, болезни, а при такой обстановке тому, кто работает и борется изо дня в день, трудно сохранить себя к сорока годам чистеньким и трезвым... *(Целует ее.)* Я от души тебе желаю, ты стоишь счастья... *(Встает.)* А я нудная, эпизодическое лицо... И в музыке, и в доме мужа, во всех романах — везде, одним словом, я была только эпизодическим лицом. Собственно говоря, Соня, если вдуматься, то я очень, очень несчастна! *(Ходит в волнении по сцене.)* Нет мне счастья на этом свете. Нет! Что ты смеешься?

С о н я *(смеется, закрыв лицо).* Я так счастлива... счастлива!

Е л е н а А н д р е е в н а. Мне хочется играть... Я сыграла бы теперь что-нибудь.

С о н я. Сыграй. *(Обнимает ее.)* Я не могу спать... Сыграй!

Е л е н а А н д р е е в н а. Сейчас. Твой отец не спит. Когда он болен, его раздражает музыка. Поди спроси. Если он ничего, то сыграю. Поди.

С о н я. Сейчас. *(Уходит.)*

В саду стучит сторож.

Е л е н а   А н д р е е в н а. Давно уже я не играла. Буду играть и плакать, плакать, как дура. *(В окно.)* Это ты стучишь, Ефим?

Голос сторожа: «Я!»

Е л е н а   А н д р е е в н а. Не стучи, барин нездоров.

Голос сторожа: «Сейчас уйду!» *(Подсвистывает.)* «Эй, вы, Жучка, Мальчик! Жучка!»

Пауза.

С о н я *(вернувшись)*. Нельзя!

З а н а в е с

Действие третье

Гостиная в доме Серебрякова. Три двери: направо, налево и посредине. — День.
В о й н и ц к и й,   С о н я   (сидят) и   Е л е н а   А н д - р е е в н а   (ходит по сцене, о чем-то думая).

В о й н и ц к и й. Герр профессор изволил выразить желание, чтобы сегодня все мы собрались вот в этой гостиной к часу дня. *(Смотрит на часы.)* Без четверти час. Хочет о чем-то поведать миру.

Елена Андреевна. Вероятно, какое-нибудь дело.

Войницкий. Никаких у него нет дел. Пишет чепуху, брюзжит и ревнует, больше ничего.

Соня *(тоном упрека)*. Дядя!

Войницкий. Ну, ну, виноват. *(Указывает на Елену Андреевну.)* Полюбуйтесь: ходит и от лени шатается. Очень мило! Очень!

Елена Андреевна. Вы целый день жужжите, всё жужжите — как не надоест! *(С тоской.)* Я умираю от скуки, не знаю, что мне делать.

Соня *(пожимая плечами)*. Мало ли дела? Только бы захотела.

Елена Андреевна. Например?

Соня. Хозяйством занимайся, учи, лечи. Мало ли? Вот когда тебя и папы здесь не было, мы с дядей Ваней сами ездили на базар мукой торговать.

Елена Андреевна. Не умею. Да и неинтересно. Это только в идейных романах учат и лечат мужиков, а как я, ни с того ни с сего, возьму вдруг и пойду их лечить или учить?

Соня. А вот я так не понимаю, как это не идти и не учить. Погоди, и ты привыкнешь. *(Обнимает ее.)* Не скучай, родная. *(Смеясь.)* Ты скучаешь, не находишь себе места, а скука и праздность заразительны. Смотри: дядя Ваня ничего не делает и только ходит за тобою, как тень, я

Антон Павлович Чехов

оставила свои дела и прибежала к тебе, чтобы поговорить. Обленилась, не могу! Доктор Михаил Львович прежде бывал у нас очень редко, раз в месяц, упросить его было трудно, а теперь он ездит сюда каждый день, бросил и свои леса, и медицину. Ты колдунья, должно быть.

В о й н и ц к и й. Что томитесь? *(Живо.)* Ну, дорогая моя, роскошь, будьте умницей! В ваших жилах течет русалочья кровь, будьте же русалкой! Дайте себе волю хоть раз в жизни, влюбитесь поскорее в какого-нибудь водяного по самые уши — и бултых с головой в омут, чтобы герр профессор и все мы только руками развели!

Е л е н а А н д р е е в н а *(с гневом)*. Оставьте меня в покое! Как это жестоко! *(Хочет уйти.)*

В о й н и ц к и й *(не пускает ее.)* Ну, ну, моя радость, простите... Извиняюсь. *(Целует руку.)* Мир.

Е л е н а А н д р е е в н а. У ангела не хватило бы терпения, согласитесь.

В о й н и ц к и й. В знак мира и согласия я принесу сейчас букет роз; еще утром для вас приготовил... Осенние розы — прелестные, грустные розы... *(Уходит.)*

С о н я. Осенние розы — прелестные, грустные розы...

Обе смотрят в окно.

Е л е н а А н д р е е в н а. Вот уже и сентябрь. Как-то мы проживем здесь зиму!

Пауза.

Где доктор?

С о н я. В комнате у дяди Вани. Что-то пишет. Я рада, что дядя Ваня ушел, мне нужно поговорить с тобою.

Е л е н а А н д р е е в н а. О чем?

С о н я. О чем? *(Кладет ей голову на грудь.)*

Е л е н а А н д р е е в н а. Ну, полно, полно... *(Приглаживает ей волосы.)* Полно.

С о н я. Я некрасива.

Е л е н а А н д р е е в н а. У тебя прекрасные волосы.

С о н я. Нет! *(Оглядывается, чтобы взглянуть на себя в зеркало.)* Нет! Когда женщина некрасива, то ей говорят: «У вас прекрасные глаза, у вас прекрасные волосы...» Я его люблю уже шесть лет, люблю больше, чем свою мать; я каждую минуту слышу его, чувствую пожатие его руки; и я смотрю на дверь, жду, мне все кажется, что он сейчас войдет. И вот, ты видишь, я все прихожу к тебе, чтобы поговорить о нем. Теперь он бывает здесь каждый день, но не смотрит на меня, не видит... Это такое страдание! У меня нет никакой надежды, нет, нет! *(В отчаянии.)* О боже, пошли мне силы... Я всю ночь молилась... Я часто подхожу к нему, сама заговариваю с ним, смотрю ему в глаза... У меня уже нет гордости, нет сил владеть собою... Не удержалась и вчера призналась дяде Ване, что люблю... И вся прислуга знает, что я его люблю. Все знают.

Антон Павлович Чехов

Е л е н а А н д р е е в н а. А он?

С о н я. Нет. Он меня не замечает.

Е л е н а А н д р е е в н а *(в раздумье)*. Странный он человек... Знаешь что? Позволь, я поговорю с ним... Я осторожно, намеками...

Пауза.

Право, до каких же пор быть в неизвестности... Позволь!

Соня утвердительно кивает головой.

И прекрасно. Любит или не любит — это нетрудно узнать. Ты не смущайся, голубка, не беспокойся — я допрошу его осторожно, он и не заметит. Нам только узнать: да или нет?

Пауза.

Если нет, то пусть не бывает здесь. Так?

Соня утвердительно кивает головой.

Легче, когда не видишь. Откладывать в долгий ящик не будем, допросим его теперь же. Он собирался показать мне какие-то чертежи... Поди скажи, что я желаю его видеть.

С о н я *(в сильном волнении)*. Ты мне скажешь всю правду?

Е л е н а А н д р е е в н а. Да, конечно. Мне кажется, что правда, какая бы она ни была, все-таки не так страшна, как неизвестность. Положись на меня, голубка.

С о н я. Да, да... Я скажу, что ты хочешь видеть его чертежи... *(Идет и останавливается возле двери.)* Нет, неизвестность лучше... Все-таки надежда...

Е л е н а   А н д р е е в н а. Что ты?

С о н я. Ничего. *(Уходит.)*

Е л е н а   А н д р е е в н а *(одна)*. Нет ничего хуже, когда знаешь чужую тайну и не можешь помочь. *(Раздумывая.)* Он не влюблен в нее — это ясно, но отчего бы ему не жениться на ней? Она некрасива, но для деревенского доктора, в его годы, это была бы прекрасная жена. Умница, такая добрая, чистая... Нет, это не то, не то...

Пауза.

Я понимаю эту бедную девочку. Среди отчаянной скуки, когда вместо людей кругом бродят какие-то серые пятна, слышатся одни пошлости, когда только и знают, что едят, пьют, спят, иногда приезжает он, непохожий на других, красивый, интересный, увлекательный, точно среди потемок восходит месяц ясный... Поддаться обаянию такого человека, забыться... Кажется, я сама увлеклась немножко. Да, мне без него скучно, я вот улыбаюсь, когда думаю о нем... Этот дядя Ваня говорит, будто в моих жилах течет русалочья кровь. «Дайте себе волю хоть раз в жизни...» Что ж? Может быть, так и нужно... Улететь бы вольною птицей от всех

Антон Павлович Чехов

вас, от ваших сонных физиономий, от разговоров, забыть, что все вы существуете на свете... Но я труслива, застенчива... Меня замучит совесть... Вот он бывает здесь каждый день, я угадываю, зачем он здесь, и уже чувствую себя виноватою, готова пасть перед Соней на колени, извиняться, плакать...

А с т р о в (*входит с картограммой*). Добрый день! (*Пожимает руку.*) Вы хотели видеть мою живопись?

Е л е н а А н д р е е в н а. Вчера вы обещали показать мне свои работы... Вы свободны?

А с т р о в. О, конечно. (*Растягивает на ломберном столе картограмму и укрепляет ее кнопками.*) Вы где родились?

Е л е н а А н д р е е в н а (*помогая ему*). В Петербурге.

А с т р о в. А получили образование?

Е л е н а А н д р е е в н а. В консерватории.

А с т р о в. Для вас, пожалуй, это неинтересно.

Е л е н а А н д р е е в н а. Почему? Я, правда, деревни не знаю, но я много читала.

А с т р о в. Здесь в доме есть мой собственный стол... В комнате у Ивана Петровича. Когда я утомлюсь совершенно, до полного отупения, то все бросаю и бегу сюда, и вот забавляюсь этой штукой час-другой... Иван Петрович и Софья Александровна щелкают на счетах, а я сижу подле них за своим столом и мажу, и мне тепло, покойно, и сверчок кричит. Но это удовольствие я позволяю себе не часто, раз в месяц... *(Показывая на картограмме.)* Теперь смотрите сюда. Картина нашего уезда, каким он был пятьдесят лет назад. Темно- и светло-зеленая краска означает леса; половина всей площади занята лесом. Где по зелени положена красная сетка, там водились лоси, козы... Я показываю тут и флору и фауну. На этом озере жили лебеди, гуси, утки, и, как говорят старики, птицы всякой была сила, видимо-невидимо: носилась она тучей. Кроме сел и деревень, видите, там и сям разбросаны разные выселки, хуторочки, раскольничьи скиты, водяные мельницы... Рогатого скота и лошадей было много. По голубой краске видно. Например, в этой волости голубая краска легла густо; тут были целые табуны, и на каждый двор приходилось по три лошади.

Пауза.

Теперь посмотрим ниже. То, что было двадцать пять лет назад. Тут уж под лесом только одна треть всей площади. Коз уже нет, но лоси есть. Зеленая и голубая краски уже бледнее. И так далее и так далее. Переходим к третьей части: картина уезда в настоящем. Зеленая краска лежит кое-где, но не сплошь, а пятнами; исчезли и лоси, и лебеди, и глухари... От прежних выселков, хуторков, скитов, мельниц и следа нет. В общем, картина постепенного

Антон Павлович Чехов

и несомненного вырождения, которому, по-видимому, остается еще каких-нибудь десять — пятнадцать лет, чтобы стать полным. Вы скажете, что тут культурные влияния, что старая жизнь, естественно, должна была уступить место новой. Да, я понимаю, если бы на месте этих истребленных лесов пролегли шоссе, железные дороги, если бы тут были заводы, фабрики, школы — народ стал бы здоровее, богаче, умнее, но ведь тут ничего подобного! В уезде те же болота, комары, то же бездорожье, нищета, тиф, дифтерит, пожары... Тут мы имеем дело с вырождением вследствие непосильной борьбы за существование; это вырождение от косности, от невежества, от полнейшего отсутствия самосознания, когда озябший, голодный, больной человек, чтобы спасти остатки жизни, чтобы сберечь своих детей, инстинктивно, бессознательно хватается за все, чем только можно утолить голод, согреться, разрушает все, не думая о завтрашнем дне... Разрушено уже почти все, но взамен не создано еще ничего. *(Холодно.)* Я по лицу вижу, что это вам неинтересно.

Е л е н а   А н д р е е в н а. Но я в этом так мало понимаю...

А с т р о в. И понимать тут нечего, просто неинтересно.

Е л е н а   А н д р е е в н а. Откровенно говоря, мысли мои не тем заняты. Простите. Мне нужно сделать вам маленький допрос, и я смущена, не знаю, как начать.

А с т р о в. Допрос?

Е л е н а   А н д р е е в н а. Да, допрос, но... довольно невинный. Сядем!

Садятся.

Дело касается одной молодой особы. Мы будем говорить, как честные люди, как приятели, без обиняков. Поговорим и забудем, о чем была речь. Да?

А с т р о в. Да.

Е л е н а   А н д р е е в н а. Дело касается моей падчерицы Сони. Она вам нравится?

А с т р о в. Да, я ее уважаю.

Е л е н а   А н д р е е в н а. Она вам нравится как женщина?

А с т р о в (не сразу). Нет.

Е л е н а   А н д р е е в н а. Еще два-три слова — и конец. Вы ничего не замечали?

А с т р о в. Ничего.

Е л е н а   А н д р е е в н а (берет его за руку). Вы не любите ее, по глазам вижу... Она страдает... Поймите это и... перестаньте бывать здесь.

А с т р о в (встает). Время мое уже ушло... Да и некогда... (Пожав плечами.) Когда мне? (Он смущен.)

Е л е н а   А н д р е е в н а. Фу, какой неприятный разговор! Я так волнуюсь, точно протащила на себе тысячу пудов. Ну, слава богу, кончили. Забудем, будто не говорили вовсе, и... и уезжайте. Вы умный человек, поймете...

Пауза.

Я даже красная вся стала.

А с т р о в. Если бы вы сказали месяц-два назад, то я, пожалуй, еще подумал бы, но теперь... *(Пожимает плечами.)* А если она страдает, то, конечно... Только одного не понимаю: зачем вам понадобился этот допрос? *(Глядит ей в глаза и грозит пальцем.)* Вы — хитрая!

Е л е н а А н д р е е в н а. Что это значит?

А с т р о в *(смеясь)*. Хитрая! Положим, Соня страдает, я охотно допускаю, но к чему этот ваш допрос? *(Мешая ей говорить, живо.)* Позвольте, не делайте удивленного лица, вы отлично знаете, зачем я бываю здесь каждый день... Зачем и ради кого бываю, это вы отлично знаете. Хищница милая, не смотрите на меня так, я старый воробей...

Е л е н а А н д р е е в н а *(в недоумении)*. Хищница? Ничего не понимаю.

А с т р о в. Красивый, пушистый хорек... Вам нужны жертвы! Вот я уже целый месяц ничего не делаю, бросил все, жадно ищу вас — и это вам ужасно нравится, ужасно... Ну, что ж? Я побежден, вы это знали и без допроса. *(Скрестив руки и нагнув голову.)* Покоряюсь. Нате, ешьте!

Елена Андреевна. Вы с ума сошли!

Астров *(смеется сквозь зубы)*. Вы застенчивы...

Елена Андреевна. О, я лучше и выше, чем вы думаете! Клянусь вам! *(Хочет уйти.)*

Астров *(загораживая ей дорогу)*. Я сегодня уеду, бывать здесь не буду, но... *(Берет ее за руку, оглядывается.)* Где мы будем видеться? Говорите скорее: где? Сюда могут войти, говорите скорее... *(Страстно.)* Какая чудная, роскошная... Один поцелуй... Мне поцеловать только ваши ароматные волосы...

Елена Андреевна. Клянусь вам...

Астров *(мешая ей говорить)*. Зачем клясться? Не надо клясться. Не надо лишних слов... О, какая красивая! Какие руки! *(Целует руки.)*

Елена Андреевна. Но довольно, наконец... уходите... *(Отнимает руки.)* Вы забылись.

Астров. Говорите же, говорите, где мы завтра увидимся? *(Берет ее за талию.)* Ты видишь, это неизбежно, нам надо видеться. *(Целует ее.)*

В это время входит Войницкий с букетом роз и останавливается у двери.

Елена Андреевна *(не видя Войницкого)*. Пощадите... оставьте меня... *(Кладет Астрову голову на грудь.)* Нет! *(Хочет уйти.)*

　　　　　　　　　Антон Павлович Чехов

А с т р о в (*удерживая ее за талию*). Приезжай завтра в лесничество... часам к двум... Да? Да? Ты приедешь?

Е л е н а   А н д р е е в н а (*увидев Войницкого*). Пустите! (*В сильном смущении отходит к окну.*) Это ужасно.

В о й н и ц к и й (*кладет букет на стул; волнуясь, вытирает платком лицо и за воротником*). Ничего... Да... Ничего...

А с т р о в (*будируя*). Сегодня, многоуважаемый Иван Петрович, погода недурна. Утром было пасмурно, словно как бы на дождь, а теперь солнце. Говоря по совести, осень выдалась прекрасная... и озими ничего себе. (*Свертывает картограмму в трубку.*) Вот только что: дни коротки стали... (*Уходит.*)

Е л е н а   А н д р е е в н а (*быстро подходит к Войницкому*). Вы постараетесь, вы употребите все ваше влияние, чтобы я и муж уехали отсюда сегодня же! Слышите? Сегодня же!

В о й н и ц к и й (*вытирая лицо*). А? Ну да... хорошо... Я, Hélène, все видел, все...

Е л е н а   А н д р е е в н а (*нервно*). Слышите? Я должна уехать отсюда сегодня же!

Входят С е р е б р я к о в, С о н я, Т е л е г и н и М а р и н а.

Т е л е г и н. Я сам, ваше превосходительство, что-то не совсем здоров. Вот уже два дня хвораю. Голова что-то того...

С е р е б р я к о в. Где же остальные? Не люблю я этого дома. Какой-то лабиринт. Двадцать шесть громадных комнат, разбредутся все, и никого никогда не найдешь. *(Звонит.)* Пригласите сюда Марью Васильевну и Елену Андреевну!

Е л е н а А н д р е е в н а. Я здесь.

С е р е б р я к о в. Прошу, господа, садиться.

С о н я *(подойдя к Елене Андреевне, нетерпеливо)*. Что он сказал?

Е л е н а А н д р е е в н а. После.

С о н я. Ты дрожишь? Ты взволнована? *(Пытливо всматривается в ее лицо.)* Я понимаю... Он сказал, что уже больше не будет бывать здесь... Да?

Пауза.

Скажи: да?

Елена Андреевна утвердительно кивает головой.

С е р е б р я к о в *(Телегину)*. С нездоровьем еще можно мириться, куда ни шло, но чего я не могу переварить, так это строя деревенской жизни. У меня такое чувство, как будто я с земли свалился на какую-то чужую планету. Садитесь, господа, прошу вас. Соня!

Соня не слышит его, она стоит, печально опустив голову.

Соня!

Пауза.

Антон Павлович Чехов

Не слышит. *(Марине.)* И ты, няня, садись.

Няня садится и вяжет чулок.

Прошу, господа. Повесьте, так сказать, ваши уши на гвоздь внимания. *(Смеется.)*

В о й н и ц к и й *(волнуясь)*. Я, быть может, не нужен? Могу уйти?

С е р е б р я к о в. Нет, ты здесь нужнее всех.

В о й н и ц к и й. Что вам от меня угодно?

С е р е б р я к о в. Вам... Что же ты сердишься?

Пауза.

Если я в чем виноват перед тобою, то извини, пожалуйста.

В о й н и ц к и й. Оставь этот тон. Приступим к делу... Что тебе нужно?

Входит М а р и я В а с и л ь е в н а.

С е р е б р я к о в. Вот и maman. Я начинаю, господа.

Пауза.

Я пригласил вас, господа, чтобы объявить вам, что к нам едет ревизор. Впрочем, шутки в сторону. Дело серьезное. Я, господа, собрал вас, чтобы попросить у вас помощи и совета, и, зная всегдашнюю вашу любезность, надеюсь, что получу их. Человек я ученый, книжный и всегда был чужд практической жизни. Обойтись без указаний сведущих людей я не могу и прошу тебя, Иван Петрович, вот вас, Илья Ильич, вас, maman... Дело в том, что manet omnes una nox[*], то есть все мы под Богом ходим; я стар, болен и потому нахожу своевременным регулировать свои имущественные отношения постольку, поскольку они касаются моей семьи. Жизнь моя уже кончена, о себе я не думаю, но у меня молодая жена, дочь-девушка.

Пауза.

Продолжать жить в деревне мне невозможно. Мы для деревни не созданы. Жить же в городе на те средства, какие мы получаем от этого имения, невозможно. Если продать, положим, лес, то это мера экстраординарная, которою нельзя пользоваться ежегодно. Нужно изыскать такие меры, которые гарантировали бы нам постоянную, более или менее определенную цифру дохода. Я придумал одну такую меру и имею честь предложить ее на ваше обсуждение. Минуя детали, изложу ее в общих чертах. Наше имение дает в среднем размере не более двух процентов. Я предлагаю продать его. Если вырученные деньги мы обратим в процентные бумаги, то будем получать от четырех до пяти процентов, и я думаю, что будет даже излишек в несколько ты-

---

[*] Всех ожидает одна ночь *(лат.)*.

Антон Павлович Чехов

сяч, который нам позволит купить в Финляндии небольшую дачу.

В о й н и ц к и й. Постой... Мне кажется, что мне изменяет мой слух. Повтори, что ты сказал.

С е р е б р я к о в. Деньги обратить в процентные бумаги и на излишек, какой останется, купить дачу в Финляндии.

В о й н и ц к и й. Не Финляндия... Ты еще что-то другое сказал.

С е р е б р я к о в. Я предлагаю продать имение.

В о й н и ц к и й. Вот это самое. Ты продашь имение, превосходно, богатая идея... А куда прикажешь деваться мне со старухой матерью и вот с Соней?

С е р е б р я к о в. Все это своевременно мы обсудим. Не сразу же.

В о й н и ц к и й. Постой. Очевидно, до сих пор у меня не было ни капли здравого смысла. До сих пор я имел глупость думать, что это имение принадлежит Соне. Мой покойный отец купил это имение в приданое для моей сестры. До сих пор я был наивен, понимал законы не по-турецки и думал, что имение от сестры перешло к Соне.

С е р е б р я к о в. Да, имение принадлежит Соне. Кто спорит? Без согласия Сони я не решусь продать его. К тому же я предлагаю сделать это для блага Сони.

В о й н и ц к и й. Это непостижимо, непостижимо! Или я с ума сошел, или... или...

М а р и я   В а с и л ь е в н а. Жан, не противоречь Александру. Верь, он лучше нас знает, что хорошо и что дурно.

В о й н и ц к и й. Нет, дайте мне воды. *(Пьет воду.)* Говорите что хотите, что хотите!

С е р е б р я к о в. Я не понимаю, отчего ты волнуешься. Я не говорю, что мой проект идеален. Если все найдут его негодным, то я не буду настаивать.

Пауза.

Т е л е г и н *(в смущении).* Я, ваше превосходительство, питаю к науке не только благоговение, но и родственные чувства. Брата моего Григория Ильича жены брат, может, изволите знать, Константин Трофимович Лакедемонов, был магистром...

В о й н и ц к и й. Постой, Вафля, мы о деле... Погоди, после... *(Серебрякову.)* Вот спроси ты у него. Это имение куплено у его дяди.

С е р е б р я к о в. Ах, зачем мне спрашивать? К чему?

В о й н и ц к и й. Это имение было куплено по тогдашнему времени за девяносто пять тысяч. Отец уплатил только семьдесят, и осталось долгу двадцать пять тысяч. Теперь слушайте... Имение это не было бы куплено, если бы я не отказался от наследства в пользу сестры, кото-

Антон Павлович Чехов

рую горячо любил. Мало того, я десять лет работал, как вол, и выплатил весь долг...

С е р е б р я к о в. Я жалею, что начал этот разговор.

В о й н и ц к и й. Имение чисто от долгов и не расстроено только благодаря моим личным усилиям. И вот когда я стал стар, меня хотят выгнать отсюда в шею!

С е р е б р я к о в. Я не понимаю, чего ты добиваешься!

В о й н и ц к и й. Двадцать пять лет я управлял этим имением, работал, высылал тебе деньги, как самый добросовестный приказчик, и за все время ты ни разу не поблагодарил меня. Все время — и в молодости и теперь — я получал от тебя жалованья пятьсот рублей в год — нищенские деньги! — и ты ни разу не догадался прибавить мне хоть один рубль!

С е р е б р я к о в. Иван Петрович, почем же я знал? Я человек не практический и ничего не понимаю. Ты мог бы сам прибавить себе сколько угодно.

В о й н и ц к и й. Зачем я не крал? Отчего вы все не презираете меня за то, что я не крал? Это было бы справедливо, и теперь я не был бы нищим!

М а р и я В а с и л ь е в н а (*строго*). Жан!

Т е л е г и н (*волнуясь*). Ваня, дружочек, не надо, не надо... я дрожу... Зачем портить хорошие отношения? (*Целует его.*) Не надо.

Войницкий. Двадцать пять лет я вот с этою матерью, как крот, сидел в четырех стенах... Все наши мысли и чувства принадлежали тебе одному. Днем мы говорили о тебе, о твоих работах, гордились тобою, с благоговением произносили твое имя; ночи мы губили на то, что читали журналы и книги, которые я теперь глубоко презираю!

Телегин. Не надо, Ваня, не надо... Не могу...

Серебряков *(гневно).* Не понимаю, что тебе нужно?

Войницкий. Ты для нас был существом высшего порядка, твои статьи мы знали наизусть... Но теперь у меня открылись глаза! Я все вижу! Пишешь ты об искусстве, но ничего не понимаешь в искусстве! Все твои работы, которые я любил, не стоят гроша медного! Ты морочил нас!

Серебряков. Господа! Да уймите же его наконец! Я уйду!

Елена Андреевна. Иван Петрович, я требую, чтобы вы замолчали! Слышите?

Войницкий. Не замолчу! *(Загораживая Серебрякову дорогу.)* Постой, я не кончил! Ты погубил мою жизнь! Я не жил, не жил! По твоей милости я истребил, уничтожил лучшие годы своей жизни. Ты мой злейший враг!

Т е л е г и н. Я не могу... не могу... Я уйду... *(В сильном волнении уходит.)*

С е р е б р я к о в. Что ты хочешь от меня? И какое ты имеешь право говорить со мною таким тоном? Ничтожество! Если имение твое, то бери его, я не нуждаюсь в нем!

Е л е н а   А н д р е е в н а. Я сию же минуту уезжаю из этого ада! *(Кричит.)* Я не могу дольше выносить!

В о й н и ц к и й. Пропала жизнь! Я талантлив, умен, смел... Если бы я жил нормально, то из меня мог бы выйти Шопенгауэр, Достоевский... Я зарапортовался! Я с ума схожу... Матушка, я в отчаянии! Матушка!

М а р и я   В а с и л ь е в н а *(строго).* Слушайся Александра!

С о н я *(становится перед няней на колени и прижимается к ней).* Нянечка! Нянечка!

В о й н и ц к и й. Матушка! Что мне делать? Не нужно, не говорите! Я сам знаю, что мне делать! *(Серебрякову.)* Будешь ты меня помнить! *(Уходит в среднюю дверь.)*

Мария Васильевна идет за ним.

С е р е б р я к о в. Господа, что же это такое, наконец? Уберите от меня этого сумасшедшего! Не могу я жить с ним под одною крышей! Живет тут *(указывает на среднюю дверь)*, почти рядом со мною... Пусть перебирается в деревню, во флигель, или я переберусь отсюда, но оставаться с ним в одном доме я не могу...

Е л е н а   А н д р е е в н а *(мужу)*. Мы сегодня уедем отсюда! Необходимо распорядиться сию же минуту.

С е р е б р я к о в. Ничтожнейший человек!

С о н я *(стоя на коленях, оборачивается к отцу; нервно, сквозь слезы)*. Надо быть милосердным, папа! Я и дядя Ваня так несчастны! *(Сдерживая отчаяние.)* Надо быть милосердным! Вспомни, когда ты был помоложе, дядя Ваня и бабушка по ночам переводили для тебя книги, переписывали твои бумаги... все ночи, все ночи! Я и дядя Ваня работали без отдыха, боялись потратить на себя копейку и всё посылали тебе... Мы не ели даром хлеба! Я говорю не то, не то я говорю, но ты должен понять нас, папа. Надо быть милосердным!

Е л е н а   А н д р е е в н а *(взволнованная, мужу)*. Александр, ради бога, объяснись с ним... Умоляю.

С е р е б р я к о в. Хорошо, я объяснюсь с ним... Я ни в чем его не обвиняю, я не сержусь, но, согласитесь, поведение его по меньшей мере странно. Извольте, я пойду к нему. *(Уходит в среднюю дверь.)*

Е л е н а   А н д р е е в н а. Будь с ним помягче, успокой его... *(Уходит за ним.)*

С о н я *(прижимаясь к няне)*. Нянечка! Ня-нечка!

М а р и н а. Ничего, деточка. Погогочут гуса-ки — и перестанут... Погогочут — и перестанут...

С о н я. Нянечка!

М а р и н а *(гладит ее по голове)*. Дрожишь, словно в мороз! Ну, ну, сиротка, Бог милостив. Липового чайку или малинки, оно и пройдет... Не горюй, сиротка... *(Глядя на среднюю дверь, с сердцем.)* Ишь, расходились, гусаки, чтоб вам пусто!

> За сценой выстрел; слышно, как вскрикивает Елена Андреевна; Соня вздрагивает.

У, чтоб тебя!

С е р е б р я к о в *(вбегает, пошатываясь от испуга)*. Удержите его! Удержите! Он сошел с ума!

> Елена Андреевна и Войницкий борются в дверях.

Е л е н а А н д р е е в н а *(стараясь отнять у него револьвер)*. Отдайте! Отдайте, вам гово-рят!

В о й н и ц к и й. Пустите, Hélène! Пустите меня! *(Освободившись, вбегает и ищет глазами Серебрякова.)* Где он? А, вот он! *(Стреляет в не-го.)* Бац!

> Пауза.

Не попал? Опять промах?! *(С гневом.)* А, черт, черт... черт бы побрал... *(Бьет револьвером об пол и в изнеможении садится на стул.)*

Серебряков ошеломлен; Елена Андреевна прислонилась к стене, ей дурно.

Е л е н а   А н д р е е в н а. Увезите меня отсюда! Увезите, убейте, но... я не могу здесь оставаться, не могу!

В о й н и ц к и й *(в отчаянии)*. О, что я делаю! Что я делаю!

С о н я *(тихо)*. Нянечка! Нянечка!

З а н а в е с

Действие четвертое

Комната Ивана Петровича; тут его спальня, тут же и контора имения. У окна большой стол с приходорасходными книгами и бумагами всякого рода, конторка, шкапы, весы. Стол поменьше для Астрова; на этом столе принадлежности для рисования, краски; возле — папка. Клетка со скворцом. На стене карта Африки, видимо, никому здесь не нужная. Громадный диван, обитый клеенкой. Налево — дверь, ведущая в покои; направо — дверь в сени; подле правой двери положен половик, чтобы не нагрязнили мужики. — Осенний вечер. Тишина.
Т е л е г и н и М а р и н а сидят друг против друга и мотают чулочную шерсть.

Антон Павлович Чехов

Т е л е г и н. Вы скорее, Марина Тимофеевна, а то сейчас позовут прощаться. Уже приказали лошадей подавать.

М а р и н а *(старается мотать быстрее)*. Немного осталось.

Т е л е г и н. В Харьков уезжают. Там жить будут.

М а р и н а. И лучше.

Т е л е г и н. Напужались... Елена Андреевна «одного часа, говорит, не желаю жить здесь... уедем да уедем... Поживем, говорит, в Харькове, оглядимся и тогда за вещами пришлем...». Налегке уезжают. Значит, Марина Тимофеевна, не судьба им жить тут. Не судьба... Фатальное предопределение.

М а р и н а. И лучше. Давеча подняли шум, пальбу — срам один!

Т е л е г и н. Да, сюжет, достойный кисти Айвазовского.

М а р и н а. Глаза бы мои не глядели.

Пауза.

Опять заживем, как было, по-старому. Утром в восьмом часу чай, в первом часу обед, вечером — ужинать садиться; всё своим порядком, как у людей... по-христиански. *(Со вздохом.)* Давно уже я, грешница, лапши не ела.

Т е л е г и н. Да, давненько у нас лапши не готовили.

Пауза.

Давненько... Сегодня утром, Марина Тимофеевна, иду я деревней, а лавочник мне вслед: «Эй ты, приживал!» И так мне горько стало!

М а р и н а. А ты без внимания, батюшка. Все мы у Бога приживалы. Как ты, как Соня, как Иван Петрович — никто без дела не сидит, все трудимся! Все... Где Соня?

Т е л е г и н. В саду. С доктором все ходит, Ивана Петровича ищет. Боятся, как бы он на себя рук не наложил.

М а р и н а. А где его пистолет?

Т е л е г и н (*шепотом*). Я в погребе спрятал!

М а р и н а (*с усмешкой*). Грехи!

Входят со двора В о й н и ц к и й и А с т р о в.

В о й н и ц к и й. Оставь меня. (*Марине и Телегину.*) Уйдите отсюда, оставьте меня одного хоть на один час! Я не терплю опеки.

Т е л е г и н. Сию минуту, Ваня. (*Уходит на цыпочках.*)

М а р и н а. Гусак: го-го-го! (*Собирает шерсть и уходит.*)

В о й н и ц к и й. Оставь меня!

А с т р о в. С большим удовольствием, мне давно уже нужно уехать отсюда, но, повторяю, я не уеду, пока ты не возвратишь того, что взял у меня.

В о й н и ц к и й. Я у тебя ничего не брал.

А с т р о в. Серьезно говорю — не задерживай. Мне давно уже пора ехать.

Антон Павлович Чехов

В о й н и ц к и й. Ничего я у тебя не брал.

Оба садятся.

А с т р о в. Да? Что ж, погожу еще немного, а потом, извини, придется употребить насилие. Свяжем тебя и обыщем. Говорю это совершенно серьезно.

В о й н и ц к и й. Как угодно.

Пауза.

Разыграть такого дурака: стрелять два раза и ни разу не попасть! Этого я себе никогда не прощу!

А с т р о в. Пришла охота стрелять, ну и палил бы в лоб себе самому.

В о й н и ц к и й *(пожав плечами)*. Странно. Я покушался на убийство, а меня не арестовывают, не отдают под суд. Значит, считают меня сумасшедшим. *(Злой смех.)* Я — сумасшедший, а не сумасшедшие те, которые под личиной профессора, ученого мага, прячут свою бездарность, тупость, свое вопиющее бессердечие. Не сумасшедшие те, которые выходят за стариков и потом у всех на глазах обманывают их. Я видел, видел, как ты обнимал ее!

А с т р о в. Да-с, обнимал-с, а тебе вот. *(Делает нос.)*

В о й н и ц к и й *(глядя на дверь)*. Нет, сумасшедшая земля, которая еще держит вас!

А с т р о в. Ну, и глупо.

В о й н и ц к и й. Что ж, я — сумасшедший, невменяем, я имею право говорить глупости.

А с т р о в. Стара штука. Ты не сумасшедший, а просто чудак. Шут гороховый. Прежде и я всякого чудака считал больным, ненормальным, а теперь я такого мнения, что нормальное состояние человека — это быть чудаком. Ты вполне не нормален.

В о й н и ц к и й *(закрывает лицо руками).* Стыдно! Если бы ты знал, как мне стыдно! Это острое чувство стыда не может сравниться ни с какою болью. *(С тоской.)* Невыносимо! *(Склоняется к столу.)* Что мне делать? Что мне делать?

А с т р о в. Ничего.

В о й н и ц к и й. Дай мне чего-нибудь! О, боже мой... Мне сорок семь лет; если, положим, я проживу до шестидесяти, то мне остается еще тринадцать. Долго! Как я проживу эти тринадцать лет? Что буду делать, чем наполню их? О, понимаешь... *(судорожно жмет Астрову руку)* понимаешь, если бы можно было прожить остаток жизни как-нибудь по-новому. Проснуться бы в ясное, тихое утро и почувствовать, что жить ты начал снова, что все прошлое забыто, рассеялось, как дым. *(Плачет.)* Начать новую жизнь... Подскажи мне, как начать... с чего начать...

А с т р о в *(с досадой).* Э, ну тебя! Какая еще там новая жизнь! Наше положение, твое и мое, безнадежно.

В о й н и ц к и й. Да?

А с т р о в. Я убежден в этом.

В о й н и ц к и й. Дай мне чего-нибудь... *(Показывая на сердце.)* Жжет здесь.

А с т р о в *(кричит сердито)*. Перестань! *(Смягчившись.)* Те, которые будут жить через сто, двести лет после нас и которые будут презирать нас за то, что мы прожили свои жизни так глупо и так безвкусно, — те, быть может, найдут средство, как быть счастливыми, а мы... У нас с тобою только одна надежда и есть. Надежда, что когда мы будем почивать в своих гробах, то нас посетят видения, быть может, даже приятные. *(Вздохнув.)* Да, брат. Во всем уезде было только два порядочных, интеллигентных человека: я да ты. Но в какие-нибудь десять лет жизнь обывательская, жизнь презренная затянула нас; она своими гнилыми испарениями отравила нашу кровь, и мы стали такими же пошляками, как все. *(Живо.)* Но ты мне зубов не заговаривай, однако. Ты отдай то, что взял у меня.

В о й н и ц к и й. Я у тебя ничего не брал.

А с т р о в. Ты взял у меня из дорожной аптеки баночку с морфием.

Пауза.

Послушай, если тебе во что бы то ни стало хочется покончить с собою, то ступай в лес и застрелись там. Морфий же отдай, а то пойдут разговоры, догадки, подумают, что это я тебе дал... С меня же довольно и того, что мне придется вскрывать тебя... Ты думаешь, это интересно?

Входит С о н я.

В о й н и ц к и й. Оставь меня!

А с т р о в *(Соне).* Софья Александровна, ваш дядя утащил из моей аптеки баночку с морфием и не отдает. Скажите ему, что это... не умно, наконец. Да и некогда мне. Мне пора ехать.

С о н я. Дядя Ваня, ты взял морфий?

Пауза.

А с т р о в. Он взял. Я в этом уверен.

С о н я. Отдай! Зачем ты нас пугаешь? *(Нежно.)* Отдай, дядя Ваня! Я, быть может, несчастна не меньше твоего, однако же не прихожу в отчаяние. Я терплю и буду терпеть, пока жизнь моя не окончится сама собою... Терпи и ты.

Пауза.

Отдай! *(Целует ему руки.)* Дорогой, славный дядя, милый, отдай! *(Плачет.)* Ты добрый, ты пожалеешь нас и отдашь. Терпи, дядя! Терпи!

В о й н и ц к и й *(достает из стола баночку и подает ее Астрову).* На, возьми! *(Соне.)* Но надо скорее работать, скорее делать что-нибудь, а то не могу... не могу...

Антон Павлович Чехов

С о н я. Да, да, работать. Как только проводим наших, сядем работать... *(Нервно перебирает на столе бумаги.)* У нас все запущено.

А с т р о в *(кладет баночку в аптеку и затягивает ремни).* Теперь можно и в путь.

Е л е н а А н д р е е в н а *(входит).* Иван Петрович, вы здесь? Мы сейчас уезжаем... Идите к Александру, он хочет что-то сказать вам.

С о н я. Иди, дядя Ваня. *(Берет Войницкого под руку.)* Пойдем. Папа и ты должны помириться. Это необходимо.

С о н я и В о й н и ц к и й уходят.

Е л е н а А н д р е е в н а. Я уезжаю. *(Подает Астрову руку.)* Прощайте.

А с т р о в. Уже?

Е л е н а А н д р е е в н а. Лошади уже поданы.

А с т р о в. Прощайте.

Е л е н а А н д р е е в н а. Сегодня вы обещали мне, что уедете отсюда.

А с т р о в. Я помню. Сейчас уеду.

Пауза.

Испугались? *(Берет ее за руку.)* Разве это так страшно?

Е л е н а А н д р е е в н а. Да.

А с т р о в. А то остались бы! А? Завтра в лесничестве...

Е л е н а А н д р е е в н а. Нет... Уже решено... И потому я гляжу на вас так храбро, что уже решен отъезд... Я об одном вас прошу: думайте обо мне лучше. Мне хочется, чтобы вы меня уважали.

А с т р о в. Э! *(Жест нетерпения.)* Останьтесь, прошу вас. Сознайтесь, делать вам на этом свете нечего, цели жизни у вас никакой, занять вам своего внимания нечем, и, рано или поздно, все равно поддадитесь чувству — это неизбежно. Так уж лучше это не в Харькове и не где-нибудь в Курске, а здесь, на лоне природы... Поэтично, по крайней мере, даже осень красива... Здесь есть лесничество, полуразрушенные усадьбы во вкусе Тургенева...

Е л е н а А н д р е е в н а. Какой вы смешной... Я сердита на вас, но все же... буду вспоминать о вас с удовольствием. Вы интересный, оригинальный человек. Больше мы с вами уже никогда не увидимся, а потому — зачем скрывать? Я даже увлеклась вами немножко. Ну, давайте пожмем друг другу руки и разойдемся друзьями. Не поминайте лихом.

А с т р о в *(пожал руку)*. Да, уезжайте... *(В раздумье.)* Как будто бы вы и хороший, душевный человек, но как будто бы и что-то странное во всем вашем существе. Вот вы приехали сюда с мужем, и все, которые здесь работали, копошились, создавали что-то, должны были побросать свои дела и все лето заниматься только подагрой вашего мужа и вами. Оба — он и вы — заразили всех нас вашею праздностью.

Я увлекся, целый месяц ничего не делал, а в это время люди болели, в лесах моих, лесных порослях, мужики пасли свой скот... Итак, куда бы ни ступили вы и ваш муж, всюду вы вносите разрушение... Я шучу, конечно, но все же... странно, и я убежден, что если бы вы остались, то опустошение произошло бы громадное. И я бы погиб, да и вам бы... несдобровать. Ну, уезжайте. Finita la comedia!*

Е л е н а А н д р е е в н а *(берет с его стола карандаш и быстро прячет).* Этот карандаш я беру себе на память.

А с т р о в. Как-то странно... Были знакомы и вдруг почему-то... никогда уже больше не увидимся. Так и всё на свете... Пока здесь никого нет, пока дядя Ваня не вошел с букетом, позвольте мне... поцеловать вас... На прощанье... Да? *(Целует ее в щеку.)* Ну, вот... и прекрасно.

Е л е н а А н д р е е в н а. Желаю вам всего хорошего. *(Оглянувшись.)* Куда ни шло, раз в жизни! *(Обнимает его порывисто, и оба тотчас же быстро отходят друг от друга.)* Надо уезжать.

А с т р о в. Уезжайте поскорее. Если лошади поданы, то отправляйтесь.

Е л е н а А н д р е е в н а. Сюда идут, кажется.

Оба прислушиваются.

_____
* Комедия окончена! *(ит.)*

А с т р о в. Finita!

Входят Серебряков, Войницкий, Мария Васильевна с книгой, Телегин и Соня.

С е р е б р я к о в *(Войницкому)*. Кто старое помянет, тому глаз вон. После того, что случилось, в эти несколько часов я так много пережил и столько передумал, что, кажется, мог бы написать в назидание потомству целый трактат о том, как надо жить. Я охотно принимаю твои извинения и сам прошу извинить меня. Прощай! *(Целуется с Войницким три раза.)*

В о й н и ц к и й. Ты будешь аккуратно получать то же, что получал и раньше. Все будет по-старому.

Елена Андреевна обнимает Соню.

С е р е б р я к о в *(целует у Марии Васильевны руку)*. Maman...

М а р и я В а с и л ь е в н а *(целуя его)*. Александр, снимитесь опять и пришлите мне вашу фотографию. Вы знаете, как вы мне дороги.

Т е л е г и н. Прощайте, ваше превосходительство! Нас не забывайте!

С е р е б р я к о в *(поцеловав дочь)*. Прощай... Все прощайте! *(Подавая руку Астрову.)* Благодарю вас за приятное общество... Я уважаю ваш образ мыслей, ваши увлечения, порывы, но позвольте старику внести в мой прощальный привет только одно замечание: надо, господа, дело делать! Надо дело делать! *(Общий поклон.)* Всего хорошего! *(Уходит.)*

За ним идут М а р и я В а с и л ь е в н а и С о н я.

В о й н и ц к и й *(крепко целует руку у Елены Андреевны).* Прощайте... Простите... Никогда больше не увидимся.

Е л е н а А н д р е е в н а *(растроганная).* Прощайте, голубчик. *(Целует его в голову и уходит.)*

А с т р о в *(Телегину).* Скажи там, Вафля, чтобы заодно, кстати, подавали и мне лошадей.

Т е л е г и н. Слушаю, дружочек. *(Уходит.)*

Остаются только Астров и Войницкий.

А с т р о в *(убирает со стола краски и прячет их в чемодан).* Что же ты не идешь проводить?

В о й н и ц к и й. Пусть уезжают, а я... я не могу. Мне тяжело. Надо поскорей занять себя чем-нибудь... Работать, работать! *(Роется в бумагах на столе.)*

Пауза; слышны звонки.

А с т р о в. Уехали. Профессор рад небось! Его теперь сюда и калачом не заманишь.

М а р и н а *(входит).* Уехали. *(Садится в кресло и вяжет чулок.)*

С о н я *(входит).* Уехали. *(Утирает глаза.)* Дай бог, благополучно. *(Дяде.)* Ну, дядя Ваня, давай делать что-нибудь.

Войницкий. Работать, работать...

Соня. Давно, давно уже мы не сидели вместе за этим столом. *(Зажигает на столе лампу.)* Чернил, кажется, нет... *(Берет чернильницу, идет к шкапу и наливает чернил.)* А мне грустно, что они уехали.

Мария Васильевна *(медленно входит).* Уехали! *(Садится и погружается в чтение.)*

Соня *(садится за стол и перелистывает конторскую книгу).* Напишем, дядя Ваня, прежде всего счета. У нас страшно запущено. Сегодня опять присылали за счетом. Пиши. Ты пиши один счет, я — другой...

Войницкий *(пишет).* «Счет... господину...»

Оба пишут молча.

Марина *(зевает).* Баиньки захотелось...

Астров. Тишина. Перья скрипят, сверчок кричит. Тепло, уютно... Не хочется уезжать отсюда.

Слышны бубенчики.

Вот подают лошадей... Остается, стало быть, проститься с вами, друзья мои, проститься со своим столом и — айда! *(Укладывает картограммы в папку.)*

Марина. И чего засуетился? Сидел бы.

Астров. Нельзя.

Войницкий *(пишет).* «И старого долга осталось два семьдесят пять...»

Входит Работник.

Работник. Михаил Львович, лошади поданы.

Астров. Слышал. *(Подает ему аптечку, чемодан и папку.)* Вот, возьми это. Гляди, чтобы не помять папку.

Работник. Слушаю. *(Уходит.)*

Астров. Ну-с... *(Идет проститься.)*

Соня. Когда же мы увидимся?

Астров. Не раньше лета, должно быть. Зимой едва ли... Само собою, если случится что, то дайте знать — приеду. *(Пожимает руки.)* Спасибо за хлеб, за соль, за ласку... одним словом, за все. *(Идет к няне и целует ее в голову.)* Прощай, старая.

Марина. Так и уедешь без чаю?

Астров. Не хочу, нянька.

Марина. Может, водочки выпьешь?

Астров *(нерешительно)*. Пожалуй...

Марина уходит.

(После паузы.) Моя пристяжная что-то захромала. Вчера еще заметил, когда Петрушка водил поить.

Войницкий. Перековать надо.

Астров. Придется в Рождественном заехать к кузнецу. Не миновать. *(Подходит к карте Африки и смотрит на нее.)* А, должно быть, в этой самой Африке теперь жарища — страшное дело!

В о й н и ц к и й. Да, вероятно.

М а р и н а *(возвращается с подносом, на котором рюмка водки и кусочек хлеба)*. Кушай.

Астров пьет водку.

На здоровье, батюшка. *(Низко кланяется.)* А ты бы хлебцем закусил.

А с т р о в. Нет, я и так... Затем всего хорошего! *(Марине.)* Не провожай меня, нянька. Не надо.

Он уходит. Соня идет за ним со свечой, чтобы проводить его; Марина садится в свое кресло.

В о й н и ц к и й *(пишет)*. «2-го февраля масла постного 20 фунтов... 16-го февраля опять масла постного 20 фунтов... Гречневой крупы...»

Пауза. Слышны бубенчики.

М а р и н а. Уехал.

Пауза.

С о н я *(возвращается, ставит свечу на стол)*. Уехал...

В о й н и ц к и й *(сосчитал на счетах и записывает)*. Итого... пятнадцать... двадцать пять...

Соня садится и пишет.

М а р и н а *(зевает)*. Ох, грехи наши...

Т е л е г и н входит на цыпочках, садится у двери
и тихо настраивает гитару.

В о й н и ц к и й (*Соне, проведя рукой по ее волосам*). Дитя мое, как мне тяжело! О, если б ты
знала, как мне тяжело!

С о н я. Что же делать, надо жить!

Пауза.

Мы, дядя Ваня, будем жить. Проживем длинный, длинный ряд дней, долгих вечеров; будем
терпеливо сносить испытания, какие пошлет
нам судьба; будем трудиться для других и теперь
и в старости, не зная покоя, а когда наступит
наш час, мы покорно умрем и там за гробом мы
скажем, что мы страдали, что мы плакали, что
нам было горько, и Бог сжалится над нами,
и мы с тобою, дядя, милый дядя, увидим жизнь
светлую, прекрасную, изящную, мы обрадуемся
и на теперешние наши несчастья оглянемся
с умилением, с улыбкой — и отдохнем. Я верую,
дядя, я верую горячо, страстно... (*Становится
перед ним на колени и кладет голову на его руки;
утомленным голосом.*) Мы отдохнем!

Телегин тихо играет па гитаре.

Мы отдохнем! Мы услышим ангелов, мы увидим все небо в алмазах, мы увидим, как все зло
земное, все наши страдания потонут в милосер-
дии, которое наполнит собою весь мир, и наша
жизнь станет тихою, нежною, сладкою, как ла-

ска. Я верую, верую... *(Вытирает ему платком слезы.)* Бедный, бедный дядя Ваня, ты плачешь... *(Сквозь слезы.)* Ты не знал в своей жизни радостей, но погоди, дядя Ваня, погоди... Мы отдохнем... *(Обнимает его.)* Мы отдохнем!

Стучит сторож.
Телегин тихо наигрывает; Мария Васильевна пишет
на полях брошюры; Марина вяжет чулок.

Мы отдохнем!

З а н а в е с   м е д л е н н о   о п у с к а е т с я

1897

ТРИ СЕСТРЫ

Драма в четырех действиях

ДЕЙСТВУЮЩИЕ ЛИЦА

Прозоров Андрей Сергеевич.

Наталья Ивановна, его невеста, потом жена.

Ольга
Маша } его сестры.
Ирина

Кулыгин Федор Ильич, учитель гимназии, муж Маши.

Вершинин Александр Игнатьевич, подполковник, батарейный командир.

Тузенбах Николай Львович, барон, поручик.

Соленый Василий Васильевич, штабс-капитан.

Чебутыкин Иван Романович, военный доктор.

Федотик Алексей Петрович, подпоручик.

Родэ Владимир Карлович, подпоручик.

Ферапонт, сторож из земской управы, старик.

Анфиса, нянька, старуха 80 лет.

Действие происходит в губернском городе.

Действие первое

В доме Прозоровых. Гостиная с колоннами, за которыми виден большой зал. Полдень; на дворе солнечно, весело. В зале накрывают стол для завтрака. О л ь г а в синем форменном платье учительницы женской гимназии, все время поправляет ученические тетрадки, стоя и на ходу; М а ш а в черном платье, со шляпкой на коленях, сидит и читает книжку; И р и н а в белом платье стоит задумавшись.

О л ь г а. Отец умер ровно год назад, как раз в этот день, пятого мая, в твои именины, Ирина. Было очень холодно, тогда шел снег. Мне казалось, я не переживу, ты лежала в обмороке, как мертвая. Но вот прошел год, и мы вспоминаем об этом легко, ты уже в белом платье, лицо твое сияет...

Часы бьют двенадцать.

И тогда также били часы.

Пауза.

Помню, когда отца несли, то играла музыка, на кладбище стреляли. Он был генерал, командовал бригадой, между тем народу шло мало. Впрочем, был дождь тогда. Сильный дождь и снег.

И р и н а. Зачем вспоминать!

За колоннами, в зале около стола показываются барон Т у з е н б а х, Ч е б у т ы к и н и С о л е н ы й.

Ольга. Сегодня тепло, можно окна держать настежь, а березы еще не распускались. Отец получил бригаду и выехал с нами из Москвы одиннадцать лет назад, и, я отлично помню, в начале мая, вот в эту пору, в Москве уже все в цвету, тепло, все залито солнцем. Одиннадцать лет прошло, а я помню там все, как будто выехали вчера. Боже мой! Сегодня утром проснулась, увидела массу света, увидела весну, и радость заволновалась в моей душе, захотелось на родину страстно.

Чебутыкин. Черта с два!

Тузенбах. Конечно, вздор.

Маша, задумавшись над книжкой, тихо насвистывает песню.

Ольга. Не свисти, Маша. Как это ты можешь!

Пауза.

Оттого, что я каждый день в гимназии и потом даю уроки до вечера, у меня постоянно болит голова и такие мысли, точно я уже состарилась. И в самом деле, за эти четыре года, пока служу в гимназии, я чувствую, как из меня выходят каждый день по каплям и силы и молодость. И только растет и крепнет одна мечта...

Ирина. Уехать в Москву. Продать дом, покончить все здесь и — в Москву...

Ольга. Да! Скорее в Москву.

Чебутыкин и Тузенбах смеются.

И р и н а. Брат, вероятно, будет профессором, он все равно не станет жить здесь. Только вот остановка за бедной Машей.

О л ь г а. Маша будет приезжать в Москву на все лето, каждый год.

Маша тихо насвистывает песню.

И р и н а. Бог даст, все устроится. *(Глядя в окно.)* Хорошая погода сегодня. Я не знаю, отчего у меня на душе так светло! Сегодня утром вспомнила, что я именинница, и вдруг почувствовала радость, и вспомнила детство, когда еще была жива мама! И какие чудные мысли волновали меня, какие мысли!

О л ь г а. Сегодня ты вся сияешь, кажешься необыкновенно красивой. И Маша тоже красива. Андрей был бы хорош, только он располнел очень, это к нему не идет. А я постарела, похудела сильно, оттого, должно быть, что сержусь в гимназии на девочек. Вот сегодня я свободна, я дома, и у меня не болит голова, я чувствую себя моложе, чем вчера. Мне двадцать восемь лет, только... Все хорошо, все от Бога, но мне кажется, если бы я вышла замуж и целый день сидела дома, то это было бы лучше.

Пауза.

Я бы любила мужа.

Т у з е н б а х *(Соленому).* Такой вы вздор говорите, надоело вас слушать. *(Входя в гости-*

Антон Павлович Чехов

ную.) Забыл сказать. Сегодня у вас с визитом будет наш новый батарейный командир Вершинин. *(Садится у пианино.)*

О л ь г а. Ну, что ж! Очень рада.

И р и н а. Он старый?

Т у з е н б а х. Нет, ничего. Самое большее, лет сорок, сорок пять. *(Тихо наигрывает.)* По-видимому, славный малый. Не глуп — это несомненно. Только говорит много.

И р и н а. Интересный человек?

Т у з е н б а х. Да, ничего себе, только жена, теща и две девочки. Притом женат во второй раз. Он делает визиты и везде говорит, что у него жена и две девочки. И здесь скажет. Жена какая-то полоумная, с длинной девической косой, говорит одни высокопарные вещи, философствует и часто покушается на самоубийство, очевидно, чтобы насолить мужу. Я бы давно ушел от такой, но он терпит и только жалуется.

С о л е н ы й *(входя из залы в гостиную с Чебутыкиным).* Одной рукой я поднимаю только полтора пуда, а двумя пять, даже шесть пудов. Из этого я заключаю, что два человека сильнее одного не вдвое, а втрое, даже больше...

Ч е б у т ы к и н *(читает на ходу газету).* При выпадении волос... два золотника нафталина на полбутылки спирта... растворить и употреблять ежедневно... *(Записывает в книжку.)* Запишем-с! *(Соленому.)* Так вот, я говорю вам, пробочка втыкается в бутылочку, и сквозь нее проходит стеклянная трубочка... Потом вы берете щепоточку самых простых, обыкновеннейших квасцов...

И р и н а. Иван Романыч, милый Иван Романыч!

Ч е б у т ы к и н. Что, девочка моя, радость моя?

И р и н а. Скажите мне, отчего я сегодня так счастлива? Точно я на парусах, надо мной широкое голубое небо и носятся большие белые птицы. Отчего это? Отчего?

Ч е б у т ы к и н *(целуя ей обе руки, нежно)*. Птица моя белая...

И р и н а. Когда я сегодня проснулась, встала и умылась, то мне вдруг стало казаться, что для меня все ясно на этом свете и я знаю, как надо жить. Милый Иван Романыч, я знаю все. Человек должен трудиться, работать в поте лица, кто бы он ни был, и в этом одном заключается смысл и цель его жизни, его счастье, его восторги. Как хорошо быть рабочим, который встает чуть свет и бьет на улице камни, или пастухом, или учителем, который учит детей, или машинистом на железной дороге... Боже мой, не то что человеком, лучше быть волом, лучше быть простою лошадью, только бы работать, чем молодой женщиной, которая встает в двенадцать часов дня, потом пьет в постели кофе, потом два часа одевается... о, как это ужасно! В жаркую погоду так иногда хочется пить, как мне захотелось работать. И если я не буду рано вставать и трудиться, то откажите мне в вашей дружбе, Иван Романыч.

Ч е б у т ы к и н (*нежно*). Откажу, откажу...

О л ь г а. Отец приучил нас вставать в семь часов. Теперь Ирина просыпается в семь и по крайней мере до девяти лежит и о чем-то думает. А лицо серьезное! (*Смеется.*)

И р и н а. Ты привыкла видеть меня девочкой, и тебе странно, когда у меня серьезное лицо. Мне двадцать лет!

Т у з е н б а х. Тоска по труду, о боже мой, как она мне понятна! Я не работал ни разу в жизни. Родился я в Петербурге, холодном и праздном, в семье, которая никогда не знала труда и никаких забот. Помню, когда я приезжал домой из корпуса, то лакей стаскивал с меня сапоги, я капризничал в это время, а моя мать смотрела на меня с благоговением и удивлялась, когда другие на меня смотрели иначе. Меня оберегали от труда. Только едва ли удалось оберечь, едва ли! Пришло время, надвигается на всех нас громада, готовится здоровая, сильная буря, которая идет, уже близка и скоро сдует с нашего общества лень, равнодушие, предубеждение к труду, гнилую скуку. Я буду работать, а через какие-нибудь двадцать пять — тридцать лет работать будет уже каждый человек. Каждый!

Ч е б у т ы к и н. Я не буду работать.

Т у з е н б а х. Вы не в счет.

С о л е н ы й. Через двадцать пять лет вас уже не будет на свете, слава богу. Года через два-три вы умрете от кондрашки, или я вспылю и всажу вам пулю в лоб, ангел мой. *(Вынимает из кармана флакон с духами и опрыскивает себе грудь, руки.)*

Ч е б у т ы к и н *(смеется).* А я в самом деле никогда ничего не делал. Как вышел из университета, так не ударил пальцем о палец, даже ни одной книжки не прочел, а читал только одни газеты... *(Вынимает из кармана другую газету.)* Вот... Знаю по газетам, что был, положим, Добролюбов, а что он там писал — не знаю... Бог его знает...

Слышно, как стучат в пол из нижнего этажа.

Вот... Зовут меня вниз, кто-то ко мне пришел. Сейчас приду... погодите... *(Торопливо уходит, расчесывая бороду.)*

И р и н а. Это он что-то выдумал.

Т у з е н б а х. Да. Ушел с торжественной физиономией, очевидно, принесет вам сейчас подарок.

И р и н а. Как это неприятно!

О л ь г а. Да, это ужасно. Он всегда делает глупости.

М а ш а. У лукоморья дуб зеленый, златая цепь на дубе том... Златая цепь на дубе том... *(Встает и напевает тихо.)*

О л ь г а. Ты сегодня невеселая, Маша.

Маша, напевая, надевает шляпу.

Куда ты?

М а ш а. Домой.

И р и н а. Странно...

Т у з е н б а х. Уходить с именин!

М а ш а. Все равно... Приду вечером. Прощай, моя хорошая... *(Целует Ирину.)* Желаю тебе еще раз, будь здорова, будь счастлива. В прежнее время, когда был жив отец, к нам на именины приходило всякий раз по тридцать — сорок офицеров, было шумно, а сегодня только полтора человека и тихо, как в пустыне... Я уйду... Сегодня я в мерехлюндии, невесело мне, и ты не слушай меня. *(Смеясь сквозь слезы.)* После поговорим, а пока прощай, моя милая, пойду куда-нибудь.

И р и н а *(недовольная).* Ну, какая ты...

О л ь г а *(со слезами).* Я понимаю тебя, Маша.

С о л е н ы й. Если философствует мужчина, то это будет философистика или там софистика; если же философствует женщина или две женщины, то уж это будет — потяни меня за палец.

М а ш а. Что вы хотите этим сказать, ужасно страшный человек?

С о л е н ы й. Ничего. Он ахнуть не успел, как на него медведь насел.

Пауза.

М а ш а *(Ольге, сердито).* Не реви!

Входят **А н ф и с а** и **Ф е р а п о н т** с тортом.

А н ф и с а. Сюда, батюшка мой. Входи, ноги у тебя чистые. *(Ирине.)* Из земской управы, от Протопопова, Михаила Иваныча... Пирог.

И р и н а. Спасибо. Поблагодари. *(Принимает торт.)*

Ф е р а п о н т. Чего?

И р и н а *(громче)*. Поблагодари!

О л ь г а. Нянечка, дай ему пирога. Ферапонт, иди, там тебе пирога дадут.

Ф е р а п о н т. Чего?

А н ф и с а. Пойдем, батюшка Ферапонт Спиридоныч. Пойдем... *(Уходит с Ферапонтом.)*

М а ш а. Не люблю я Протопопова, этого Михаила Потапыча или Иваныча. Его не следует приглашать.

И р и н а. Я не приглашала.

М а ш а. И прекрасно.

Входит Ч е б у т ы к и н, за ним с о л д а т с серебряным самоваром; гул изумления и недовольства.

О л ь г а *(закрывает лицо руками)*. Самовар! Это ужасно! *(Уходит в залу к столу.)*

И р и н а. Голубчик Иван Романыч, что вы делаете!

Т у з е н б а х *(смеется)*. Я говорил вам!

М а ш а. Иван Романыч, у вас просто стыда нет!

Ч е б у т ы к и н. Милые мои, хорошие мои, вы у меня единственные, вы для меня самое дорогое, что только есть на свете. Мне скоро

Антон Павлович Чехов

шестьдесят, я старик, одинокий, ничтожный старик... Ничего во мне нет хорошего, кроме этой любви к вам, и если бы не вы, то я бы давно уже не жил на свете... *(Ирине.)* Милая, деточка моя, я знал вас со дня вашего рождения... носил на руках... я любил покойницу маму...

И р и н а. Но зачем такие дорогие подарки!

Ч е б у т ы к и н *(сквозь слезы, сердито).* Дорогие подарки... Ну вас совсем! *(Денщику.)* Неси самовар туда... *(Дразнит.)* Дорогие подарки...

Денщик уносит самовар в залу.

А н ф и с а *(проходя через гостиную).* Милые, полковник незнакомый! Уж пальто снял, деточки, сюда идет. Аринушка, ты же будь ласковая, вежливенькая... *(Уходя.)* И завтракать уже давно пора... господи...

Т у з е н б а х. Вершинин, должно быть.

Входит В е р ш и н и н.

Подполковник Вершинин!

В е р ш и н и н *(Маше и Ирине).* Честь имею представиться: Вершинин. Очень, очень рад, что наконец я у вас. Какие вы стали! Ай! ай!

И р и н а. Садитесь, пожалуйста. Нам очень приятно.

В е р ш и н и н *(весело).* Как я рад, как я рад! Но ведь вас три сестры. Я помню — три девочки. Лиц уж не помню, но что у вашего отца, полковника Прозорова, были три маленькие девочки, я отлично помню и видел собственными глазами. Как идет время! Ой, ой, как идет время!

Т у з е н б а х. Александр Игнатьевич из Москвы.

И р и н а. Из Москвы? Вы из Москвы?

В е р ш и н и н. Да, оттуда. Ваш покойный отец был там батарейным командиром, а я в той же бригаде офицером. *(Маше.)* Вот ваше лицо немножко помню, кажется.

М а ш а. А я вас — нет!

И р и н а. Оля! Оля! *(Кричит в залу.)* Оля, иди же!

О л ь г а входит из залы в гостиную.

Подполковник Вершинин, оказывается, из Москвы.

В е р ш и н и н. Вы, стало быть, Ольга Сергеевна, старшая... А вы Мария... А вы Ирина — младшая...

О л ь г а. Вы из Москвы?

В е р ш и н и н. Да. Учился в Москве и начал службу в Москве, долго служил там, наконец получил здесь батарею — перешел сюда, как видите. Я вас не помню, собственно, помню только, что вас было три сестры. Ваш отец сохранился у меня в памяти, вот закрою глаза и вижу как живого. Я у вас бывал в Москве...

О л ь г а. Мне казалось, я всех помню, и вдруг...

В е р ш и н и н. Меня зовут Александром Игнатьевичем...

Антон Павлович Чехов

И р и н а. Александр Игнатьевич, вы из Москвы... Вот неожиданность!

О л ь г а. Ведь мы туда переезжаем.

И р и н а. Думаем, к осени уже будем там. Наш родной город, мы родились там... На Старой Басманной улице...

Обе смеются от радости.

М а ш а. Неожиданно земляка увидели. *(Живо.)* Теперь вспомнила! Помнишь, Оля, у нас говорили: «влюбленный майор». Вы были тогда поручиком и в кого-то были влюблены, и вас все дразнили почему-то майором...

В е р ш и н и н *(смеется).* Вот, вот... Влюбленный майор, это так...

М а ш а. У вас были тогда только усы... О, как вы постарели! *(Сквозь слезы.)* Как вы постарели!

В е р ш и н и н. Да, когда меня звали влюбленным майором, я был еще молод, был влюблен. Теперь не то.

О л ь г а. Но у вас еще ни одного седого волоса. Вы постарели, но еще не стары.

В е р ш и н и н. Однако уже сорок третий год. Вы давно из Москвы?

И р и н а. Одиннадцать лет. Ну, что ты, Маша, плачешь, чудачка... *(Сквозь слезы.)* И я заплачу...

М а ш а. Я ничего. А на какой вы улице жили?

В е р ш и н и н. На Старой Басманной.

О л ь г а. И мы там тоже...

В е р ш и н и н. Одно время я жил на Немецкой улице. С Немецкой улицы я хаживал в Красные казармы. Там по пути угрюмый мост, под
мостом вода шумит. Одинокому становится
грустно на душе.

А здесь какая широкая, какая богатая река!
Чудесная река!

О л ь г а. Да, но только холодно. Здесь холодно и комары...

В е р ш и н и н. Что вы! Здесь такой здоровый, хороший, славянский климат. Лес, река...
и здесь тоже березы. Милые, скромные березы,
я люблю их больше всех деревьев. Хорошо здесь
жить. Только странно, вокзал железной дороги
в двадцати верстах... И никто не знает, почему
это так.

С о л е н ы й. А я знаю, почему это так.

Потому что если бы вокзал был близко, то не
был бы далеко, а если он далеко, то, значит, не
близко.

Т у з е н б а х. Шутник, Василий Васильич.

О л ь г а. Теперь и я вспомнила вас. Помню.

В е р ш и н и н. Я вашу матушку знал.

Ч е б у т ы к и н. Хорошая была, царство ей
небесное.

Антон Павлович Чехов

И р и н а. Мама в Москве погребена.

О л ь г а. В Ново-Девичьем...

М а ш а. Представьте, я уж начинаю забывать ее лицо. Так и о нас не будут помнить. Забудут.

В е р ш и н и н. Да. Забудут. Такова уж судьба наша, ничего не поделаешь. То, что кажется нам серьезным, значительным, очень важным, — придет время, — будет забыто или будет казаться неважным.

Пауза.

И интересно, мы теперь совсем не можем знать, что, собственно, будет считаться высоким, важным и что жалким, смешным. Разве открытие Коперника или, положим, Колумба не казалось в первое время ненужным, смешным, а какой-нибудь пустой вздор, написанный чудаком, не казался истиной? И может статься, что наша теперешняя жизнь, с которой мы так миримся, будет со временем казаться странной, неудобной, неумной, недостаточно чистой, быть может, даже грешной...

Т у з е н б а х. Кто знает? А быть может, нашу жизнь назовут высокой и вспомнят о ней с уважением. Теперь нет пыток, нет казней, нашествий, но вместе с тем сколько страданий!

С о л е н ы й *(тонким голосом).* Цып, цып, цып... Барона кашей не корми, а только дай ему пофилософствовать.

Т у з е н б а х. Василий Васильич, прошу вас оставить меня в покое... *(Садится на другое место.)* Это скучно наконец.

С о л е н ы й *(тонким голосом)*. Цып, цып, цып...

Т у з е н б а х *(Вершинину)*. Страдания, которые наблюдаются теперь, — их так много! — говорят все-таки об известном нравственном подъеме, которого уже достигло общество...

В е р ш и н и н. Да, да, конечно.

Ч е б у т ы к и н. Вы только что сказали, барон, нашу жизнь назовут высокой; но люди всё же низенькие... *(Встает.)* Глядите, какой я низенький. Это для моего утешения надо говорить, что жизнь моя высокая, понятная вещь.

За сценой игра на скрипке.

М а ш а. Это Андрей играет, наш брат.

И р и н а. Он у нас ученый. Должно быть, будет профессором. Папа был военным, а его сын избрал себе ученую карьеру.

М а ш а. По желанию папы.

О л ь г а. Мы сегодня его задразнили. Он, кажется, влюблен немножко.

И р и н а. В одну здешнюю барышню. Сегодня она будет у нас, по всей вероятности.

М а ш а. Ах, как она одевается! Не то чтобы некрасиво, не модно, а просто жалко. Какая-то странная, яркая, желтоватая юбка с этакой пошленькой бахромой и красная кофточка. И щеки такие вымытые, вымытые! Андрей не влюблен — я не допускаю, все-таки у него вкус есть, а просто он так, дразнит нас, дурачится. Я вчера

Антон Павлович Чехов

слышала, она выходит за Протопопова, председателя здешней управы. И прекрасно... *(В боковую дверь.)* Андрей, поди сюда! Милый, на минутку!

Входит А н д р е й.

О л ь г а. Это мой брат, Андрей Сергеич.

В е р ш и н и н. Вершинин.

А н д р е й. Прозоров. *(Утирает вспотевшее лицо.)* Вы к нам батарейным командиром?

О л ь г а. Можешь представить, Александр Игнатьич из Москвы.

А н д р е й. Да? Ну, поздравляю, теперь мои сестрицы не дадут вам покою.

В е р ш и н и н. Я уже успел надоесть вашим сестрам.

И р и н а. Посмотрите, какую рамочку для портрета подарил мне сегодня Андрей! *(Показывает рамочку.)* Это он сам сделал.

В е р ш и н и н *(глядя на рамочку и не зная, что сказать).* Да... вещь...

И р и н а. И вот ту рамочку, что над пианино, он тоже сделал.

Андрей машет рукой и отходит.

О л ь г а. Он у нас и ученый, и на скрипке играет, и выпиливает разные штучки — одним словом, мастер на все руки. Андрей, не уходи! У него манера — всегда уходить. Поди сюда!

Маша и Ирина берут его под руки и со смехом ведут назад.

М а ш а. Иди, иди!

А н д р е й. Оставьте, пожалуйста.

М а ш а. Какой смешной! Александра Игнатьевича называли когда-то влюбленным майором, и он нисколько не сердился.

В е р ш и н и н. Нисколько!

М а ш а. А я хочу тебя назвать: влюбленный скрипач!

И р и н а. Или влюбленный профессор!..

О л ь г а. Он влюблен! Андрюша влюблен!

И р и н а *(аплодируя)*. Браво, браво! Бис! Андрюшка влюблен!

Ч е б у т ы к и н *(подходит сзади к Андрею и берет его обеими руками за талию)*. Для любви одной природа нас на свет произвела! *(Хохочет; он все время с газетой.)*

А н д р е й. Ну, довольно, довольно... *(Утирает лицо.)* Я всю ночь не спал и теперь немножко не в себе, как говорится. До четырех часов читал, потом лег, но ничего не вышло. Думал о том, о сем, а тут ранний рассвет, солнце так и лезет в спальню. Хочу за лето, пока буду здесь, перевести одну книжку с английского.

В е р ш и н и н. А вы читаете по-английски?

А н д р е й. Да. Отец, царство ему небесное, угнетал нас воспитанием. Это смешно и глупо, но в этом все-таки надо сознаться, после его смерти я стал полнеть и вот располнел в один

Антон Павлович Чехов

год, точно мое тело освободилось от гнета. Благодаря отцу я и сестры знаем французский, немецкий и английский языки, а Ирина знает еще по-итальянски. Но чего это стоило!

М а ш а. В этом городе знать три языка ненужная роскошь. Даже и не роскошь, а какой-то ненужный придаток, вроде шестого пальца. Мы знаем много лишнего.

В е р ш и н и н. Вот те на! *(Смеется.)* Знаете много лишнего! Мне кажется, нет и не может быть такого скучного и унылого города, в котором был бы не нужен умный, образованный человек. Допустим, что среди ста тысяч населения этого города, конечно, отсталого и грубого, таких, как вы, только три. Само собою разумеется, вам не победить окружающей вас темной массы; в течение нашей жизни мало-помалу вы должны будете уступить и затеряться в стотысячной толпе, вас заглушит жизнь, но все же вы не исчезнете, не останетесь без влияния; таких, как вы, после вас явится уже, быть может, шесть, потом двенадцать и так далее, пока наконец такие, как вы, не станут большинством. Через двести, триста лет жизнь на земле будет невообразимо прекрасной, изумительной. Человеку нужна такая жизнь, и если ее нет пока, то он должен предчувствовать ее, ждать, мечтать, готовиться к ней, он должен для этого видеть и знать больше, чем видели и знали его дед и отец. *(Смеется.)* А вы жалуетесь, что знаете много лишнего.

М а ш а *(снимает шляпу).* Я остаюсь завтракать.

И р и н а *(со вздохом).* Право, все это следовало бы записать...

Андрея нет, он незаметно ушел.

Т у з е н б а х. Через много лет, вы говорите, жизнь на земле будет прекрасной, изумительной. Это правда. Но, чтобы участвовать в ней теперь, хотя издали, нужно приготовляться к ней, нужно работать...

В е р ш и н и н *(встает).* Да. Сколько, однако, у вас цветов! *(Оглядываясь.)* И квартира чудесная. Завидую! А я всю жизнь мою болтался по квартиркам с двумя стульями, с одним диваном и с печами, которые всегда дымят. У меня в жизни не хватало именно вот таких цветов... *(Потирает руки.)* Эх! Ну, да что!

Т у з е н б а х. Да, нужно работать. Вы небось думаете: расчувствовался немец. Но я, честное слово, русский и по-немецки даже не говорю. Отец у меня православный...

Пауза.

В е р ш и н и н *(ходит по сцене).* Я часто думаю: что, если бы начать жить снова, притом сознательно? Если бы одна жизнь, которая уже прожита, была, как говорится, начерно, другая — начисто! Тогда каждый из нас, я думаю, постарался бы прежде всего не повторять самого

Антон Павлович Чехов

себя, по крайней мере создал бы для себя иную обстановку жизни, устроил бы себе такую квартиру с цветами, с массою света... У меня жена, двое девочек, притом жена дама нездоровая и так далее и так далее, ну, а если бы начинать жизнь сначала, то я не женился бы... Нет, нет!

Входит К у л ы г и н в форменном фраке.

К у л ы г и н *(подходит к Ирине)*. Дорогая сестра, позволь мне поздравить тебя с днем твоего ангела и пожелать искренно, от души, здоровья и всего того, что можно пожелать девушке твоих лет. И потом поднести тебе в подарок вот эту книжку. *(Подает книжку.)* История нашей гимназии за пятьдесят лет, написанная мною. Пустяшная книжка, написана от нечего делать, но ты все-таки прочти. Здравствуйте, господа! *(Вершинину.)* Кулыгин, учитель здешней гимназии. Надворный советник. *(Ирине.)* В этой книжке ты найдешь список всех, кончивших курс в нашей гимназии за эти пятьдесят лет. Feci, quod potui, faciant meliora potentes*. *(Целует Машу.)*

И р и н а. Но ведь на Пасху ты уже подарил мне такую книжку.

К у л ы г и н *(смеется)*. Не может быть! В таком случае отдай назад или вот лучше отдай полковнику. Возьмите, полковник. Когда-нибудь прочтете от скуки.

---

* Сделал, что мог, пусть, кто может, сделает лучше *(лат.)*.

В е р ш и н и н. Благодарю вас. *(Собирается уйти.)* Я чрезвычайно рад, что познакомился...

О л ь г а. Вы уходите? Нет, нет!

И р и н а. Вы останетесь у нас завтракать. Пожалуйста.

О л ь г а. Прошу вас!

В е р ш и н и н *(кланяется).* Я, кажется, попал на именины. Простите, я не знал, не поздравил вас... *(Уходит с Ольгой в залу.)*

К у л ы г и н. Сегодня, господа, воскресный день, день отдыха, будем же отдыхать, будем веселиться, каждый сообразно со своим возрастом и положением. Ковры надо будет убрать на лето и спрятать до зимы... Персидским порошком или нафталином... Римляне были здоровы, потому что умели трудиться, умели и отдыхать, у них была mens sana in corpore sano*. Жизнь их текла по известным формам. Наш директор говорит: главное во всякой жизни — это ее форма... Что теряет свою форму, то кончается — и в нашей обыденной жизни то же самое. *(Берет Машу за талию, смеясь.)* Маша меня любит. Моя жена меня любит. И оконные занавески тоже туда с коврами... Сегодня я весел, в отличном настроении духа. Маша, в четыре часа сегодня мы у директора. Устраивается прогулка педагогов и их семейств.

М а ш а. Не пойду я.

---

* Здоровый дух в здоровом теле *(лат.).*

Антон Павлович Чехов

К у л ы г и н *(огорченный)*. Милая Маша, почему?

М а ш а. После об этом... *(Сердито.)* Хорошо, я пойду, только отстань, пожалуйста... *(Отходит.)*

К у л ы г и н. А затем вечер проведем у директора. Несмотря на свое болезненное состояние, этот человек старается прежде всего быть общественным. Превосходная, светлая личность. Великолепный человек. Вчера, после совета, он мне говорит: «Устал, Федор Ильич! Устал!» *(Смотрит на стенные часы, потом на свои.)* Ваши часы спешат на семь минут. Да, говорит, устал!

За сценой игра на скрипке.

О л ь г а. Господа, милости просим, пожалуйте завтракать! Пирог!

К у л ы г и н. Ах, милая моя Ольга, милая моя! Я вчера работал с утра до одиннадцати часов вечера, устал и сегодня чувствую себя счастливым. *(Уходит в залу к столу.)* Милая моя...

Ч е б у т ы к и н *(кладет газету в карман, причесывает бороду)*. Пирог? Великолепно!

М а ш а *(Чебутыкину, строго)*. Только смотрите: ничего не пить сегодня. Слышите? Вам вредно пить.

Ч е б у т ы к и н. Эва! У меня уж прошло. Два года как запоя не было. *(Нетерпеливо.)* Э, матушка, да не все ли равно!

Маша. Все-таки не смейте пить. Не смейте. *(Сердито, но так, чтобы не слышал муж.)* Опять, черт подери, скучать целый вечер у директора!

Тузенбах. Я бы не пошел на вашем месте... Очень просто.

Чебутыкин. Не ходите, дуся моя.

Маша. Да, не ходите... Эта жизнь проклятая, невыносимая... *(Идет в залу.)*

Чебутыкин *(идет за ней).* Ну-у!

Соленый *(проходя в залу).* Цып, цып, цып...

Тузенбах. Довольно, Василий Васильич. Будет!

Соленый. Цып, цып, цып...

Кулыгин *(весело).* Ваше здоровье, полковник! Я педагог, и здесь, в доме, свой человек. Машин муж... Она добрая, очень добрая...

Вершинин. Я выпью вот этой темной водки... *(Пьет.)* Ваше здоровье! *(Ольге.)* Мне у вас так хорошо!..

В гостиной остаются только Ирина и Тузенбах.

Ирина. Маша сегодня не в духе. Она вышла замуж восемнадцати лет, когда он казался ей самым умным человеком. А теперь не то. Он самый добрый, но не самый умный.

Ольга *(нетерпеливо).* Андрей, иди же наконец!

Андрей *(за сценой).* Сейчас. *(Входит и идет к столу.)*

Т у з е н б а х. О чем вы думаете?

И р и н а. Так. Я не люблю и боюсь этого вашего Соленого. Он говорит одни глупости...

Т у з е н б а х. Странный он человек. Мне и жаль его, и досадно, но больше жаль. Мне кажется, он застенчив... Когда мы вдвоем с ним, то он бывает очень умен и ласков, а в обществе он грубый человек, бретер. Не ходите, пусть пока сядут за стол. Дайте мне побыть около вас. О чем вы думаете?

Пауза.

Вам двадцать лет, мне еще нет тридцати. Сколько лет нам осталось впереди, длинный, длинный ряд дней, полных моей любви к вам...

И р и н а. Николай Львович, не говорите мне о любви.

Т у з е н б а х *(не слушая)*. У меня страстная жажда жизни, борьбы, труда, и эта жажда в душе слилась с любовью к вам, Ирина, и, как нарочно, вы прекрасны, и жизнь мне кажется такой прекрасной! О чем вы думаете?

И р и н а. Вы говорите: прекрасна жизнь. Да, но если она только кажется такой! У нас, трех сестер, жизнь не была еще прекрасной, она заглушала нас, как сорная трава... Текут у меня слезы. Это не нужно... *(Быстро вытирает лицо, улыбается.)* Работать нужно, работать. Оттого нам невесело и смотрим мы на жизнь так мрачно, что не знаем труда. Мы родились от людей, презиравших труд...

Н а т а л ь я   И в а н о в н а входит; она в розовом платье, с зеленым поясом.

Н а т а ш а. Там уже завтракать садятся... Я опоздала... *(Мельком глядится в зеркало, поправляется.)* Кажется, причесана ничего себе... *(Увидев Ирину.)* Милая Ирина Сергеевна, поздравляю вас! *(Целует крепко и продолжительно.)* У вас много гостей, мне, право, совестно... Здравствуйте, барон!

О л ь г а *(входя в гостиную).* Ну, вот и Наталия Ивановна. Здравствуйте, моя милая!

Целуются.

Н а т а ш а. С именинницей. У вас такое большое общество, я смущена ужасно...

О л ь г а. Полно, у нас всё свои. *(Вполголоса, испуганно.)* На вас зеленый пояс! Милая, это нехорошо!

Н а т а ш а. Разве есть примета?

О л ь г а. Нет, просто не идет... и как-то странно...

Н а т а ш а *(плачущим голосом).* Да? Но ведь это не зеленый, а скорее матовый. *(Идет за Ольгой в залу.)*

В зале садятся завтракать; в гостиной ни души.

К у л ы г и н. Желаю тебе, Ирина, жениха хорошего. Пора тебе уж выходить.

Ч е б у т ы к и н. Наталья Ивановна, и вам женишка желаю.

К у л ы г и н. У Натальи Ивановны уже есть женишок.

М а ш а *(стучит вилкой по тарелке).* Выпью рюмочку винца! Эхма, жизнь малиновая, где наша не пропадала!

К у л ы г и н. Ты ведешь себя на три с минусом.

В е р ш и н и н. А наливка вкусная. На чем это настояно?

С о л е н ы й. На тараканах.

И р и н а *(плачущим голосом).* Фу! Фу! Какое отвращение!..

О л ь г а. За ужином будет жареная индейка и сладкий пирог с яблоками. Слава богу, сегодня целый день я дома, вечером — дома... Господа, вечером приходите.

В е р ш и н и н. Позвольте и мне прийти вечером!

И р и н а. Пожалуйста.

Н а т а ш а. У них попросту.

Ч е б у т ы к и н. Для любви одной природа нас на свет произвела. *(Смеется.)*

А н д р е й *(сердито).* Перестаньте, господа! Не надоело вам.

Ф е д о т и к и **Р о д э** входят с большой корзиной цветов.

Ф е д о т и к. Однако уже завтракают.

Р о д э *(громко и картавя).* Завтракают? Да, уже завтракают...

Ф е д о т и к. Погоди минутку! *(Снимает фотографию.)* Раз! Погоди еще немного... *(Снимает другую фотографию.)* Два! Теперь готово!

Берут корзину и идут в залу, где их встречают с шумом.

Р о д э *(громко).* Поздравляю, желаю всего, всего! Погода сегодня очаровательная, одно великолепие. Сегодня все утро гулял с гимназистами. Я преподаю в гимназии гимнастику...

Ф е д о т и к. Можете двигаться, Ирина Сергеевна, можете! *(Снимая фотографию.)* Вы сегодня интересны. *(Вынимает из кармана волчок.)* Вот, между прочим, волчок... Удивительный звук...

И р и н а. Какая прелесть!

М а ш а. У лукоморья дуб зеленый, златая цепь на дубе том... Златая цепь на дубе том... *(Плаксиво.)* Ну, зачем я это говорю? Привязалась ко мне эта фраза с самого утра...

К у л ы г и н. Тринадцать за столом!

Р о д э *(громко).* Господа, неужели вы придаете значение предрассудкам?

Смех.

К у л ы г и н. Если тринадцать за столом, то, значит, есть тут влюбленные. Уж не вы ли, Иван Романович, чего доброго...

Смех.

Ч е б у т ы к и н. Я старый грешник, а вот отчего Наталья Ивановна сконфузилась, решительно понять не могу.

Антон Павлович Чехов

Громкий смех; Наташа выбегает из залы в гостиную, за ней Андрей.

А н д р е й. Полно, не обращайте внимания! Погодите... постойте, прошу вас...

Н а т а ш а. Мне стыдно... Я не знаю, что со мной делается, а они поднимают меня на смех. То, что я сейчас вышла из-за стола, неприлично, но я не могу... не могу... *(Закрывает лицо руками.)*

А н д р е й. Дорогая моя, прошу вас, умоляю, не волнуйтесь. Уверяю вас, они шутят, они от доброго сердца. Дорогая моя, моя хорошая, они все добрые, сердечные люди и любят меня и вас. Идите сюда к окну, нас здесь не видно им... *(Оглядывается.)*

Н а т а ш а. Я так не привыкла бывать в обществе!..

А н д р е й. О молодость, чудная, прекрасная молодость! Моя дорогая, моя хорошая, не волнуйтесь так!.. Верьте мне, верьте... Мне так хорошо, душа полна любви, восторга... О, нас не видят! Не видят! За что, за что я полюбил вас, когда полюбил — о, ничего не понимаю. Дорогая моя, хорошая, чистая, будьте моей женой! Я вас люблю, люблю... как никого никогда...

Поцелуй. Д в а   о ф и ц е р а входят и, увидев целующуюся пару, останавливаются в изумлении.

З а н а в е с

Три сестры

Действие второе

Декорация первого акта.
Восемь часов вечера. За сценой на улице едва слышно играют на гармонике. Нет огня. Входит Н а т а - л ь я И в а н о в н а в капоте, со свечой; она идет и останавливается у двери, которая ведет в комнату Андрея.

Н а т а ш а. Ты, Андрюша, что делаешь? Читаешь? Ничего, я так только... *(Идет, отворяет другую дверь и, заглянув в нее, затворяет.)* Огня нет ли...

А н д р е й *(входит с книгой в руке)*. Ты что, Наташа?

Н а т а ш а. Смотрю, огня нет ли... Теперь Масленица, прислуга сама не своя, гляди да и гляди, чтоб чего не вышло. Вчера в полночь прохожу через столовую, а там свеча горит. Кто зажег, так и не добилась толку. *(Ставит свечу.)* Который час?

А н д р е й *(взглянув на часы)*. Девятого четверть.

Н а т а ш а. А Ольги и Ирины до сих пор еще нет. Не пришли. Всё трудятся, бедняжки. Ольга на педагогическом совете, Ирина на телеграфе... *(Вздыхает.)* Сегодня утром говорю твоей сестре: «Побереги, говорю, себя, Ирина, голубчик». И не слушает. Четверть девятого, говоришь? Я боюсь, Бобик наш совсем нездоров.

Отчего он холодный такой? Вчера у него был жар, а сегодня холодный весь... Я так боюсь!

А н д р е й. Ничего, Наташа. Мальчик здоров.

Н а т а ш а. Но все-таки лучше пускай диета. Я боюсь. И сегодня в десятом часу, говорили, ряженые у нас будут, лучше бы они не приходили, Андрюша.

А н д р е й. Право, я не знаю. Их ведь звали.

Н а т а ш а. Сегодня мальчишечка проснулся утром и глядит на меня, и вдруг улыбнулся: значит, узнал. «Бобик, говорю, здравствуй! Здравствуй, милый!» А он смеется. Дети понимают, отлично понимают. Так, значит, Андрюша, я скажу, чтобы ряженых не принимали.

А н д р е й *(нерешительно)*. Да ведь это как сестры. Они тут хозяйки.

Н а т а ш а. И они тоже, я им скажу. Они добрые... *(Идет.)* К ужину я велела простокваши. Доктор говорит, тебе нужно одну простоквашу есть, иначе не похудеешь. *(Останавливается.)* Бобик холодный. Я боюсь, ему холодно в его комнате, пожалуй. Надо бы хоть до теплой погоды поместить его в другой комнате. Например, у Ирины комната как раз для ребенка: и сухо, и целый день солнце. Надо ей сказать, она пока может с Ольгой в одной комнате... Все равно днем дома не бывает, только ночует...

Пауза.

Андрюшанчик, отчего ты молчишь?

А н д р е й. Так, задумался... Да и нечего говорить...

Н а т а ш а. Да... что-то я хотела тебе сказать... Ах да, там из управы Ферапонт пришел, тебя спрашивает.

А н д р е й *(зевает)*. Позови его.

Наташа уходит; Андрей, нагнувшись к забытой ею свече, читает книгу. Входит Ф е р а п о н т, он в старом трепаном пальто, с поднятым воротником, уши повязаны.

Здравствуй, душа моя. Что скажешь?

Ф е р а п о н т. Председатель прислал книжку и бумагу какую-то. Вот... *(Подает книгу и пакет.)*

А н д р е й. Спасибо. Хорошо. Отчего же ты пришел так не рано? Ведь девятый час уже.

Ф е р а п о н т. Чего?

А н д р е й *(громче)*. Я говорю, поздно пришел, уже девятый час.

Ф е р а п о н т. Так точно. Я пришел к вам, еще светло было, да не пускали всё. Барин, говорят, занят. Ну что ж. Занят так занят, спешить мне некуда. *(Думая, что Андрей спрашивает его о чем-то.)* Чего?

А н д р е й. Ничего. *(Рассматривая книгу.)* Завтра пятница, у нас нет присутствия, но я все равно приду... Займусь. Дома скучно...

Пауза.

Антон Павлович Чехов

Милый дед, как странно меняется, как обманывает жизнь! Сегодня от скуки, от нечего делать, я взял в руки вот эту книгу — старые университетские лекции, и мне стало смешно... Боже мой, я секретарь земской управы, той управы, где председательствует Протопопов, я секретарь, и самое большее, на что я могу надеяться, — это быть членом земской управы! Мне быть членом здешней земской управы, мне, которому снится каждую ночь, что я профессор Московского университета, знаменитый ученый, которым гордится русская земля!

Ф е р а п о н т. Не могу знать... Слышу-то плохо...

А н д р е й. Если бы ты слышал как следует, то я, быть может, и не говорил бы с тобой. Мне нужно говорить с кем-нибудь, а жена меня не понимает, сестер я боюсь почему-то, боюсь, что они засмеют меня, застыдят... Я не пью, трактиров не люблю, но с каким удовольствием я посидел бы теперь в Москве у Тестова или в Большом Московском, голубчик мой.

Ф е р а п о н т. А в Москве, в управе давеча рассказывал подрядчик, какие-то купцы ели блины; один, который съел сорок блинов, будто помер. Не то сорок, не то пятьдесят. Не упомню.

А н д р е й. Сидишь в Москве, в громадной зале ресторана, никого не знаешь, и тебя никто не знает, и в то же время не чувствуешь себя чужим. А здесь ты всех знаешь и тебя все знают, но чужой, чужой... Чужой и одинокий.

Ф е р а п о н т. Чего?

Пауза.

И тот же подрядчик сказывал — может, и врет, — будто поперек всей Москвы канат протянут.

А н д р е й. Для чего?

Ф е р а п о н т. Не могу знать. Подрядчик говорил.

А н д р е й. Чепуха. *(Читает книгу.)* Ты был когда-нибудь в Москве?

Ф е р а п о н т *(после паузы)*. Не был. Не привел Бог.

Пауза.

Мне идти?

А н д р е й. Можешь идти. Будь здоров.

Ферапонт уходит.

Будь здоров. *(Читая.)* Завтра утром придешь, возьмешь тут бумаги... Ступай...

Пауза.

Он ушел.

Звонок.

Да, дела... *(Потягивается и не спеша уходит к себе.)*

За сценой поет нянька, укачивая ребенка. Входят М а ш а и В е р ш и н и н. Пока они беседуют, горничная зажигает лампу и свечи.

Антон Павлович Чехов

М а ш а. Не знаю.

Пауза.

Не знаю. Конечно, много значит привычка. После смерти отца, например, мы долго не могли привыкнуть к тому, что у нас уже нет денщиков. Но и помимо привычки, мне кажется, говорит во мне просто справедливость. Может быть, в других местах и не так, но в нашем городе самые порядочные, самые благородные и воспитанные люди — это военные.

В е р ш и н и н. Мне пить хочется. Я бы выпил чаю.

М а ш а *(взглянув на часы)*. Скоро дадут. Меня выдали замуж, когда мне было восемнадцать лет, и я своего мужа боялась, потому что он был учителем, а я тогда едва кончила курс. Он казался мне тогда ужасно ученым, умным и важным. А теперь уж не то, к сожалению.

В е р ш и н и н. Так... да.

М а ш а. Про мужа я не говорю, к нему я привыкла, но между штатскими вообще так много людей грубых, нелюбезных, невоспитанных. Меня волнует, оскорбляет грубость, я страдаю, когда вижу, что человек недостаточно тонок, недостаточно мягок, любезен. Когда мне случается быть среди учителей, товарищей мужа, то я просто страдаю...

В е р ш и н и н. Да-с... Но мне кажется, все равно, что штатский, что военный, одинаково

Три сестры

неинтересно, по крайней мере в этом городе. Все равно! Если послушать здешнего интеллигента, штатского или военного, то с женой он замучился, с домом замучился, с имением замучился, с лошадьми замучился... Русскому человеку в высшей степени свойствен возвышенный образ мыслей, но скажите, почему в жизни он хватает так невысоко? Почему?

М а ш а. Почему?

В е р ш и н и н. Почему он с детьми замучился, с женой замучился? А почему жена и дети с ним замучились?

М а ш а. Вы сегодня немножко не в духе.

В е р ш и н и н. Может быть. Я сегодня не обедал, ничего не ел с утра. У меня дочь больна немножко, а когда болеют мои девочки, то мною овладевает тревога, меня мучает совесть за то, что у них такая мать. О, если бы вы видели ее сегодня! Что за ничтожество! Мы начали браниться с семи часов утра, а в девять я хлопнул дверью и ушел.

Пауза.

Я никогда не говорю об этом и, странно, жалуюсь только вам одной. *(Целует руку.)* Не сердитесь на меня. Кроме вас одной, у меня нет никого, никого...

Пауза.

М а ш а. Какой шум в печке. У нас незадолго до смерти отца гудело в трубе. Вот точно так.

Антон Павлович Чехов

Вершинин. Вы с предрассудками?

Маша. Да.

Вершинин. Странно это. *(Целует руку.)* Вы великолепная, чудная женщина. Великолепная, чудная! Здесь темно, но я вижу блеск ваших глаз.

Маша *(садится на другой стул)*. Здесь светлей...

Вершинин. Я люблю, люблю, люблю... Люблю ваши глаза, ваши движения, которые мне снятся... Великолепная, чудная женщина!

Маша *(тихо смеясь)*. Когда вы говорите со мной так, то я почему-то смеюсь, хотя мне страшно. Не повторяйте, прошу вас... *(Вполголоса.)* А впрочем, говорите, мне все равно... *(Закрывает лицо руками.)* Мне все равно. Сюда идут, говорите о чем-нибудь другом...

Ирина и Тузенбах входят через залу.

Тузенбах. У меня тройная фамилия. Меня зовут барон Тузенбах-Кроне-Альтшауер, но я русский, православный, как вы. Немецкого у меня осталось мало, разве только терпеливость, упрямство, с каким я надоедаю вам. Я провожаю вас каждый вечер.

Ирина. Как я устала!

Тузенбах. И каждый день буду приходить на телеграф и провожать вас домой, буду десять — двадцать лет, пока вы не прогоните...

(Увидев Машу и Вершинина, радостно.) Это вы? Здравствуйте.

И р и н а. Вот я и дома наконец. *(Маше.)* Сейчас приходит одна дама, телеграфирует своему брату в Саратов, что у ней сегодня сын умер, и никак не может вспомнить адреса. Так и послала без адреса, просто в Саратов. Плачет. И я ей нагрубила ни с того ни с сего. «Мне, говорю, некогда». Так глупо вышло. Сегодня у нас ряженые?

М а ш а. Да.

И р и н а *(садится в кресло)*. Отдохнуть. Устала.

Т у з е н б а х *(с улыбкой)*. Когда вы приходите с должности, то кажетесь такой молоденькой, несчастненькой...

Пауза.

И р и н а. Устала. Нет, не люблю я телеграфа, не люблю.

М а ш а. Ты похудела... *(Насвистывает.)* И помолодела, и на мальчишку стала похожа лицом.

Т у з е н б а х. Это от прически.

И р и н а. Надо поискать другую должность, а эта не по мне. Чего я так хотела, о чем мечтала, того-то в ней именно и нет. Труд без поэзии, без мыслей...

Стук в пол.

Доктор стучит. *(Тузенбаху.)* Милый, постучите... Я не могу... устала...

Тузенбах стучит в пол.

Антон Павлович Чехов

Сейчас придет. Надо бы принять какие-нибудь меры. Вчера доктор и наш Андрей были в клубе и опять проигрались. Говорят, Андрей двести рублей проиграл.

М а ш а (*равнодушно*). Что ж теперь делать!

И р и н а. Две недели назад проиграл, в декабре проиграл. Скорее бы все проиграл, быть может, уехали бы из этого города. Господи боже мой, мне Москва снится каждую ночь, я совсем как помешанная. (*Смеется.*) Мы переезжаем туда в июне, а до июня осталось еще... февраль, март, апрель, май... почти полгода!

М а ш а. Надо только, чтобы Наташа не узнала как-нибудь о проигрыше.

И р и н а. Ей, я думаю, все равно.

Ч е б у т ы к и н, только что вставший с постели, — он отдыхал после обеда, — входит в залу и причесывает бороду, потом садится за стол и вынимает из кармана газету.

М а ш а. Вот пришел... Он заплатил за квартиру?

И р и н а (*смеется.*) Нет. За восемь месяцев ни копеечки. Очевидно, забыл.

М а ш а (*смеется*). Как он важно сидит!

Все смеются; пауза.

И р и н а. Что вы молчите, Александр Игнатьич?

Вершинин. Не знаю. Чаю хочется. Пол-жизни за стакан чаю! С утра ничего не ел...

Чебутыкин. Ирина Сергеевна!

Ирина. Что вам?

Чебутыкин. Пожалуйте сюда. Venez ici[*].

Ирина идет и садится за стол.

Я без вас не могу.

Ирина раскладывает пасьянс.

Вершинин. Что ж? Если не дают чаю, то давайте хоть пофилософствуем.

Тузенбах. Давайте. О чем?

Вершинин. О чем? Давайте помечтаем... например, о той жизни, какая будет после нас, лет через двести — триста.

Тузенбах. Что ж? После нас будут летать на воздушных шарах, изменятся пиджаки, от-кроют, быть может, шестое чувство и разовьют его, но жизнь останется все та же, жизнь труд-ная, полная тайн и счастливая. И через тысячу лет человек будет так же вздыхать: «Ах, тяжко жить!» — вместе с тем точно так же, как теперь, он будет бояться и не хотеть смерти.

Вершинин *(подумав)*. Как вам сказать? Мне кажется, все на земле должно измениться мало-помалу и уже меняется на наших глазах. Через двести — триста, наконец тысячу лет, —

---

[*] Идите сюда *(фр.)*.

дело не в сроке, — настанет новая, счастливая жизнь. Участвовать в этой жизни мы не будем, конечно, но мы для нее живем теперь, работаем, ну, страдаем, мы творим ее — и в этом одном цель нашего бытия и, если хотите, наше счастье.

Маша тихо смеется.

Тузенбах. Что вы?

Маша. Не знаю. Сегодня весь день смеюсь с утра.

Вершинин. Я кончил там же, где и вы, в академии я не был; читаю я много, но выбирать книг не умею и читаю, быть может, совсем не то, что нужно, а между тем, чем больше живу, тем больше хочу знать. Мои волосы седеют, я почти старик уже, но знаю мало, ах, как мало! Но все же, мне кажется, самое главное и настоящее я знаю, крепко знаю. И как бы мне хотелось доказать вам, что счастья нет, не должно быть и не будет для нас... Мы должны только работать и работать, а счастье — это удел наших далеких потомков.

Пауза.

Не я, то хоть потомки потомков моих.

Федотик и Родэ показываются в зале; они садятся и напевают тихо, наигрывая на гитаре.

Тузенбах. По-вашему, даже не мечтать о счастье! Но если я счастлив!

В е р ш и н и н. Нет.

Т у з е н б а х *(всплеснув руками и смеясь).* Очевидно, мы не понимаем друг друга. Ну, как мне убедить вас?

Маша тихо смеется.

(Показывая ей палец.) Смейтесь! *(Вершинину.)* Не то что через двести или триста, но и через миллион лет жизнь останется такою же, как и была; она не меняется, остается постоянною, следуя своим собственным законам, до которых вам нет дела или, по крайней мере, которых вы никогда не узнаете. Перелетные птицы, журавли, например, летят и летят, и какие бы мысли, высокие или малые, ни бродили в их головах, все же будут лететь и не знать, зачем и куда. Они летят и будут лететь, какие бы философы ни завелись среди них; и пускай философствуют, как хотят, лишь бы летели...

М а ш а. Все-таки смысл?

Т у з е н б а х. Смысл... Вот снег идет. Какой смысл?

Пауза.

М а ш а. Мне кажется, человек должен быть верующим или должен искать веры, иначе жизнь его пуста, пуста... Жить и не знать, для чего журавли летят, для чего дети родятся, для чего звезды на небе... Или знать, для чего живешь, или же все пустяки, трын-трава.

Пауза.

Антон Павлович Чехов

В е р ш и н и н. Все-таки жалко, что молодость прошла...

М а ш а. У Гоголя сказано: скучно жить на этом свете, господа!

Т у з е н б а х. А я скажу: трудно с вами спорить, господа! Ну вас совсем...

Ч е б у т ы к и н *(читая газету)*. Бальзак венчался в Бердичеве.

Ирина напевает тихо.

Даже запишу себе это в книжку. *(Записывает.)* Бальзак венчался в Бердичеве. *(Читает газету.)*

И р и н а *(раскладывает пасьянс, задумчиво)*. Бальзак венчался в Бердичеве.

Т у з е н б а х. Жребий брошен. Вы знаете, Мария Сергеевна, я подал в отставку.

М а ш а. Слышала. И ничего я не вижу в этом хорошего. Не люблю я штатских.

Т у з е н б а х. Все равно... *(Встает.)* Я некрасив, какой я военный? Ну, да все равно, впрочем... Буду работать. Хоть один день в моей жизни поработать так, чтобы прийти вечером домой, в утомлении повалиться в постель и уснуть тотчас же. *(Уходя в залу.)* Рабочие, должно быть, спят крепко!

Ф е д о т и к *(Ирине)*. Сейчас на Московской у Пыжикова купил для вас цветных карандашей. И вот этот ножичек...

И р и н а. Вы привыкли обращаться со мной,

как с маленькой, но ведь я уже выросла... *(Берет карандаши и ножичек, радостно.)* Какая прелесть!

Ф е д о т и к. А для себя я купил ножик... вот поглядите... нож, еще другой нож, третий, это в ушах ковырять, это ножнички, это ногти чистить...

Р о д э *(громко)*. Доктор, сколько вам лет?

Ч е б у т ы к и н. Мне? Тридцать два.

Смех.

Ф е д о т и к. Я сейчас покажу вам другой пасьянс... *(Раскладывает пасьянс.)*

Подают самовар; А н ф и с а около самовара; немного погодя приходит Н а т а ш а и тоже суетится около стола; приходит С о л е н ы й и, поздоровавшись, садится за стол.

В е р ш и н и н. Однако какой ветер!

М а ш а. Да. Надоела зима. Я уже и забыла, какое лето.

И р и н а. Выйдет пасьянс, я вижу. Будем в Москве.

Ф е д о т и к. Нет, не выйдет. Видите, осьмерка легла на двойку пик. *(Смеется.)* Значит, вы не будете в Москве.

Ч е б у т ы к и н *(читает газету)*. Цицикар. Здесь свирепствует оспа.

А н ф и с а *(подходя к Маше)*. Маша, чай кушать, матушка. *(Вершинину.)* Пожалуйте, ваше высокоблагородие... простите, батюшка, забыла имя, отчество...

М а ш а. Принеси сюда, няня. Туда не пойду.

И р и н а. Няня!

А н ф и с а. Иду-у!

Н а т а ш а *(Соленому).* Грудные дети прекрасно понимают. «Здравствуй, говорю, Бобик. Здравствуй, милый!» Он взглянул на меня как-то особенно. Вы думаете, во мне говорит только мать, но нет, нет, уверяю вас! Это необыкновенный ребенок.

С о л е н ы й. Если бы этот ребенок был мой, то я изжарил бы его на сковородке и съел бы. *(Идет со стаканом в гостиную и садится в угол.)*

Н а т а ш а *(закрыв лицо руками).* Грубый, невоспитанный человек!

М а ш а. Счастлив тот, кто не замечает, лето теперь или зима. Мне кажется, если бы я была в Москве, то относилась бы равнодушно к погоде...

В е р ш и н и н. На днях я читал дневник одного французского министра, писанный в тюрьме. Министр был осужден за Панаму. С каким упоением, восторгом упоминает он о птицах, которых видит в тюремном окне и которых не замечал раньше, когда был министром. Теперь, конечно, когда он выпущен на свободу, он уже по-прежнему не замечает птиц. Так же и вы не будете замечать Москвы, когда будете жить в ней. Счастья у нас нет и не бывает, мы только желаем его.

Т у з е н б а х *(берет со стола коробку).* Где же конфеты?

И р и н а. Соленый съел.

Т у з е н б а х. Все?

А н ф и с а *(подавая чай).* Вам письмо, ба-тюшка.

В е р ш и н и н. Мне? *(Берет письмо.)* От до-чери. *(Читает.)* Да, конечно... Я, извините, Ма-рия Сергеевна, уйду потихоньку. Чаю не буду пить. *(Встает, взволнованный.)* Вечно эти исто-рии...

М а ш а. Что такое? Не секрет?

В е р ш и н и н *(тихо).* Жена опять отрави-лась. Надо идти. Я пройду незаметно. Ужасно неприятно все это. *(Целует Маше руку.)* Милая моя, славная, хорошая женщина... Я здесь прой-ду потихоньку... *(Уходит.)*

А н ф и с а. Куда ж он? А я чай подала... Экой какой.

М а ш а *(рассердившись).* Отстань! Приста-ешь тут, покоя от тебя нет... *(Идет с чашкой к столу.)* Надоела ты мне, старая!

А н ф и с а. Что ж ты обижаешься? Милая!

Голос Андрея: «Анфиса!»

(Дразнит.) Анфиса! Сидит там... *(Уходит.)*

М а ш а *(в зале у стола, сердито).* Дайте же мне сесть! *(Мешает на столе карты.)* Расселись тут с картами. Пейте чай!

И р и н а. Ты, Машка, злая.

М а ш а. Раз я злая, не говорите со мной. Не трогайте меня!

Антон Павлович Чехов

Чебутыкин *(смеясь)*. Не трогайте ее, не трогайте...

Маша. Вам шестьдесят лет, а вы, как мальчишка, всегда городите черт знает что.

Наташа *(вздыхает)*. Милая Маша, к чему употреблять в разговоре такие выражения? При твоей прекрасной наружности в приличном светском обществе ты, я тебе прямо скажу, была бы просто очаровательна, если бы не эти твои слова. Je vous prie pardonnez moi, Marie, mais vous avez des manières un peu grossières*.

Тузенбах *(сдерживая смех)*. Дайте мне... дайте мне... Там, кажется, коньяк...

Наташа. Il parait, que mon Бобик déjà ne dort pas**, проснулся. Он у меня сегодня нездоров. Я пойду к нему, простите... *(Уходит.)*

Ирина. А куда ушел Александр Игнатьич?

Маша. Домой. У него опять с женой что-то необычайное.

Тузенбах *(идет к Соленому, в руках графинчик с коньяком)*. Все вы сидите одни, о чем-то думаете — и не поймешь, о чем. Ну, давайте мириться. Давайте выпьем коньяку.

Пьют.

Сегодня мне придется играть на пианино всю ночь, вероятно, играть всякий вздор. Куда ни шло!

---

* Прошу извинить меня, Мари, но у вас несколько грубые манеры *(фр.)*.
** Кажется, мой Бобик уже не спит *(фр.)*.

С о л е н ы й. Почему мириться? Я с вами не ссорился.

Т у з е н б а х. Всегда вы возбуждаете такое чувство, как будто между нами что-то произошло. У вас характер странный, надо сознаться.

С о л е н ы й *(декламируя)*. Я странен, не странен кто ж! Не сердись, Алеко!

Т у з е н б а х. И при чем тут Алеко...

Пауза.

С о л е н ы й. Когда я вдвоем с кем-нибудь, то ничего, я как все, но в обществе я уныл, застенчив и... говорю всякий вздор. Но все-таки я честнее и благороднее очень, очень многих... И могу это доказать.

Т у з е н б а х. Я часто сержусь на вас, вы постоянно придираетесь ко мне, когда мы бываем в обществе, но все же вы мне симпатичны почему-то. Куда ни шло, напьюсь сегодня. Выпьем!

С о л е н ы й. Выпьем.

Пьют.

Я против вас, барон, никогда ничего не имел. Но у меня характер Лермонтова. *(Тихо.)* Я даже немножко похож на Лермонтова... как говорят... *(Достает из кармана флакон с духами и льет на руки.)*

Т у з е н б а х. Подаю в отставку. Баста! Пять лет все раздумывал и наконец решил. Буду работать.

С о л е н ы й *(декламируя).* Не сердись, Алеко... Забудь, забудь мечтания свои...

Пока они говорят, А н д р е й входит с книгой тихо
и садится у свечи.

Т у з е н б а х. Буду работать...

Ч е б у т ы к и н *(идя в гостиную с Ириной).*
И угощение было тоже настоящее кавказское:
суп с луком, а на жаркое — чехартма, мясное.

С о л е н ы й. Черемша вовсе не мясо, а рас-
тение вроде нашего лука.

Ч е б у т ы к и н. Нет-с, ангел мой. Чехартма
не лук, а жаркое из баранины.

С о л е н ы й. А я вам говорю, черемша — лук.

Ч е б у т ы к и н. А я вам говорю, чехартма —
баранина.

С о л е н ы й. А я вам говорю, черемша — лук.

Ч е б у т ы к и н. Что же я буду с вами спорить. Вы никогда не были на Кавказе и не ели
чехартмы.

С о л е н ы й. Не ел, потому что терпеть не могу. От черемши такой же запах, как от чеснока.

А н д р е й *(умоляюще).* Довольно, господа!
Прошу вас!

Т у з е н б а х. Когда придут ряженые?

И р и н а. Обещали к девяти; значит, сейчас.

Т у з е н б а х *(обнимает Андрея).* Ах, вы, сени, мои сени, сени новые мои...

А н д р е й *(пляшет и поет).* Сени новые,
кленовые...

Ч е б у т ы к и н *(пляшет).* Решетчаты-е!

Смех.

Т у з е н б а х *(целует Андрея).* Черт возьми, давайте выпьем, Андрюша, давайте выпьем на «ты». И я с тобой, Андрюша, в Москву, в университет.

С о л е н ы й. В какой? В Москве два университета.

А н д р е й. В Москве один университет.

С о л е н ы й. А я вам говорю — два.

А н д р е й. Пускай хоть три. Тем лучше.

С о л е н ы й. В Москве два университета!

Ропот и шиканье.

В Москве два университета: старый и новый. А если вам неугодно слушать, если мои слова раздражают вас, то я могу не говорить. Я даже могу уйти в другую комнату... *(Уходит в одну из дверей.)*

Т у з е н б а х. Браво, браво! *(Смеется.)* Господа, начинайте, я сажусь играть! Смешной этот Соленый... *(Садится за пианино, играет вальс.)*

М а ш а *(танцует вальс одна).* Барон пьян, барон пьян, барон пьян!

Входит Н а т а ш а.

Н а т а ш а *(Чебутыкину).* Иван Романыч! *(Говорит о чем-то Чебутыкину, потом тихо уходит.)*

Чебутыкин трогает Тузенбаха за плечо и шепчет ему о чем-то.

Антон Павлович Чехов

Ирина. Что такое?

Чебутыкин. Нам пора уходить. Будьте здоровы.

Тузенбах. Спокойной ночи. Пора уходить.

Ирина. Позвольте... А ряженые?..

Андрей *(сконфуженный).* Ряженых не будет. Видишь ли, моя милая, Наташа говорит, что Бобик не совсем здоров, и потому... Одним словом, я не знаю, мне решительно все равно.

Ирина *(пожимая плечами).* Бобик нездоров!

Маша. Где наша не пропадала! Гонят, стало быть, надо уходить. *(Ирине.)* Не Бобик болен, а она сама... Вот! *(Стучит пальцем по лбу.)* Мещанка!

Андрей уходит в правую дверь к себе, Чебутыкин идет за ним; в зале прощаются.

Федотик. Какая жалость! Я рассчитывал провести вечерок, но если болен ребеночек, то, конечно... Я завтра принесу ему игрушек...

Родэ *(громко).* Я сегодня нарочно выспался после обеда, думал, что всю ночь буду танцевать. Ведь теперь только девять часов.

Маша. Выйдем на улицу, там потолкуем. Решим, что и как.

Слышно: «Прощайте! Будьте здоровы!» Слышен веселый смех Тузенбаха. Все уходят. Анфиса и горничная убирают со стола, тушат огни. Слышно, как поет нянька. А н д р е й в пальто и шляпе и Ч е б у - т ы к и н тихо входят.

Три сестры

Ч е б у т ы к и н. Жениться я не успел, потому что жизнь промелькнула, как молния, да и потому, что безумно любил твою матушку, которая была замужем...

А н д р е й. Жениться не нужно. Не нужно, потому что скучно.

Ч е б у т ы к и н. Так-то оно так, да одиночество. Как там ни философствуй, а одиночество страшная штука, голубчик мой... Хотя, в сущности... конечно, решительно все равно!

А н д р е й. Пойдемте скорей.

Ч е б у т ы к и н. Что же спешить? Успеем.

А н д р е й. Я боюсь, жена бы не остановила.

Ч е б у т ы к и н. А!

А н д р е й. Сегодня я играть не стану, только так посижу. Нездоровится... Что мне делать, Иван Романыч, от одышки?

Ч е б у т ы к и н. Что спрашивать! Не помню, голубчик. Не знаю.

А н д р е й. Пройдем кухней.

Уходят. Звонок, потом опять звонок; слышны голоса, смех.

И р и н а (входит). Что там?

А н ф и с а (шепотом). Ряженые!

Звонок.

И р и н а. Скажи, нянечка, дома нет никого. Пусть извинят.

Анфиса уходит. Ирина в раздумье ходит по комнате; она взволнована. Входит С о л е н ы й.

Антон Павлович Чехов

С о л е н ы й *(в недоумении)*. Никого нет...
А где же все?

И р и н а. Ушли домой.

С о л е н ы й. Странно. Вы одни тут?

И р и н а. Одна.

Пауза.

Прощайте.

С о л е н ы й. Давеча я вел себя недостаточно
сдержанно, нетактично. Но вы не такая, как
все, вы высоки и чисты, вам видна правда...
Только вы одна можете понять меня. Я люблю,
глубоко, бесконечно люблю...

И р и н а. Прощайте! Уходите.

С о л е н ы й. Я не могу жить без вас. *(Идя за
ней.)* О мое блаженство! *(Сквозь слезы.)* О счастье! Роскошные, чудные, изумительные глаза,
каких я не видел ни у одной женщины...

И р и н а *(холодно)*. Перестаньте, Василий
Васильич!

С о л е н ы й. Первый раз я говорю о любви
к вам, и точно я не на земле, а на другой плане-
те. *(Трет себе лоб.)* Ну, да все равно. Насильно
мил не будешь, конечно... Но счастливых со-
перников у меня не должно быть... Не должно...
Клянусь вам всем святым, соперника я убью...
О чудная!

Н а т а ш а проходит со свечой.

Н а т а ш а *(заглядывает в одну дверь, в другую
и проходит мимо двери, ведущей в комнату му-*

Три сестры   217

жа). Тут Андрей. Пусть читает. Вы простите, Василий Васильич, я не знала, что вы здесь, я по-домашнему...

С о л е н ы й. Мне все равно. Прощайте! *(Уходит.)*

Н а т а ш а. А ты устала, милая, бедная моя девочка! *(Целует Ирину.)* Ложилась бы спать пораньше.

И р и н а. Бобик спит?

Н а т а ш а. Спит. Но неспокойно спит. Кстати, милая, я хотела тебе сказать, да все то тебя нет, то мне некогда... Бобику в теперешней детской, мне кажется, холодно и сыро. А твоя комната такая хорошая для ребенка. Милая, родная, переберись пока к Оле!

И р и н а *(не понимая)*. Куда?

Слышно, к дому подъезжает тройка с бубенчиками.

Н а т а ш а. Ты с Олей будешь в одной комнате, пока что, а твою комнату Бобику. Он такой милашка, сегодня я говорю ему: «Бобик, ты мой! Мой!» А он на меня смотрит своими глазеночками.

Звонок.

Должно быть, Ольга. Как она поздно!

Г о р н и ч н а я подходит к Наташе и шепчет ей на ухо.

Протопопов? Какой чудак. Приехал Протопопов, зовет меня покататься с ним на тройке. *(Смеется.)* Какие странные эти мужчины...

Антон Павлович Чехов

Звонок.

Кто-то там пришел. Поехать разве на четверть часика прокатиться... *(Горничной.)* Скажи, сейчас.

Звонок.

Звонят... там Ольга, должно быть... *(Уходит.)*

Горничная убегает; Ирина сидит задумавшись; входят К у л ы г и н, О л ь г а, за ними В е р ш и н и н.

К у л ы г и н. Вот тебе и раз. А говорили, что у них будет вечер.

В е р ш и н и н. Странно, я ушел недавно, полчаса назад, и ждали ряженых...

И р и н а. Все ушли.

К у л ы г и н. И Маша ушла? Куда она ушла? А зачем Протопопов внизу ждет на тройке? Кого он ждет?

И р и н а. Не задавайте вопросов... Я устала.

К у л ы г и н. Ну, капризница...

О л ь г а. Совет только что кончился. Я замучилась. Наша начальница больна, теперь я вместо нее. Голова, голова болит, голова... *(Садится.)* Андрей проиграл вчера в карты двести рублей... Весь город говорит об этом...

К у л ы г и н. Да, и я устал на совете. *(Садится.)*

В е р ш и н и н. Жена моя сейчас вздумала попугать меня, едва не отравилась. Все обошлось, и я рад, отдыхаю теперь... Стало быть, надо уходить? Что ж, позвольте пожелать всего хорошего. Федор Ильич, поедемте со мной куда-нибудь! Я дома не могу оставаться, совсем не могу... Поедемте!

Кулыгин. Устал. Не поеду. *(Встает.)* Устал. Жена домой пошла?

Ирина. Должно быть.

Кулыгин *(целует Ирине руку)*. Прощай. Завтра и послезавтра целый день отдыхать. Всего хорошего! *(Идет.)* Чаю очень хочется. Рассчитывал провести вечер в приятном обществе и — о, fallacem hominum spem!* Винительный падеж при восклицании...

Вершинин. Значит, один поеду. *(Уходит с Кулыгиным, посвистывая.)*

Ольга. Голова болит, голова... Андрей проиграл... весь город говорит... Пойду лягу. *(Идет.)* Завтра я свободна... О, боже мой, как это приятно! Завтра свободна, послезавтра свободна... Голова болит, голова... *(Уходит.)*

Ирина *(одна)*. Все ушли. Никого нет.

На улице гармоника, нянька поет песню.

Наташа *(в шубе и шапке идет через залу; за ней горничная)*. Через полчаса я буду дома. Только проедусь немножко. *(Уходит.)*

Ирина *(оставшись одна, тоскует)*. В Москву! В Москву! В Москву!

Занавес

---

* О, призрачная надежда людская! *(лат.)*

Антон Павлович Чехов

Действие третье

Комната Ольги и Ирины. Налево и направо постели, загороженные ширмами. Третий час ночи. За сценой бьют в набат по случаю пожара, начавшегося уже давно. Видно, что в доме еще не ложились спать. На диване лежит М а ш а, одетая, как обыкновенно, в черное платье. Входят О л ь г а и А н ф и с а.

А н ф и с а. Сидят теперь внизу под лестницей... Я говорю — «пожалуйте наверх, нешто, говорю, можно так», — плачут. «Папаша, говорят, не знаем где. Не дай бог, говорят, сгорел». Выдумали! И на дворе какие-то... тоже раздетые.

О л ь г а (*вынимает из шкапа платье*). Вот это серенькое возьми... И вот это... кофточку тоже... И эту юбку бери, нянечка... Что же это такое, боже мой! Кирсановский переулок весь сгорел, очевидно... Это возьми... Это возьми... (*Кидает ей на руки платье.*) Вершинины, бедные, напугались... Их дом едва не сгорел. Пусть у нас переночуют... домой их нельзя пускать... У бедного Федотика все сгорело, ничего не осталось...

А н ф и с а. Ферапонта позвала бы, Олюшка, а то не донесу...

О л ь г а (*звонит*). Не дозвонишься... (*В дверь.*) Подите сюда, кто там есть!

В открытую дверь видно окно, красное от зарева; слышно, как мимо дома проезжает пожарная команда.

Какой это ужас! И как надоело!

Входит Ферапонт.

Вот возьми снеси вниз... Там под лестницей стоят барышни Колотилины... отдай им. И это отдай...

Ф е р а п о н т. Слушаю. В двенадцатом году Москва тоже горела. Господи ты боже мой! Французы удивлялись.

О л ь г а. Иди, ступай.

Ф е р а п о н т. Слушаю. *(Уходит.)*

О л ь г а. Нянечка, милая, все отдавай. Ничего нам не надо, все отдавай, нянечка... Я устала, едва на ногах стою... Вершининых нельзя отпускать домой... Девочки лягут в гостиной, а Александра Игнатьича вниз к барону... Федотика тоже к барону, или пусть у нас в зале... Доктор, как нарочно, пьян, ужасно пьян, и к нему никого нельзя. И жену Вершинина тоже в гостиной.

А н ф и с а *(утомленно).* Олюшка, милая, не гони ты меня! Не гони!

О л ь г а. Глупости ты говоришь, няня. Никто тебя не гонит.

А н ф и с а *(кладет ей голову на грудь).* Родная моя, золотая моя, я тружусь, я работаю... Слаба стану, все скажут: пошла! А куда я пойду? Куда? Восемьдесят лет. Восемьдесят второй год...

О л ь г а. Ты посиди, нянечка... Устала ты, бедная... *(Усаживает ее.)* Отдохни, моя хорошая. Побледнела как!

Н а т а ш а входит.

Антон Павлович Чехов

Наташа. Там, говорят, поскорее нужно составить общество для помощи погорельцам. Что ж? Прекрасная мысль. Вообще нужно помогать бедным людям, это обязанность богатых. Бобик и Софочка спят себе, спят как ни в чем не бывало. У нас так много народу везде, куда ни пойдешь, полон дом. Теперь в городе инфлюэнца, боюсь, как бы не захватили дети.

Ольга *(не слушая ее).* В этой комнате не видно пожара, тут покойно...

Наташа. Да... Я, должно быть, растрепанная. *(Перед зеркалом.)* Говорят, я пополнела... и неправда! Ничуть! А Маша спит, утомилась, бедная... *(Анфисе, холодно.)* При мне не смей сидеть! Встань! Ступай отсюда!

Анфиса уходит; пауза.

И зачем ты держишь эту старуху, не понимаю!

Ольга *(оторопев).* Извини, я тоже не понимаю...

Наташа. Ни к чему она тут. Она крестьянка, должна в деревне жить... Что за баловство! Я люблю в доме порядок! Лишних не должно быть в доме. *(Гладит ее по щеке.)* Ты, бедняжка, устала! Устала наша начальница! А когда моя Софочка вырастет и поступит в гимназию, я буду тебя бояться.

Ольга. Не буду я начальницей.

Наташа. Тебя выберут, Олечка. Это решено.

О л ь г а. Я откажусь. Не могу... Это мне не по силам... *(Пьет воду.)* Ты сейчас так грубо обошлась с няней... Прости, я не в состоянии переносить... в глазах потемнело...

Н а т а ш а *(взволнованно)*. Прости, Оля, прости... Я не хотела тебя огорчать.

Маша встает, берет подушку и уходит, сердитая.

О л ь г а. Пойми, милая... мы воспитаны, быть может, странно, но я не переношу этого. Подобное отношение угнетает меня, я заболеваю... я просто падаю духом!

Н а т а ш а. Прости, прости... *(Целует ее.)*

О л ь г а. Всякая, даже малейшая, грубость, неделикатно сказанное слово волнует меня...

Н а т а ш а. Я часто говорю лишнее, это правда, но согласись, моя милая, она могла бы жить в деревне.

О л ь г а. Она уже тридцать лет у нас.

Н а т а ш а. Но ведь теперь она не может работать! Или я не понимаю, или же ты не хочешь меня понять! Она не способна к труду, она только спит или сидит.

О л ь г а. И пускай сидит.

Н а т а ш а *(удивленно)*. Как пускай сидит? Но ведь она же прислуга. *(Сквозь слезы.)* Я тебя не понимаю, Оля. У меня нянька есть, кормилица есть, у нас горничная, кухарка... для чего же нам еще эта старуха? Для чего?

За сценой бьют в набат.

　　　　　　　　Антон Павлович Чехов

О л ь г а. В эту ночь я постарела на десять лет.

Н а т а ш а. Нам нужно уговориться, Оля. Ты в гимназии, я — дома, у тебя ученье, у меня — хозяйство. И если я говорю что насчет прислуги, то знаю, что говорю; я знаю, что го-во-рю... И чтоб завтра же не было здесь этой старой воровки, старой хрычовки... *(стучит ногами)* этой ведьмы!.. Не сметь меня раздражать! Не сметь! *(Спохватившись.)* Право, если ты не переберешься вниз, то мы всегда будем ссориться. Это ужасно.

Входит К у л ы г и н.

К у л ы г и н. Где Маша? Пора бы уже домой. Пожар, говорят, стихает. *(Потягивается.)* Сгорел только один квартал, а ведь был ветер, вначале казалось, что горит весь город. *(Садится.)* Утомился. Олечка моя милая... Я часто думаю: если бы не Маша, то я на тебе бы женился, Олечка. Ты очень хорошая... Замучился. *(Прислушивается.)*

О л ь г а. Что?

К у л ы г и н. Как нарочно, у доктора запой, пьян он ужасно. Как нарочно! *(Встает.)* Вот он идет сюда, кажется... Слышите? Да, сюда... *(Смеется.)* Экий какой, право... я спрячусь... *(Идет к шкапу и становится в углу.)* Этакий разбойник.

О л ь г а. Два года не пил, а тут вдруг взял и напился... *(Идет с Наташей в глубину комнаты.)*

Чебутыкин входит; не шатаясь, как трезвый, проходит по комнате, останавливается, смотрит, потом подходит к рукомойнику и начинает мыть руки.

Чебутыкин (угрюмо). Черт бы всех побрал... подрал... Думают, что я доктор, умею лечить всякие болезни, а я не знаю решительно ничего, все позабыл, что знал, ничего не помню, решительно ничего.

Ольга и Наташа, незаметно для него, уходят.

Черт бы побрал. В прошлую среду лечил на Засыпи женщину — умерла, и я виноват, что она умерла. Да... Кое-что знал лет двадцать пять назад, а теперь ничего не помню. Ничего. Может быть, я и не человек, а только вот делаю вид, что у меня и руки, и ноги, и голова; может быть, я и не существую вовсе, а только кажется мне, что я хожу, ем, сплю. (Плачет.) О, если бы не существовать! (Перестает плакать, угрюмо.) Черт знает... Третьего дня разговор в клубе; говорят, Шекспир, Вольтер... Я не читал, совсем не читал, а на лице своем показал, будто читал. И другие тоже, как я. Пошлость! Низость! И та женщина, что уморил в среду, вспомнилась... и все вспомнилось, и стало на душе криво, гадко, мерзко... пошел запил...

Ирина, Вершинин и Тузенбах входят; на Тузенбахе штатское платье, новое и модное.

Ирина. Здесь посидим. Сюда никто не войдет.

Вершинин. Если бы не солдаты, то сгорел бы весь город. Молодцы! *(Потирает от удовольствия руки.)* Золотой народ! Ах, что за молодцы!

Кулыгин *(подходя к ним).* Который час, господа?

Тузенбах. Уже четвертый час. Светает.

Ирина. Все сидят в зале, никто не уходит. И ваш этот Соленый сидит... *(Чебутыкину.)* Вы бы, доктор, шли спать.

Чебутыкин. Ничего-с... Благодарю-с. *(Причесывает бороду.)*

Кулыгин *(смеется).* Назюзюкался, Иван Романыч! *(Хлопает по плечу.)* Молодец! In vino veritas*, — говорили древние.

Тузенбах. Меня все просят устроить концерт в пользу погорельцев.

Ирина. Ну, кто там...

Тузенбах. Можно бы устроить, если захотеть. Марья Сергеевна, по-моему, играет на рояле чудесно.

Кулыгин. Чудесно играет!

Ирина. Она уже забыла. Три года не играла... или четыре.

Тузенбах. Здесь в городе решительно никто не понимает музыки, ни одна душа, но я, я понимаю и честным словом уверяю вас, что Ма-

---

* Истина в вине *(лат.).*

рия Сергеевна играет великолепно, почти талантливо.

Кулыгин. Вы правы, барон. Я ее очень люблю, Машу. Она славная.

Тузенбах. Уметь играть так роскошно и в то же время сознавать, что тебя никто, никто не понимает!

Кулыгин *(вздыхает).* Да... Но прилично ли ей участвовать в концерте?

Пауза.

Я ведь, господа, ничего не знаю. Может быть, это и хорошо будет. Должен признаться, наш директор хороший человек, даже очень хороший, умнейший, но у него такие взгляды... Конечно, не его дело, но все-таки, если хотите, то я, пожалуй, поговорю с ним.

Чебутыкин берет в руки фарфоровые часы и рассматривает их.

Вершинин. На пожаре я загрязнился весь, ни на что не похож.

Пауза.

Вчера я мельком слышал, будто нашу бригаду хотят перевести куда-то далеко. Одни говорят, в Царство Польское, другие — будто в Читу.

Тузенбах. Я тоже слышал. Что ж? Город тогда совсем опустеет.

Ирина. И мы уедем!

Антон Павлович Чехов

Чебутыкин *(роняет часы, которые разбиваются).* Вдребезги!

Пауза; все огорчены и сконфужены.

Кулыгин *(подбирая осколки).* Разбить такую дорогую вещь — ах, Иван Романыч, Иван Романыч! Ноль с минусом вам за поведение!

Ирина. Это часы покойной мамы.

Чебутыкин. Может быть... Мамы так мамы. Может, я не разбивал, а только кажется, что разбил. Может быть, нам только кажется, что мы существуем, а на самом деле нас нет. Ничего я не знаю, никто ничего не знает. *(У двери.)* Что смотрите? У Наташи романчик с Протопоповым, а вы не видите... Вы вот сидите тут и ничего не видите, а у Наташи романчик с Протопоповым... *(Поет.)* Не угодно ль этот финик вам принять... *(Уходит.)*

Вершинин. Да... *(Смеется.)* Как все это, в сущности, странно!

Пауза.

Когда начался пожар, я побежал скорей домой; подхожу, смотрю — дом наш цел и невредим и вне опасности, но мои две девочки стоят у порога в одном белье, матери нет, суетится народ, бегают лошади, собаки, и у девочек на лицах тревога, ужас, мольба, не знаю что; сердце у меня сжалось, когда я увидел эти лица. Боже мой, думаю, что придется пережить еще этим девочкам в течение долгой жизни! Я хватаю их, бегу и все думаю одно: что им придется еще пережить на этом свете!

Набат; пауза.

Прихожу сюда, а мать здесь, кричит, сердится.

М а ш а входит с подушкой и садится на диван.

И когда мои девочки стояли у порога в одном белье и улица была красной от огня, был страшный шум, то я подумал, что нечто похожее происходило много лет назад, когда набегал неожиданно враг, грабил, зажигал... Между тем, в сущности, какая разница между тем, что есть и что было! А пройдет еще немного времени, каких-нибудь двести — триста лет, и на нашу теперешнюю жизнь так же будут смотреть и со страхом и с насмешкой, все нынешнее будет казаться и угловатым, и тяжелым, и очень неудобным, и странным. О, наверное, какая это будет жизнь, какая жизнь! *(Смеется.)* Простите, я опять зафилософствовался. Позвольте продолжать, господа. Мне ужасно хочется философствовать, такое у меня теперь настроение.

Пауза.

Точно спят все. Так я говорю: какая это будет жизнь! Вы можете себе только представить... Вот таких, как вы, в городе теперь только три, но в следующих поколениях будет больше, все

Антон Павлович Чехов

больше и больше, и придет время, когда все изменится по-вашему, жить будут по-вашему, а потом и вы устареете, народятся люди, которые будут лучше вас... *(Смеется.)* Сегодня у меня какое-то особенное настроение. Хочется жить чертовски... *(Поет.)* Любви все возрасты покорны, ее порывы благотворны... *(Смеется.)*

М а ш а. Трам-там-там...

В е р ш и н и н. Там-там...

М а ш а. Тра-ра-ра?

В е р ш и н и н. Тра-та-та. *(Смеется.)*

Входит Ф е д о т и к.

Ф е д о т и к *(танцует)*. Погорел, погорел! Весь дочиста!

Смех.

И р и н а. Что ж за шутки. Все сгорело?

Ф е д о т и к *(смеется)*. Все дочиста. Ничего не осталось. И гитара сгорела, и фотография сгорела, и все мои письма... И хотел подарить вам записную книжечку — тоже сгорела.

Входит С о л е н ы й.

И р и н а. Нет, пожалуйста, уходите, Василий Васильич. Сюда нельзя.

С о л е н ы й. Почему же это барону можно, а мне нельзя?

В е р ш и н и н. Надо уходить в самом деле. Как пожар?

Три сестры

С о л е н ы й. Говорят, стихает. Нет, мне положительно странно, почему это барону можно, а мне нельзя? *(Вынимает флакон с духами и прыскается.)*

В е р ш и н и н. Трам-там-там?

М а ш а. Трам-там.

В е р ш и н и н *(смеется, Соленому)*. Пойдемте в залу.

С о л е н ы й. Хорошо-с, так и запишем. Мысль эту можно б боле пояснить, да боюсь, как бы гусей не раздразнить... *(Глядя на Тузенбаха.)* Цып, цып, цып... *(Уходит с Вершининым и Федотиком.)*

И р и н а. Как накурил этот Соленый... *(В недоумении.)* Барон спит! Барон! Барон!

Т у з е н б а х *(очнувшись)*. Устал я, однако... Кирпичный завод... Это я не брежу, а в самом деле скоро поеду на кирпичный завод, начну работать... Уже был разговор. *(Ирине, нежно.)* Вы такая бледная, прекрасная, обаятельная... Мне кажется, ваша бледность проясняет темный воздух, как свет... Вы печальны, вы недовольны жизнью... О, поедемте со мной, поедемте работать вместе!..

М а ш а. Николай Львович, уходите отсюда.

Т у з е н б а х *(смеясь)*. Вы здесь? Я не вижу. *(Целует Ирине руку.)* Прощайте, я пойду... Я гляжу на вас теперь, и вспоминается мне, как когда-то давно, в день ваших именин, вы, бодрая, веселая, говорили о радостях труда... И какая мне тогда мерещилась счастливая жизнь! Где она? *(Целует руку.)* У вас слезы на глазах. Ложитесь спать, уж светает... начинается утро... Если бы мне было позволено отдать за вас жизнь свою!

М а ш а. Николай Львович, уходите! Ну что, право...

Т у з е н б а х. Ухожу... *(Уходит.)*

М а ш а *(ложась).* Ты спишь, Федор?

К у л ы г и н. А?

М а ш а. Шел бы домой.

К у л ы г и н. Милая моя Маша, дорогая моя Маша...

И р и н а. Она утомилась. Дал бы ей отдохнуть, Федя.

К у л ы г и н. Сейчас уйду... Жена моя хорошая, славная... Люблю тебя, мою единственную...

М а ш а *(сердито).* Amo, amas, amat, amamus, amatis, amant[*].

К у л ы г и н *(смеется).* Нет, право, она удивительная. Женат я на тебе семь лет, а кажется, что венчались только вчера. Честное слово. Нет, право, ты удивительная женщина. Я доволен, я доволен, я доволен!

М а ш а. Надоело, надоело, надоело... *(Встает и говорит сидя.)* И вот не выходит у меня из головы... Просто возмутительно. Сидит гвоздем в голове, не могу молчать. Я про Андрея... Заложил он этот дом в банке, и все деньги забрала

---

[*] Люблю, любишь и т. д. *(лат.).*

его жена, а ведь дом принадлежит не ему одному, а нам четверым! Он должен это знать, если он порядочный человек.

К у л ы г и н. Охота тебе, Маша! На что тебе? Андрюша кругом должен, ну, и бог с ним.

М а ш а. Это, во всяком случае, возмутительно. *(Ложится.)*

К у л ы г и н. Мы с тобой не бедны. Я работаю, хожу в гимназию, потом уроки даю... Я честный человек. Простой... Omnia mea mecum porto[*], как говорится.

М а ш а. Мне ничего не нужно, но меня возмущает несправедливость.

Пауза.

Ступай, Федор!

К у л ы г и н *(целует ее).* Ты устала, отдохни с полчасика, а я там посижу, подожду. Спи... *(Идет.)* Я доволен, я доволен, я доволен. *(Уходит.)*

И р и н а. В самом деле, как измельчал наш Андрей, как он выдохся и постарел около этой женщины! Когда-то готовился в профессора, а вчера хвалился, что попал наконец в члены земской управы. Он член управы, а Протопопов председатель... Весь город говорит, смеется, и только он один ничего не знает и не видит... И вот все побежали на пожар, а он сидит у себя

---

[*] Все мое ношу с собой *(лат.).*

в комнате и никакого внимания. Только на скрипке играет. *(Нервно.)* О, ужасно, ужасно, ужасно! *(Плачет.)* Я не могу, не могу переносить больше!.. Не могу, не могу!..

О л ь г а входит, убирает около своего столика.

(Громко рыдает.) Выбросьте меня, выбросьте, я больше не могу!..

О л ь г а *(испугавшись)*. Что ты, что ты? Милая!

И р и н а *(рыдая)*. Куда? Куда все ушло? Где оно? О, боже мой, боже мой! Я все забыла, забыла... У меня перепуталось в голове... Я не помню, как по-итальянски окно или вот потолок... Все забываю, каждый день забываю, а жизнь уходит и никогда не вернется, никогда, никогда мы не уедем в Москву... Я вижу, что не уедем...

О л ь г а. Милая, милая...

И р и н а *(сдерживаясь)*. О, я несчастная... Не могу я работать, не стану работать. Довольно, довольно! Была телеграфисткой, теперь служу в городской управе и ненавижу и презираю все, что только мне дают делать... Мне уже двадцать четвертый год, работаю уже давно, и мозг высох, похудела, подурнела, постарела, и ничего, ничего, никакого удовлетворения, а время идет, и все кажется, что уходишь от настоящей прекрасной жизни, уходишь все дальше и дальше, в какую-то пропасть. Я в отчаянии, и как я жива, как не убила себя до сих пор, не понимаю.

О л ь г а. Не плачь, моя девочка, не плачь... Я страдаю.

И р и н а. Я не плачу, не плачу... Довольно... Ну, вот я уже не плачу. Довольно... Довольно!

О л ь г а. Милая, говорю тебе как сестра, как друг, если хочешь мосго совета, выходи за барона!

Ирина тихо плачет.

Ведь ты его уважаешь, высоко ценишь... Он, правда, некрасивый, но он такой порядочный, чистый... Ведь замуж выходят не из любви, а только для того, чтобы исполнить свой долг. Я, по крайней мере, так думаю, и я бы вышла без любви. Кто бы ни посватал, все равно бы пошла, лишь бы порядочный человек. Даже за старика бы пошла...

И р и н а. Я все ждала, переселимся в Москву, там мне встретится мой настоящий, я мечтала о нем, любила... Но оказалось, все вздор, все вздор...

О л ь г а *(обнимает сестру)*. Милая моя, прекрасная сестра, я все понимаю; когда барон Николай Львович оставил военную службу и пришел к нам в пиджаке, то показался мне таким некрасивым, что я даже заплакала... Он спрашивает: «Что вы плачете?» Как я ему скажу! Но если бы Бог привел ему жениться на тебе, то я была бы счастлива. Тут ведь другое, совсем другое.

                                     Антон Павлович Чехов

Н а т а ш а со свечой проходит через сцену из правой двери в левую молча.

М а ш а *(садится)*. Она ходит так, как будто она подожгла.

О л ь г а. Ты, Маша, глупая. Самая глупая в нашей семье — это ты. Извини, пожалуйста.

Пауза.

М а ш а. Мне хочется каяться, милые сестры. Томится душа моя. Покаюсь вам и уж больше никому, никогда... Скажу сию минуту. *(Тихо.)* Это моя тайна, но вы все должны знать... Не могу молчать...

Пауза.

Я люблю, люблю... Люблю этого человека... Вы его только что видели. Ну, да что там. Одним словом, люблю Вершинина...

О л ь г а *(идет к себе за ширмы)*. Оставь это. Я все равно не слышу.

М а ш а. Что же делать! *(Берется за голову.)* Он казался мне сначала странным, потом я жалела его... потом полюбила... полюбила с его голосом, его словами, несчастьями, двумя девочками...

О л ь г а *(за ширмой)*. Я не слышу все равно. Какие бы ты глупости ни говорила, я все равно не слышу.

М а ш а. Э, глупая ты, Оля. Люблю — такая, значит, судьба моя. Значит, доля моя такая...

И он меня любит... Это все страшно. Да? Нехорошо это? *(Тянет Ирину за руку, привлекает
к себе.)* О моя милая... Как-то мы проживем нашу жизнь, что из нас будет... Когда читаешь ро-
ман какой-нибудь, то кажется, что все это старо, и все так понятно, а как сама полюбишь, то
и видно тебе, что никто ничего не знает и каждый должен решать сам за себя... Милые мои,
сестры мои... Призналась вам, теперь буду молчать... Буду теперь, как гоголевский сумасшедший... молчание... молчание...

Входит А н д р е й , за ним Ф е р а п о н т .

А н д р е й *(сердито)*. Что тебе нужно? Я не
понимаю.

Ф е р а п о н т *(в дверях, нетерпеливо)*. Я, Андрей Сергеевич, уже говорил раз десять.

А н д р е й . Во-первых, я тебе не Андрей Сергеевич, а ваше высокоблагородие!

Ф е р а п о н т . Пожарные, ваше высокоро-
дие, просят, позвольте на реку садом проехать.
А то кругом ездиют, ездиют — чистое наказание.

А н д р е й . Хорошо. Скажи, хорошо.

Ферапонт уходит.

Надоели. Где Ольга?

О л ь г а выходит из-за ширмы.

Я пришел к тебе, дай мне ключ от шкапа, я зате-
рял свой. У тебя есть такой маленький ключик.

Антон Павлович Чехов

Ольга подает ему молча ключ. Ирина идет к себе за ширму. Пауза.

А какой громадный пожар! Теперь стало утихать. Черт знает, разозлил меня этот Ферапонт, я сказал ему глупость... Ваше высокоблагородие...

Пауза.

Что же ты молчишь, Оля?

Пауза.

Пора уже оставить эти глупости и не дуться так, здорово-живешь. Ты, Маша, здесь, Ирина здесь, ну вот прекрасно — объяснимся начистоту, раз навсегда. Что вы имеете против меня? Что?

О л ь г а. Оставь, Андрюша. Завтра объяснимся. *(Волнуясь.)* Какая мучительная ночь!

А н д р е й *(он очень смущен)*. Не волнуйся. Я совершенно хладнокровно вас спрашиваю: что вы имеете против меня? Говорите прямо.

Голос Вершинина: «Трам-там-там!»

М а ш а *(встает, громко)*. Тра-та-та! *(Ольге.)* Прощай, Оля, господь с тобой. *(Идет за ширму, целует Ирину.)* Спи покойно... Прощай, Андрей. Уходи, они утомлены... завтра объяснишься... *(Уходит.)*

О л ь г а. В самом деле, Андрюша, отложим до завтра... *(Идет к себе за ширму.)* Спать пора.

А н д р е й. Только скажу и уйду. Сейчас... Во-первых, вы имеете что-то против Наташи, моей жены, и это я замечаю с самого дня моей свадьбы. Наташа прекрасный, честный человек, прямой и благородный — вот мое мнение. Свою жену я люблю и уважаю, понимаете, уважаю, и требую, чтобы ее уважали также и другие. Повторяю, она честный, благородный человек, а все ваши неудовольствия, простите, это просто капризы.

Пауза.

Во-вторых, вы как будто сердитесь за то, что я не профессор, не занимаюсь наукой. Но я служу в земстве, я член земской управы, и это свое служение считаю таким же святым и высоким, как служение науке. Я член земской управы и горжусь этим, если желаете знать...

Пауза.

В-третьих... Я еще имею сказать... Я заложил дом, не испросив у вас позволения... В этом я виноват, да, и прошу меня извинить. Меня побудили к этому долги... тридцать пять тысяч... Я уже не играю в карты, давно бросил, но главное, что могу сказать в свое оправдание, это то, что вы девушки, вы получаете пенсию, я же не имел... заработка, так сказать...

Пауза.

К у л ы г и н *(в дверь)*. Маши здесь нет? *(Встревоженно.)* Где же она? Это странно... *(Уходит.)*

А н д р е й. Не слушают. Наташа превосходный, честный человек. *(Ходит по сцене молча, потом останавливается.)* Когда я женился, я думал, что мы будем счастливы... все счастливы... Но боже мой... *(Плачет.)* Милые мои сестры, дорогие сестры, не верьте мне, не верьте... *(Уходит.)*

К у л ы г и н *(в дверь, встревоженно).* Где Маша? Здесь Маши нет? Удивительное дело. *(Уходит.)*

Набат, сцена пустая.

И р и н а *(за ширмами).* Оля! Кто это стучит в пол?

О л ь г а. Это доктор Иван Романыч. Он пьян.

И р и н а. Какая беспокойная ночь!

Пауза.

Оля! *(Выглядывает из-за ширмы.)* Слышала? Бригаду берут от нас, переводят куда-то далеко.

О л ь г а. Это слухи только.

И р и н а. Останемся мы тогда одни... Оля!

О л ь г а. Ну?

И р и н а. Милая, дорогая, я уважаю, я ценю барона, он прекрасный человек, я выйду за него, согласна, только поедем в Москву! Умоляю тебя, поедем! Лучше Москвы ничего нет на свете! Поедем, Оля! Поедем!

З а н а в е с

Действие четвертое

Старый сад при доме Прозоровых. Длинная еловая аллея, в конце которой видна река. На той стороне реки — лес. Направо терраса дома; здесь на столе бутылки и стаканы; видно, что только что пили шампанское. Двенадцать часов дня. С улицы к реке через сад ходят изредка прохожие; быстро проходят человек пять солдат. Ч е б у т ы к и н в благодушном настроении, которое не покидает его в течение всего акта, сидит в кресле, в саду, ждет, когда его позовут; он в фуражке и с палкой. И р и н а, Кулыгин, с орденом на шее, без усов, и Т у з е н б а х, стоя на террасе, провожают Ф е д о т и к а и Р о д э, которые сходят вниз; оба офицера в походной форме.

Т у з е н б а х *(целуется с Федотиком).* Вы хороший, мы жили так дружно. *(Целуется с Родэ.)* Еще раз... Прощайте, дорогой мой!

И р и н а. До свиданья!

Ф е д о т и к. Не до свиданья, а прощайте, мы больше уж никогда не увидимся!

К у л ы г и н. Кто знает! *(Вытирает глаза, улыбается.)* Вот я и заплакал.

И р и н а. Когда-нибудь встретимся.

Ф е д о т и к. Лет через десять — пятнадцать? Но тогда мы едва узнаем друг друга, холодно поздороваемся... *(Снимает фотографию.)* Стойте... Еще в последний раз.

Р о д э *(обнимает Тузенбаха).* Не увидимся больше... *(Целует руку Ирине.)* Спасибо за все, за все!

Федотик *(с досадой)*. Да постой!

Тузенбах. Даст бог, увидимся. Пишите же нам. Непременно пишите.

Родэ *(окидывает взглядом сад)*. Прощайте, деревья! *(Кричит.)* Гоп-гоп!

Пауза.

Прощай, эхо!

Кулыгин. Чего доброго, женитесь там в Польше... Жена-полька обнимет и скажет: «Кохане!» *(Смеется.)*

Федотик *(взглянув на часы)*. Осталось меньше часа. Из нашей батареи только Соленый пойдет на барже, мы же со строевой частью. Сегодня уйдут три батареи дивизионно, завтра опять три — и в городе наступит тишина и спокойствие.

Тузенбах. И скучища страшная.

Родэ. А Мария Сергеевна где?

Кулыгин. Маша в саду.

Федотик. С ней проститься.

Родэ. Прощайте, надо уходить, а то я заплачу... *(Обнимает быстро Тузенбаха и Кулыгина, целует руку Ирине.)* Прекрасно мы здесь пожили...

Федотик *(Кулыгину)*. Это вам на память... книжка с карандашиком... Мы здесь пойдем к реке...

Отходят, оба оглядываются.

Р о д э *(кричит)*. Гоп-гоп!

К у л ы г и н *(кричит)*. Прощайте.

В глубине сцены Федотик и Родэ встречаются с
   М а ш е й и прощаются с нею; она уходит с ними.

И р и н а. Ушли... *(Садится на нижнюю сту-
пень террасы.)*

Ч е б у т ы к и н. А со мной забыли проститься.

И р и н а. Вы же чего?

Ч е б у т ы к и н. Да и я как-то забыл. Впрочем, скоро увижусь с ними, ухожу завтра. Да...
Еще один денек остался. Через год дадут мне
отставку, опять приеду сюда и буду доживать
свой век около вас... Мне до пенсии только
один годочек остался... *(Кладет в карман газету, вынимает другую.)* Приеду сюда к вам и из-
меню жизнь коренным образом... Стану таким
тихоньким, благо... благоугодным, прилич-
неньким...

И р и н а. А вам надо бы изменить жизнь, голубчик. Надо бы как-нибудь.

Ч е б у т ы к и н. Да. Чувствую. *(Тихо напевает.)* Тарара... бумбия... сижу на тумбе я...

К у л ы г и н. Неисправим Иван Романыч!
Неисправим.

Ч е б у т ы к и н. Да, вот к вам бы на выучку.
Тогда бы исправился.

И р и н а. Федор сбрил себе усы. Видеть не
могу!

К у л ы г и н. А что?

Ч е б у т ы к и н. Я бы сказал, на что теперь похожа ваша физиономия, да не могу.

К у л ы г и н. Что ж! Так принято, это *modus vivendi**. Директор у нас с выбритыми усами, и я тоже, как стал инспектором, побрился. Никому не нравится, а для меня все равно. Я доволен. С усами я или без усов, а я одинаково доволен. *(Садится.)*

В глубине сада А н д р е й провозит в колясочке спящего ребенка.

И р и н а. Иван Романыч, голубчик, родной мой, я страшно обеспокоена. Вы вчера были на бульваре, скажите, что произошло там?

Ч е б у т ы к и н. Что произошло? Ничего. Пустяки. *(Читает газету.)* Все равно!

К у л ы г и н. Так рассказывают, будто Соленый и барон встретились вчера на бульваре около театра...

Т у з е н б а х. Перестаньте! Ну что, право... *(Машет рукой и уходит в дом.)*

К у л ы г и н. Около театра... Соленый стал придираться к барону, а тот не стерпел, сказал что-то обидное...

Ч е б у т ы к и н. Не знаю. Чепуха все.

К у л ы г и н. В какой-то семинарии учитель написал на сочинении «чепуха», а ученик прочел «реникса» — думал, что по-латыни напи-

_____

* Здесь: так уж заведено *(лат.)*.

сано... *(Смеется.)* Смешно удивительно. Говорят, будто Соленый влюблен в Ирину и будто возненавидел барона... Это понятно. Ирина очень хорошая девушка. Она даже похожа на Машу, такая же задумчивая. Только у тебя, Ирина, характер мягче. Хотя и у Маши, впрочем, тоже очень хороший характер. Я ее люблю, Машу.

В глубине сада за сценой: «Ау! Гоп-гоп!»

И р и н а *(вздрагивает)*. Меня как-то все пугает сегодня.

Пауза.

У меня уже все готово, я после обеда отправляю свои вещи. Мы с бароном завтра венчаемся, завтра же уезжаем на кирпичный завод, и послезавтра я уже в школе, начинается новая жизнь. Как-то мне поможет Бог! Когда я держала экзамен на учительницу, то даже плакала от радости, от благости...

Пауза.

Сейчас придет подвода за вещами...

К у л ы г и н. Так-то оно так, только как-то все это не серьезно. Одни только идеи, а серьезного мало. Впрочем, от души тебе желаю.

Ч е б у т ы к и н *(в умилении)*. Славная моя, хорошая... Золотая моя... Далеко вы ушли, не догонишь вас. Остался я позади, точно перелетная птица, которая состарилась, не может лететь. Летите, мои милые, летите с Богом!

Пауза.

Напрасно, Федор Ильич, вы усы себе сбрили.

К у л ы г и н. Будет вам! *(Вздыхает.)* Вот сегодня уйдут военные, и все опять пойдет постарому. Что бы там ни говорили, Маша хорошая, честная женщина, я ее очень люблю и благодарю свою судьбу... Судьба у людей разная... Тут в акцизе служит некто Козырев. Он учился со мной, его уволили из пятого класса гимназии за то, что никак не мог понять ut consecutivum[*]. Теперь он ужасно бедствует, болен, и я когда встречаюсь, то говорю ему: «Здравствуй, ut consecutivum!» Да, говорит, именно, consecutivum, а сам кашляет... А мне вот всю мою жизнь везет, я счастлив, вот имею даже Станислава второй степени и сам теперь преподаю другим это ut consecutivum. Конечно, я умный человек, умнее очень многих, но счастье не в этом...

В доме играют на рояле «Молитву девы».

И р и н а. А завтра вечером я уже не буду слышать этой «Молитвы девы», не буду встречаться с Протопоповым...

***

[*] Синтаксический оборот в латинском языке.

Пауза.

А Протопопов сидит там в гостиной; и сегодня пришел...

Кулыгин. Начальница еще не приехала?

Ирина. Нет. За ней послали. Если б только вы знали, как мне трудно жить здесь одной, без Оли... Она живет в гимназии; она начальница, целый день занята делом, а я одна, мне скучно, нечего делать, и ненавистна комната, в которой живу... Я так и решила: если мне не суждено быть в Москве, то так тому и быть. Значит, судьба. Ничего не поделаешь... Все в Божьей воле, это правда. Николай Львович сделал мне предложение... Что ж? Подумала и решила. Он хороший человек, удивительно даже, такой хороший... И у меня вдруг точно крылья выросли на душе, я повеселела, стало мне легко и опять захотелось работать, работать... Только вот вчера произошло что-то, какая-то тайна нависла надо мной...

Чебутыкин. Реникса. Чепуха.

Наташа *(в окно)*. Начальница!

Кулыгин. Приехала начальница. Пойдем.

Уходит с Ириной в дом.

Чебутыкин *(читает газету, тихо напевает)*. Та-ра-ра... бумбия... сижу на тумбе я...

Маша подходит; в глубине **Андрей** провозит колясочку.

М а ш а. Сидит себе здесь, посиживает...

Ч е б у т ы к и н. А что?

М а ш а *(садится)*. Ничего...

Пауза.

Вы любили мою мать?

Ч е б у т ы к и н. Очень.

М а ш а. А она вас?

Ч е б у т ы к и н *(после паузы)*. Этого я уже не помню.

М а ш а. Мой здесь? Так когда-то наша кухарка Марфа говорила про своего городового: мой. Мой здесь?

Ч е б у т ы к и н. Нет еще.

М а ш а. Когда берешь счастье урывочками, по кусочкам, потом его теряешь, как я, то мало-помалу грубеешь, становишься злющей... *(Указывает себе на грудь.)* Вот тут у меня кипит... *(Глядя на брата Андрея, который провозит колясочку.)* Вот Андрей наш, братец... Все надежды пропали. Тысячи народа поднимали колокол, потрачено было много труда и денег, а он вдруг упал и разбился. Вдруг, ни с того ни с сего. Так и Андрей...

А н д р е й. И когда наконец в доме успокоятся. Такой шум.

Ч е б у т ы к и н. Скоро. *(Смотрит на часы.)* У меня часы старинные, с боем... *(Заводит часы, они бьют.)* Первая, вторая и пятая батарея уйдут ровно в час...

А я завтра.

А н д р е й. Навсегда?

Ч е б у т ы к и н. Не знаю. Может, через год вернусь. Хотя, черт его знает... все равно...

Слышно, как где-то далеко играют на арфе и скрипке.

А н д р е й. Опустеет город. Точно его колпаком накроют.

Пауза.

Что-то произошло вчера около театра; все говорят, а я не знаю.

Ч е б у т ы к и н. Ничего. Глупости. Соленый стал придираться к барону, а тот вспылил и оскорбил его, и вышло так в конце концов, что Соленый обязан был вызвать его на дуэль. *(Смотрит на часы.)* Пора бы, кажется, уж... В половине первого, в казенной роще, вот в той, что отсюда видать за рекой... Пиф-паф. *(Смеется.)* Соленый воображает, что он Лермонтов, и даже стихи пишет. Вот шутки шутками, а уж у него третья дуэль.

М а ш а. У кого?

Ч е б у т ы к и н. У Соленого.

М а ш а. А у барона?

Ч е б у т ы к и н. Что у барона?

Пауза.

М а ш а. В голове у меня перепуталось... Все-таки я говорю, не следует им позволять. Он может ранить барона или даже убить.

Ч е б у т ы к и н. Барон хороший человек, но одним бароном больше, одним меньше — не все ли равно? Пускай! Все равно!

За садом крик: «Ау! Гоп-гоп!»

Подождешь. Это Скворцов кричит, секундант. В лодке сидит.

Пауза.

А н д р е й. По-моему, и участвовать на дуэли, и присутствовать на ней, хотя бы в качестве врача, просто безнравственно.

Ч е б у т ы к и н. Это только кажется... Нас нет, ничего нет на свете, мы не существуем, а только кажется, что существуем... И не все ли равно!

М а ш а. Так вот целый день говорят, говорят... *(Идет.)* Живешь в таком климате, того гляди, снег пойдет, и тут еще эти разговоры... *(Останавливаясь.)* Я не пойду в дом, я не могу туда ходить... Когда придет Вершинин, скажете мне... *(Идет по аллее.)* А уже летят перелетные птицы... *(Глядит вверх.)* Лебеди или гуси... Милые мои, счастливые мои... *(Уходит.)*

А н д р е й. Опустеет наш дом. Уедут офицеры, уедете вы, сестра замуж выйдет, и останусь в доме я один.

Ч е б у т ы к и н. А жена?

Ф е р а п о н т входит с бумагами.

А н д р е й. Жена есть жена. Она честная, порядочная, ну, добрая, но в ней есть при всем том нечто принижающее ее до мелкого, слепого, этакого шершавого животного. Во всяком случае, она не человек. Говорю вам как другу, единственному человеку, которому могу открыть свою душу. Я люблю Наташу, это так, но иногда она кажется мне удивительно пошлой, и тогда я теряюсь, не понимаю, за что, отчего я так люблю ее или, по крайней мере, любил...

Ч е б у т ы к и н (встает). Я, брат, завтра уезжаю, может, никогда не увидимся, так вот тебе мой совет. Знаешь, надень шапку, возьми в руки палку и уходи... уходи и иди, иди без оглядки. И чем дальше уйдешь, тем лучше.

С о л е н ы й проходит в глубине сцены с д в у м я о ф и ц е р а м и; увидев Чебутыкина, он поворачивается к нему; офицеры идут дальше.

С о л е н ы й. Доктор, пора! Уже половина первого. (Здоровается с Андреем.)

Ч е б у т ы к и н. Сейчас, надоели вы мне все. (Андрею.) Если кто спросит меня, Андрюша, то скажешь, что я сейчас... (Вздыхает.) Ох-хо-хо!

С о л е н ы й. Он ахнуть не успел, как на него медведь насел. (Идет с ним.) Что вы кряхтите, старик?

Ч е б у т ы к и н. Ну!

С о л е н ы й. Как здоровье?

Ч е б у т ы к и н *(сердито)*. Как масло коровье.

С о л е н ы й. Старик волнуется напрасно. Я позволю себе немного, я только подстрелю его, как вальдшнепа. *(Вынимает духи и брызгает на руки.)* Вот вылил сегодня целый флакон, а они все пахнут. Они у меня пахнут трупом.

Пауза.

Так-с... Помните стихи? А он, мятежный, ищет бури, как будто в бурях есть покой...

Ч е б у т ы к и н. Да. Он ахнуть не успел, как на него медведь насел. *(Уходит с Соленым.)*

Слышны крики: «Гоп-гоп! Ау!» А н д р е й и Ф е р а п о н т входят.

Ф е р а п о н т. Бумаги подписать...

А н д р е й *(нервно)*. Отстань от меня! Отстань! Умоляю! *(Уходит с колясочкой.)*

Ф е р а п о н т. На то ведь и бумаги, чтоб их подписывать. *(Уходит в глубину сцены.)*

Входят И р и н а и Т у з е н б а х (в соломенной шляпе), К у л ы г и н проходит через сцену, крича: «Ау, Маша, ау!»

Т у з е н б а х. Это, кажется, единственный человек в городе, который рад, что уходят военные.

И р и н а. Это понятно.

Пауза.

Наш город опустеет теперь.

Т у з е н б а х (поглядев на часы). Милая, я сейчас приду.

И р и н а. Куда ты?

Т у з е н б а х. Мне нужно в город, затем... проводить товарищей.

И р и н а. Неправда... Николай, отчего ты такой рассеянный сегодня?

Пауза.

Что вчера произошло около театра?

Т у з е н б а х (нетерпеливое движение). Через час я вернусь и опять буду с тобой. (Целует ей руки.) Ненаглядная моя... (Всматривается ей в лицо.) Уже пять лет прошло, как я люблю тебя, и все не могу привыкнуть, и ты кажешься мне все прекраснее. Какие прелестные, чудные волосы! Какие глаза! Я увезу тебя завтра, мы будем работать, будем богаты, мечты мои оживут. Ты будешь счастлива. Только вот одно, только одно: ты меня не любишь!

И р и н а. Это не в моей власти. Я буду твоей женой, и верной и покорной, но любви нет, что же делать! (Плачет.) Я не любила ни разу в жизни. О, я так мечтала о любви, мечтаю уже давно, дни и ночи, но душа моя как дорогой рояль, который заперт и ключ потерян.

Пауза.

У тебя беспокойный взгляд.

Антон Павлович Чехов

Т у з е н б а х. Я не спал всю ночь. В моей жизни нет ничего такого страшного, что могло бы испугать меня, и только этот потерянный ключ терзает мою душу, не дает мне спать... Скажи мне что-нибудь.

Пауза.

Скажи мне что-нибудь...

И р и н а. Что? Что сказать? Что?

Т у з е н б а х. Что-нибудь.

И р и н а. Полно! Полно!

Пауза.

Т у з е н б а х. Какие пустяки, какие глупые мелочи иногда приобретают в жизни значение вдруг, ни с того ни с сего. По-прежнему смеешься над ними, считаешь пустяками, и все же идешь и чувствуешь, что у тебя нет сил остановиться. О, не будем говорить об этом! Мне весело. Я точно первый раз в жизни вижу эти ели, клены, березы, и все смотрит на меня с любопытством и ждет. Какие красивые деревья и, в сущности, какая должна быть около них красивая жизнь!

Крик: «Ау! Гоп-гоп!»

Надо идти, уже пора... Вот дерево засохло, но все же оно вместе с другими качается от ветра. Так, мне кажется, если я и умру, то все же буду участвовать в жизни так или иначе. Прощай, моя милая... *(Целует руки.)* Твои бумаги, что ты мне дала, лежат у меня на столе, под календарем.

И р и н а. И я с тобой пойду.

Т у з е н б а х *(тревожно)*. Нет, нет! *(Быстро идет, на аллее останавливается.)* Ирина!

И р и н а. Что?

Т у з е н б а х *(не зная, что сказать)*. Я не пил сегодня кофе. Скажешь, чтобы мне сварили... *(Быстро уходит.)*

> Ирина стоит, задумавшись, потом уходит в глубину сцены и садится на качели. Входит А н д р е й с колясочкой; показывается Ф е р а п о н т.

Ф е р а п о н т. Андрей Сергеич, бумаги-то ведь не мои, а казенные. Не я их выдумал.

А н д р е й. О, где оно, куда ушло мое прошлое, когда я был молод, весел, умен, когда я мечтал и мыслил изящно, когда настоящее и будущее мое озарялось надеждой? Отчего мы, едва начавши жить, становимся скучны, серы, неинтересны, ленивы, равнодушны, бесполезны, несчастны... Город наш существует уже двести лет, в нем сто тысяч жителей, и ни одного, который не был бы похож на других, ни одного подвижника ни в прошлом, ни в настоящем, ни одного ученого, ни одного художника, ни мало-мальски заметного человека, который возбуждал бы зависть или страстное желание подражать ему... Только едят, пьют, спят, потом умирают... родятся другие и тоже едят, пьют, спят и, чтобы не отупеть от скуки, разнообразят жизнь свою гадкой сплетней, водкой, картами, сутяжничеством, и жены обманывают мужей, а мужья лгут, делают вид, что ничего не видят, ничего не слышат, и неотразимо пошлое влияние гнетет детей, и искра божия гаснет в них, и они становятся такими же жалкими, похожими друг на друга мертвецами, как их отцы и матери... *(Ферапонту, сердито.)* Что тебе?

Ф е р а п о н т. Чего? Бумаги подписать.

А н д р е й. Надоел ты мне.

Ф е р а п о н т *(подавая бумаги)*. Сейчас швейцар из казенной палаты сказывал... Будто, говорит, зимой в Петербурге мороз был в двести градусов.

А н д р е й. Настоящее противно, но зато когда я думаю о будущем, то как хорошо! Становится так легко, так просторно; и вдали забрезжит свет, я вижу свободу, я вижу, как я и дети мои становимся свободны от праздности, от квасу, от гуся с капустой, от сна после обеда, от подлого тунеядства...

Ф е р а п о н т. Две тысячи людей померзло будто. Народ, говорит, ужасался. Не то в Петербурге, не то в Москве — не упомню.

А н д р е й *(охваченный нежным чувством)*. Милые мои сестры, чудные мои сестры! *(Сквозь слезы.)* Маша, сестра моя...

Н а т а ш а *(в окне)*. Кто здесь разговаривает так громко? Это ты, Андрюша? Софочку разбудишь. Il ne faut pas faire du bruit, la Sophie est dormée déjà. Vous êtes un ours*. (*Рассердившись.*) Если хочешь разговаривать, то отдай колясочку с ребенком кому-нибудь другому. Ферапонт, возьми у барина колясочку!

Ф е р а п о н т. Слушаю. (*Берет колясочку.*)

А н д р е й (*сконфуженно*). Я говорю тихо.

Н а т а ш а (*за окном, лаская своего мальчика*). Бобик! Шалун Бобик! Дурной Бобик!

А н д р е й (*оглядывая бумаги*). Ладно, пересмотрю и, что нужно, подпишу, а ты снесешь опять в управу... (*Уходит в дом, читая бумаги; Ферапонт везет колясочку в глубину сада.*)

Н а т а ш а (*за окном*). Бобик, как зовут твою маму? Милый, милый! А это кто? Это тетя Оля, скажи тете: здравствуй, Оля!

Бродячие музыканты, мужчина и девушка, играют на скрипке и арфе; из дому выходят В е р ш и н и н, О л ь г а и А н ф и с а и с минуту слушают молча; подходит И р и н а.

О л ь г а. Наш сад как проходной двор, через него и ходят и ездят. Няня, дай этим музыкантам что-нибудь!..

А н ф и с а (*подает музыкантам*). Уходите с богом, сердечные.

Музыканты кланяются и уходят.

---

* Не шумите, Софи уже спит. Вы — медведь (*искаж. фр.*).

Горький народ. От сытости не заиграешь. *(Ирине.)* Здравствуй, Ариша! *(Целует ее.)* И-и, деточка, вот живу! Вот живу! В гимназии на казенной квартире, золотая, вместе с Олюшкой — определил Господь на старости лет. Отродясь я, грешница, так не жила... Квартира большая, казенная, и мне цельная комнатка и кроватка. Все казенное. Проснусь ночью и — о Господи, Матерь Божия, счастливей меня человека нету!

В е р ш и н и н *(взглянув на часы).* Сейчас уходим, Ольга Сергеевна. Мне пора.

Пауза.

Я желаю вам всего, всего... Где Мария Сергеевна?

И р и н а. Она где-то в саду... Я пойду поищу ее.

В е р ш и н и н. Будьте добры. Я тороплюсь.

А н ф и с а. Пойду и я поищу. *(Кричит.)* Машенька, ау! *(Уходит вместе с Ириной в глубину сада.)* А-у, а-у!

В е р ш и н и н. Все имеет свой конец. Вот и мы расстаемся. *(Смотрит на часы.)* Город давал нам что-то вроде завтрака, пили шампанское, городской голова говорил речь; я ел и слушал, а душой был здесь, у вас... *(Оглядывает сад.)* Привык я к вам.

О л ь г а. Увидимся ли мы еще когда-нибудь?

В е р ш и н и н. Должно быть, нет.

Пауза.

Жена моя и обе девочки проживут здесь еще месяца два; пожалуйста, если что случится или что понадобится...

О л ь г а. Да, да, конечно. Будьте покойны.

Пауза.

В городе завтра не будет уже ни одного военного, все станет воспоминанием, и, конечно, для нас начнется новая жизнь...

Пауза.

Все делается не по-нашему. Я не хотела быть начальницей и все-таки сделалась ею. В Москве, значит, не быть...

В е р ш и н и н. Ну... Спасибо вам за все... Простите мне, если что не так... Много, очень уж много я говорил — и за это простите, не поминайте лихом.

О л ь г а *(утирает глаза).* Что ж это Маша не идет...

В е р ш и н и н. Что же еще вам сказать на прощание? О чем пофилософствовать?.. *(Смеется.)* Жизнь тяжела. Она представляется многим из нас глухой и безнадежной, но все же, надо сознаться, она становится все яснее и легче, и, по-видимому, недалеко то время, когда она станет совсем светлой. *(Смотрит на часы.)* Пора мне, пора! Прежде человечество было занято войнами, заполняя все свое существование походами, набегами, победами, теперь же все это отжило, оставив после себя громадное пустое место, которое пока нечем заполнить; человечество страстно ищет и, конечно, найдет. Ах, только бы поскорее!

Пауза.

Если бы, знаете, к трудолюбию прибавить образование, а к образованию трудолюбие. *(Смотрит на часы.)* Мне, однако, пора...

О л ь г а. Вот она идет.

М а ш а входит.

В е р ш и н и н. Я пришел проститься...

Ольга отходит немного в сторону, чтобы не помешать прощанию.

М а ш а *(смотря ему в лицо).* Прощай...

Продолжительный поцелуй.

О л ь г а. Будет, будет...

Маша сильно рыдает.

В е р ш и н и н. Пиши мне... Не забывай! пусти меня... пора... Ольга Сергеевна, возьмите ее, мне уже... пора... опоздал... *(Растроганный, целует руки Ольге, потом еще раз обнимает Машу и быстро уходит.)*

О л ь г а. Будет, Маша! Перестань, милая.

Входит К у л ы г и н.

К у л ы г и н *(в смущении).* Ничего, пусть поплачет, пусть... Хорошая моя Маша, добрая моя

Маша... Ты моя жена, и я счастлив, что бы там ни было... Я не жалуюсь, не делаю тебе ни одного упрека... Вот и Оля свидетельница... Начнем жить опять по-старому, и я тебе ни одного слова, ни намека...

М а ш а *(сдерживая рыдания)*. У лукоморья дуб зеленый, златая цепь на дубе том... златая цепь на дубе том... Я с ума схожу... У лукоморья... дуб зеленый...

О л ь г а. Успокойся, Маша... Успокойся... Дай ей воды.

М а ш а. Я больше не плачу...

К у л ы г и н. Она уже не плачет... она добрая...

Слышен глухой, далекий выстрел.

М а ш а. У лукоморья дуб зеленый, златая цепь на дубе том... Кот зеленый... дуб зеленый... Я путаю... *(Пьет воду.)* Неудачная жизнь... ничего мне теперь не нужно... Я сейчас успокоюсь... Все равно... Что значит у лукоморья? Почему это слово у меня в голове? Путаются мысли.

И р и н а входит.

О л ь г а. Успокойся, Маша. Ну, вот умница... Пойдем в комнату.

М а ш а *(сердито)*. Не пойду я туда. *(Рыдает, но тотчас же останавливается.)* Я в дом уже не хожу, и не пойду...

И р и н а. Давайте посидим вместе, хоть помолчим. Ведь завтра я уезжаю...

Антон Павлович Чехов

Пауза.

К у л ы г и н. Вчера в третьем классе у одного мальчугана я отнял вот усы и бороду... *(Надевает усы и бороду.)* Похож на учителя немецкого языка... *(Смеется.)* Не правда ли? Смешные эти мальчишки.

М а ш а. В самом деле похож на вашего немца.

О л ь г а *(смеется)*. Да.

Маша плачет.

И р и н а. Будет, Маша!

К у л ы г и н. Очень похож...

Входит Н а т а ш а.

Н а т а ш а *(горничной)*. Что? С Софочкой посидит Протопопов, Михаил Иваныч, а Бобика пусть покатает Андрей Сергеич. Столько хлопот с детьми... *(Ирине.)* Ирина, ты завтра уезжаешь — такая жалость. Останься еще хоть недельку. *(Увидев Кулыгина, вскрикивает; тот смеется и снимает усы и бороду.)* Ну вас совсем, испугали! *(Ирине.)* Я к тебе привыкла, и расстаться с тобой, ты думаешь, мне будет легко? В твою комнату я велю переселить Андрея с его скрипкой, — пусть там пилит! — а в его комнату мы поместим Софочку. Дивный, чудный ребенок! Что за девчурка! Сегодня она посмотрела на меня такими глазками и — «мама»!

К у л ы г и н. Да, прекрасный ребенок, это верно.

Н а т а ш а. Значит, завтра я уже одна тут. *(Вздыхает.)* Велю прежде всего срубить эту еловую аллею, потом вот этот клен... По вечерам он такой некрасивый... *(Ирине.)* Милая, совсем не к лицу тебе этот пояс... Это безвкусица... Надо что-нибудь светленькое. И тут везде я велю понасажать цветочков, цветочков, и будет запах... *(Строго.)* Зачем здесь на скамье валяется вилка? *(Проходя в дом, горничной.)* Зачем здесь на скамье валяется вилка, я спрашиваю? *(Кричит.)* Молчать!

К у л ы г и н. Разошлась!

За сценой музыка играет марш; все слушают.

О л ь г а. Уходят.

Входит Ч е б у т ы к и н.

М а ш а. Уходят наши. Ну, что ж... Счастливый им путь! *(Мужу.)* Надо домой... Где моя шляпа и тальма?

К у л ы г и н. Я в дом отнес... Принесу сейчас. *(Уходит в дом.)*

О л ь г а. Да, теперь можно по домам. Пора.

Ч е б у т ы к и н. Ольга Сергеевна!

О л ь г а. Что?

Пауза.

Что?

Антон Павлович Чехов

Ч е б у т ы к и н. Ничего... Не знаю, как сказать вам... *(Шепчет ей на ухо.)*

О л ь г а *(в испуге).* Не может быть!

Ч е б у т ы к и н. Да... Такая история... Утомился я, замучился, больше не хочу говорить... *(С досадой.)* Впрочем, все равно!

М а ш а. Что случилось?

О л ь г а *(обнимает Ирину).* Ужасный сегодня день... Я не знаю, как тебе сказать, моя дорогая...

И р и н а. Что? Говорите скорей: что? Бога ради! *(Плачет.)*

Ч е б у т ы к и н. Сейчас на дуэли убит барон...

И р и н а *(тихо плачет).* Я знала, я знала...

Ч е б у т ы к и н *(в глубине сцены садится на скамью).* Утомился... *(Вынимает из кармана газету.)* Пусть поплачут... *(Тихо напевает.)* Та-ра-ра-бумбия... сижу на тумбе я... Не все ли равно!

Три сестры стоят, прижавшись друг к другу.

М а ш а. О, как играет музыка! Они уходят от нас, один ушел совсем, совсем, навсегда, мы останемся одни, чтобы начать нашу жизнь снова. Надо жить... Надо жить...

И р и н а *(кладет голову на грудь Ольги).* Придет время, все узнают, зачем все это, для чего эти страдания, никаких не будет тайн, а пока надо жить... надо работать, только работать! Завтра я поеду одна, буду учить в школе и всю свою жизнь отдам тем, кому она, быть может, нужна. Теперь осень, скоро придет зима, засыплет снегом, а я буду работать, буду работать...

О л ь г а *(обнимает обеих сестер)*. Музыка играет так весело, бодро, и хочется жить! О, боже мой! Пройдет время, и мы уйдем навеки, нас забудут, забудут наши лица, голоса и сколько нас было, но страдания наши перейдут в радость для тех, кто будет жить после нас, счастье и мир настанут на земле, и помянут добрым словом и благословят тех, кто живет теперь. О милые сестры, жизнь наша еще не кончена. Будем жить! Музыка играет так весело, так радостно, и, кажется, еще немного, и мы узнаем, зачем мы живем, зачем страдаем... Если бы знать, если бы знать!

Музыка играет все тише и тише; Кулыгин, веселый, улыбающийся, несет шляпу и тальму, Андрей везет колясочку, в которой сидит Бобик.

Ч е б у т ы к и н *(тихо напевает)*. Тара-ра-бумбия... сижу на тумбе я... *(Читает газету.)* Все равно! Все равно!

О л ь г а. Если бы знать, если бы знать!

З а н а в е с

1900

ВИШНЕВЫЙ САД

Комедия в четырех действиях

ДЕЙСТВУЮЩИЕ ЛИЦА

Раневская Любовь Андреевна, помещица.
Аня, ее дочь, 17 лет.
Варя, ее приемная дочь, 24 лет.
Гаев Леонид Андреевич, брат Раневской.
Лопахин Ермолай Алексеевич, купец.
Трофимов Петр Сергеевич, студент.
Симеонов-Пищик Борис Борисович, помещик.
Шарлотта Ивановна, гувернантка.
Епиходов Семен Пантелеевич, конторщик.
Дуняша, горничная.
Фирс, лакей, старик 87 лет.
Яша, молодой лакей.
Прохожий.
Начальник станции.
Почтовый чиновник.
Гости, прислуга.

Действие происходит в имении Л. А. Раневской.

Действие первое

Комната, которая до сих пор называется детскою. Одна из дверей ведет в комнату Ани. Рассвет, скоро взойдет солнце. Уже май, цветут вишневые деревья, но в саду холодно, утренник. Окна в комнате закрыты.

Входят Д у н я ш а со свечой и Л о п а х и н с книгой в руке.

Л о п а х и н. Пришел поезд, слава богу. Который час?

Д у н я ш а. Скоро два. *(Тушит свечу.)* Уже светло.

Л о п а х и н. На сколько же это опоздал поезд? Часа на два по крайней мере. *(Зевает и потягивается.)* Я-то хорош, какого дурака свалял! Нарочно приехал сюда, чтобы на станции встретить, и вдруг проспал... Сидя уснул. Досада... Хоть бы ты меня разбудила.

Д у н я ш а. Я думала, что вы уехали. *(Прислушивается.)* Вот, кажется, уже едут.

Л о п а х и н *(прислушивается)*. Нет... Багаж получить, то да се...

Пауза.

Любовь Андреевна прожила за границей пять лет, не знаю, какая она теперь стала... Хороший она человек. Легкий, простой человек. Помню, когда я был мальчонком лет пятнадцати, отец мой покойный — он тогда здесь на деревне

Антон Павлович Чехов

в лавке торговал — ударил меня по лицу кулаком, кровь пошла из носу... Мы тогда вместе пришли зачем-то во двор, и он выпивши был. Любовь Андреевна, как сейчас помню, еще молоденькая, такая худенькая, подвела меня к рукомойнику, вот в этой самой комнате, в детской. «Не плачь, говорит, мужичок, до свадьбы заживет...»

Пауза.

Мужичок... Отец мой, правда, мужик был, а я вот в белой жилетке, желтых башмаках. Со свиным рылом в калашный ряд... Только что вот богатый, денег много, а ежели подумать и разобраться, то мужик мужиком... *(Перелистывает книгу.)* Читал вот книгу и ничего не понял. Читал и заснул.

Пауза.

Дуняша. А собаки всю ночь не спали, чуют, что хозяева едут.

Лопахин. Что ты, Дуняша, такая...

Дуняша. Руки трясутся. Я в обморок упаду.

Лопахин. Очень уж ты нежная, Дуняша. И одеваешься, как барышня, и прическа тоже. Так нельзя. Надо себя помнить.

Входит Епиходов с букетом: он в пиджаке и в ярко вычищенных сапогах, которые сильно скрипят; войдя, он роняет букет.

Е п и х о д о в *(поднимает букет)*. Вот садовник прислал, говорит, в столовой поставить. *(Отдает Дуняше букет.)*

Л о п а х и н. И квасу мне принесешь.

Д у н я ш а. Слушаю. *(Уходит.)*

Е п и х о д о в. Сейчас утренник, мороз в три градуса, а вишня вся в цвету. Не могу одобрить нашего климата. *(Вздыхает.)* Не могу. Наш климат не может способствовать в самый раз. Вот, Ермолай Алексеич, позвольте вам присовокупить, купил я себе третьего дня сапоги, а они, смею вас уверить, скрипят так, что нет никакой возможности. Чем бы смазать?

Л о п а х и н. Отстань. Надоел.

Е п и х о д о в. Каждый день случается со мной какое-нибудь несчастье. И я не ропщу, привык и даже улыбаюсь.

Д у н я ш а входит, подает Лопахину квас.

Я пойду. *(Натыкается на стул, который падает.)* Вот... *(Как бы торжествуя.)* Вот видите, из-вините за выражение, какое обстоятельство, между прочим... Это просто даже замечательно! *(Уходит.)*

Д у н я ш а. А мне, Ермолай Алексеич, признаться, Епиходов предложение сделал.

Л о п а х и н. А!

Д у н я ш а. Не знаю уж как... Человек он смирный, а только иной раз как начнет говорить, ничего не поймешь. И хорошо, и чувствительно, только непонятно. Мне он как будто и нравится. Он меня любит безумно. Человек он несчастливый, каждый день что-нибудь. Его так и дразнят у нас: двадцать два несчастья...

Л о п а х и н (*прислушивается*). Вот, кажется, едут...

Д у н я ш а. Едут! Что ж это со мной... похолодела вся.

Л о п а х и н. Едут, в самом деле. Пойдем встречать. Узнает ли она меня? Пять лет не видались.

Д у н я ш а (*в волнении*). Я сейчас упаду... Ах, упаду!

Слышно, как к дому подъезжают два экипажа. Лопахин и Дуняша быстро уходят. Сцена пуста. В соседних комнатах начинается шум. Через сцену, опираясь на палочку, торопливо проходит Ф и р с, ездивший встречать Любовь Андреевну; он в старинной ливрее и в высокой шляпе; что-то говорит сам с собой, но нельзя разобрать ни одного слова. Шум за сценой все усиливается. Голос: «Вот пройдемте здесь...» Л ю б о в ь А н д р е е в н а, А н я и Ш а р л о т т а И в а н о в н а с собачкой на цепочке, одетые по-дорожному. В а р я в пальто и платке, Г а е в, С и м е о н о в - П и щ и к, Л о п а х и н, Д у н я ш а с узлом и зонтиком, п р и с л у г а с вещами — все идут через комнату.

А н я. Пройдемте здесь. Ты, мама, помнишь, какая это комната?

Л ю б о в ь А н д р е е в н а (*радостно, сквозь слезы*). Детская!

В а р я. Как холодно, у меня руки закоченели. *(Любови Андреевне.)* Ваши комнаты, белая и фиолетовая, такими же и остались, мамочка.

Л ю б о в ь А н д р е е в н а. Детская, милая моя, прекрасная комната... Я тут спала, когда была маленькой... *(Плачет.)* И теперь я как маленькая... *(Целует брата, Варю, потом опять брата.)* А Варя по-прежнему все такая же, на монашку похожа. И Дуняшу я узнала... *(Целует Дуняшу.)*

Г а е в. Поезд опоздал на два часа. Каково? Каковы порядки?

Ш а р л о т т а *(Пищику).* Моя собака и орехи кушает.

П и щ и к *(удивленно).* Вы подумайте!

> Уходят все, кроме Ани и Дуняши.

Д у н я ш а. Заждались мы... *(Снимает с Ани пальто, шляпу.)*

А н я. Я не спала в дороге четыре ночи... теперь озябла очень.

Д у н я ш а. Вы уехали в Великом посту, тогда был снег, был мороз, а теперь? Милая моя! *(Смеется, целует ее.)* Заждалась вас, радость моя, светик... Я скажу вам сейчас, одной минутки не могу утерпеть...

А н я *(вяло).* Опять что-нибудь...

Д у н я ш а. Конторщик Епиходов после Святой мне предложение сделал.

А н я. Ты все об одном... *(Поправляя волосы.)*

Я растеряла все шпильки... *(Она очень утомлена, даже пошатывается.)*

Д у н я ш а. Уж я не знаю, что и думать. Он меня любит, так любит!

А н я *(глядит в свою дверь, нежно).* Моя комната, мои окна, как будто я не уезжала. Я дома! Завтра утром встану, побегу в сад... О, если бы я могла уснуть! Я не спала всю дорогу, томило меня беспокойство.

Д у н я ш а. Третьего дня Петр Сергеич приехали.

А н я *(радостно).* Петя!

Д у н я ш а. В бане спят, там и живут. Боюсь, говорят, стеснить. *(Взглянув на свои карманные часы.)* Надо бы их разбудить, да Варвара Михайловна не велела. Ты, говорит, его не буди.

Входит В а р я, на поясе у нее вязка ключей.

В а р я. Дуняша, кофе поскорей... Мамочка кофе просит.

Д у н я ш а. Сию минуточку. *(Уходит.)*

В а р я. Ну слава богу, приехали. Опять ты дома. *(Ласкаясь.)* Душечка моя приехала! Красавица приехала!

А н я. Натерпелась я.

В а р я. Воображаю!

А н я. Выехала я на Страстной неделе, тогда было холодно. Шарлотта всю дорогу говорит, представляет фокусы. И зачем ты навязала мне Шарлотту...

Варя. Нельзя же тебе одной ехать, душечка. В семнадцать лет!

Аня. Приезжаем в Париж, там холодно, снег. По-французски говорю я ужасно. Мама живет на пятом этаже, прихожу к ней, у нее какие-то французы, дамы, старый патер с книжкой, и накурено, неуютно. Мне вдруг стало жаль мамы, так жаль, я обняла ее голову, сжала руками и не могу выпустить. Мама потом все ласкалась, плакала...

Варя *(сквозь слезы)*. Не говори, не говори, не говори...

Аня. Дачу свою около Ментоны она уже продала, у нее ничего не осталось, ничего. У меня тоже не осталось ни копейки, едва доехали. И мама не понимает! Сядем на вокзале обедать, и она требует самое дорогое и на чай лакеям дает по рублю. Шарлотта тоже. Яша тоже требует себе порцию, просто ужасно. Ведь у мамы лакей Яша, мы привезли его сюда...

Варя. Видела подлеца.

Аня. Ну что, как? Заплатили проценты?

Варя. Где там.

Аня. Боже мой, боже мой...

Варя. В августе будут продавать имение...

Аня. Боже мой...

Лопахин *(заглядывает в дверь и мычит)*. Ме-е-е... *(Уходит.)*

Варя *(сквозь слезы)*. Вот так бы и дала ему... *(Грозит кулаком.)*

Антон Павлович Чехов

А н я *(обнимает Варю, тихо).* Варя, он сделал предложение? *(Варя отрицательно качает головой.)* Ведь он же тебя любит... Отчего вы не объяснитесь, чего вы ждете?

В а р я. Я так думаю, ничего у нас не выйдет. У него дела много, ему не до меня... и внимания не обращает. Бог с ним совсем, тяжело мне его видеть... Все говорят о нашей свадьбе, все поздравляют, а на самом деле ничего нет, всё как сон... *(Другим тоном.)* У тебя брошка вроде как пчелка.

А н я *(печально).* Это мама купила. *(Идет в свою комнату, говорит весело, по-детски.)* А в Париже я на воздушном шаре летала!

В а р я. Душечка моя приехала! Красавица приехала!

Д у н я ш а уже вернулась с кофейником и варит кофе.

(Стоит около двери.) Хожу я, душечка, цельный день по хозяйству и все мечтаю. Выдать бы тебя за богатого человека, и я бы тогда была покойной, пошла бы себе в пустынь, потом в Киев... в Москву, и так бы все ходила по святым местам... Ходила бы и ходила. Благолепие!..

А н я. Птицы поют в саду. Который теперь час?

В а р я. Должно, третий. Тебе пора спать, душечка. *(Входя в комнату к Ане.)* Благолепие!

Входит Я ш а с пледом, дорожной сумочкой.

Я ш а *(идет через сцену, деликатно).* Тут можно пройти-с?

Д у н я ш а. И не узнаешь вас, Яша. Какой вы стали за границей.

Я ш а. Гм... А вы кто?

Д у н я ш а. Когда вы уезжали отсюда, я была этакой... *(Показывает от пола.)* Дуняша, Федора Козоедова дочь. Вы не помните!

Я ш а. Гм... Огурчик! *(Оглядывается и обнимает ее; она вскрикивает и роняет блюдечко. Яша быстро уходит.)*

В а р я *(в дверях, недовольным голосом).* Что еще тут?

Д у н я ш а *(сквозь слезы).* Блюдечко разбила...

В а р я. Это к добру.

А н я *(выйдя из своей комнаты).* Надо бы маму предупредить: Петя здесь...

В а р я. Я приказала его не будить.

А н я *(задумчиво).* Шесть лет тому назад умер отец, через месяц утонул в реке брат Гриша, хорошенький семилетний мальчик. Мама не перенесла, ушла, ушла без оглядки... *(Вздрагивает.)* Как я ее понимаю, если бы она знала!

Пауза.

А Петя Трофимов был учителем Гриши, он может напомнить...

Входит Ф и р с, он в пиджаке и белом жилете.

Антон Павлович Чехов

Ф и р с *(идет к кофейнику, озабоченно).* Барыня здесь будут кушать... *(Надевает белые перчатки.)* Готов кофий? *(Строго Дуняше.)* Ты! А сливки?

Д у н я ш а. Ах, боже мой... *(Быстро уходит.)*

Ф и р с *(хлопочет около кофейника).* Эх ты, недотепа... *(Бормочет про себя.)* Приехали из Парижа... И барин когда-то ездил в Париж... на лошадях... *(Смеется.)*

В а р я. Фирс, ты о чем?

Ф и р с. Чего изволите? *(Радостно.)* Барыня моя приехала! Дождался! Теперь хоть и помереть... *(Плачет от радости.)*

Входят Л ю б о в ь А н д р е е в н а, Гаев, Л о п а х и н и С и м е о н о в -П и щ и к; Симеонов-Пищик в поддевке из тонкого сукна и шароварах. Гаев, входя, руками и туловищем, делает движения, как будто играет на бильярде.

Л ю б о в ь А н д р е е в н а. Как это? Дай-ка вспомнить... Желтого в угол! Дуплет в середину!

Г а е в. Режу в угол! Когда-то мы с тобой, сестра, спали вот в этой самой комнате, а теперь мне уже пятьдесят один год, как это ни странно...

Л о п а х и н. Да, время идет.

Г а е в. Кого?

Л о п а х и н. Время, говорю, идет.

Г а е в. А здесь пачулями пахнет.

А н я. Я спать пойду. Спокойной ночи, мама. *(Целует мать.)*

Любовь Андреевна. Ненаглядная дитюся моя. *(Целует ей руки.)* Ты рада, что ты дома? Я никак в себя не приду.

Аня. Прощай, дядя.

Гаев *(целует ей лицо, руки).* Господь с тобой. Как ты похожа на свою мать! *(Сестре.)* Ты, Люба, в ее годы была точно такая.

Аня подает руку Лопахину и Пищику, уходит и затворяет за собой дверь.

Любовь Андреевна. Она утомилась уж очень.

Пищик. Дорога, небось, длинная.

Варя *(Лопахину и Пищику).* Что ж, господа? Третий час, пора и честь знать.

Любовь Андреевна *(смеется).* Ты все такая же, Варя. *(Привлекает ее к себе и целует.)* Вот выпью кофе, тогда все уйдем.

Фирс кладет ей под ноги подушечку.

Спасибо, родной. Я привыкла к кофе. Пью его и днем и ночью. Спасибо, мой старичок. *(Целует Фирса.)*

Варя. Поглядеть, все ли вещи привезли... *(Уходит.)*

Любовь Андреевна. Неужели это я сижу? *(Смеется.)* Мне хочется прыгать, размахивать руками. *(Закрывает лицо руками.)* А вдруг я сплю! Видит Бог, я люблю родину, люблю нежно, я не могла смотреть из вагона, все плакала.

(Сквозь слезы.) Однако же надо пить кофе. Спасибо тебе, Фирс, спасибо, мой старичок. Я так рада, что ты еще жив.

Ф и р с. Позавчера.

Г а е в. Он плохо слышит.

Л о п а х и н. Мне сейчас, в пятом часу утра, в Харьков ехать. Такая досада! Хотелось поглядеть на вас, поговорить... Вы все такая же великолепная.

П и щ и к *(тяжело дышит)*. Даже похорошела... Одета по-парижскому... пропадай моя телега, все четыре колеса...

Л о п а х и н. Ваш брат, вот Леонид Андреич, говорит про меня, что я хам, я кулак, но это мне решительно все равно. Пускай говорит. Хотелось бы только, чтобы вы мне верили по-прежнему, чтобы ваши удивительные, трогательные глаза глядели на меня, как прежде. Боже милосердный! Мой отец был крепостным у вашего деда и отца, но вы, собственно вы, сделали для меня когда-то так много, что я забыл все и люблю вас, как родную... больше, чем родную.

Л ю б о в ь А н д р е е в н а. Я не могу усидеть, не в состоянии. *(Вскакивает и ходит в сильном волнении.)* Я не переживу этой радости... Смейтесь надо мной, я глупая... Шкафик мой родной... *(Целует шкаф.)* Столик мой.

Г а е в. А без тебя тут няня умерла.

Любовь Андреевна *(садится и пьет кофе).* Да, царство небесное. Мне писали.

Гаев. И Анастасий умер. Петрушка Косой от меня ушел и теперь в городе у пристава живет. *(Вынимает из кармана коробку с леденцами, сосет.)*

Пищик. Дочка моя, Дашенька... вам кланяется...

Лопахин. Мне хочется сказать вам что-нибудь очень приятное, веселое. *(Взглянув на часы.)* Сейчас уеду, некогда разговаривать... ну, да я в двух-трех словах. Вам уже известно, вишневый сад ваш продается за долги, на двадцать второе августа назначены торги, но вы не беспокойтесь, моя дорогая, спите себе спокойно, выход есть... Вот мой проект. Прошу внимания! Ваше имение находится только в двадцати верстах от города, возле прошла железная дорога, и если вишневый сад и землю по реке разбить на дачные участки и отдавать потом в аренду под дачи, то вы будете иметь самое малое двадцать пять тысяч в год дохода.

Гаев. Извините, какая чепуха!

Любовь Андреевна. Я вас не совсем понимаю, Ермолай Алексеич.

Лопахин. Вы будете брать с дачников самое малое по двадцать пять рублей в год за десятину, и если теперь же объявите, то, я ручаюсь чем угодно, у вас до осени не останется ни одного свободного клочка, все разберут. Одним словом, поздравляю, вы спасены. Местоположение чудесное, река глубокая. Только, конечно, нужно поубрать, почистить, например, скажем, снести все старые постройки, вот этот дом, который уже никуда не годится, вырубить старый вишневый сад...

Л ю б о в ь   А н д р е е в н а. Вырубить? Милый мой, простите, вы ничего не понимаете. Если во всей губернии есть что-нибудь интересное, даже замечательное, так это только наш вишневый сад.

Л о п а х и н. Замечательного в этом саду только то, что он очень большой. Вишня родится раз в два года, да и ту девать некуда, никто не покупает.

Г а е в. И в «Энциклопедическом словаре» упоминается про этот сад.

Л о п а х и н *(взглянув на часы)*. Если ничего не придумаем и ни к чему не придем, то двадцать второго августа и вишневый сад, и все имение будут продавать с аукциона. Решайтесь же! Другого выхода нет, клянусь вам. Нет и нет.

Ф и р с. В прежнее время, лет сорок — пятьдесят назад, вишню сушили, мочили, мариновали, варенье варили, и, бывало...

Г а е в. Помолчи, Фирс.

Ф и р с. И бывало, сушеную вишню возами отправляли в Москву и в Харьков. Денег было! И сушеная вишня тогда была мягкая, сочная, сладкая, душистая... Способ тогда знали...

Любовь Андреевна. А где же теперь этот способ?

Фирс. Забыли. Никто не помнит

Пищик *(Любови Андреевне).* Что в Париже? Как? Ели лягушек?

Любовь Андреевна. Крокодилов ела.

Пищик. Вы подумайте...

Лопахин. До сих пор в деревне были только господа и мужики, а теперь появились еще дачники. Все города, даже самые небольшие, окружены теперь дачами. И можно сказать, дачник лет через двадцать размножится до необычайности. Теперь он только чаи пьет на балконе, но ведь может случиться, что на своей одной десятине он займется хозяйством, и тогда ваш вишневый сад станет счастливым, богатым, роскошным...

Гаев *(возмущаясь).* Какая чепуха!

Входят Варя и Яша.

Варя. Тут, мамочка, вам две телеграммы. *(Выбирает ключ и со звоном отпирает старинный шкаф.)* Вот они.

Любовь Андреевна. Это из Парижа. *(Рвет телеграммы, не прочитав.)* С Парижем кончено...

Гаев. А ты знаешь, Люба, сколько этому шкафу лет? Неделю назад я выдвинул нижний ящик, гляжу, а там выжжены цифры. Шкаф сделан ровно сто лет тому назад. Каково? А? Можно было бы юбилей отпраздновать. Предмет неодушевленный, а все-таки, как-никак, книжный шкаф.

П и щ и к *(удивленно)*. Сто лет... Вы подумайте!..

Г а е в. Да... Это вещь... *(Ощупав шкаф.)* Дорогой, многоуважаемый шкаф! Приветствую твое существование, которое вот уже больше ста лет было направлено к светлым идеалам добра и справедливости; твой молчаливый призыв к плодотворной работе не ослабевал в течение ста лет, поддерживая *(сквозь слезы)* в поколениях нашего рода бодрость, веру в лучшее будущее и воспитывая в нас идеалы добра и общественного самосознания.

Пауза.

Л о п а х и н. Да...

Л ю б о в ь А н д р е е в н а. Ты все такой же, Леня.

Г а е в *(немного сконфуженный)*. От шара направо в угол! Режу в среднюю!

Л о п а х и н *(поглядев на часы)*. Ну, мне пора.

Я ш а *(подает Любови Андреевне лекарство)*. Может, примете сейчас пилюли...

П и щ и к. Не надо принимать медикаменты, милейшая... от них ни вреда, ни пользы... Дайте-ка сюда... многоуважаемая. *(Берет пилюли, высыпает их себе на ладонь, дует на них, кладет в рот и запивает квасом.)* Вот!

Любовь Андреевна *(испуганно).* Да вы с ума сошли!

Пищик. Все пилюли принял.

Лопахин. Экая прорва.

Все смеются.

Фирс. Они были у нас на Святой, полведра огурцов скушали... *(Бормочет.)*

Любовь Андреевна. О чем это он?

Варя. Уж три года так бормочет. Мы привыкли.

Яша. Преклонный возраст.

Шарлотта Ивановна в белом платье, очень худая, стянутая, с лорнеткой на поясе проходит через сцену.

Лопахин. Простите, Шарлотта Ивановна, я не успел еще поздороваться с вами. *(Хочет поцеловать у нее руку.)*

Шарлотта *(отнимая руку).* Если позволить вам поцеловать руку, то вы потом пожелаете в локоть, потом в плечо...

Лопахин. Не везет мне сегодня.

Все смеются.

Шарлотта Ивановна, покажите фокус!

Любовь Андреевна. Шарлотта, покажите фокус!

Шарлотта. Не надо. Я спать желаю. *(Уходит.)*

Л о п а х и н. Через три недели увидимся. *(Целует Любови Андреевне руку.)* Пока прощайте. Пора. *(Гаеву.)* До свиданция. *(Целуется с Пищиком.)* До свиданция. *(Подает руку Варе, потом Фирсу и Яше.)* Не хочется уезжать. *(Любови Андреевне.)* Ежели надумаете насчет дач и решите, тогда дайте знать, я взаймы тысяч пятьдесят достану. Серьезно подумайте.

В а р я *(сердито)*. Да уходите же наконец!

Л о п а х и н. Ухожу, ухожу... *(Уходит.)*

Г а е в. Хам. Впрочем, пардон... Варя выходит за него замуж, это Варин женишок.

В а р я. Не говорите, дядечка, лишнего.

Л ю б о в ь А н д р е е в н а. Что ж, Варя, я буду очень рада. Он хороший человек.

П и щ и к. Человек, надо правду говорить... достойнейший... И моя Дашенька... тоже говорит, что... разные слова говорит. *(Храпит, но тотчас же просыпается.)* А все-таки, многоуважаемая, одолжите мне... взаймы двести сорок рублей... завтра по закладной проценты платить...

В а р я *(испуганно)*. Нету, нету!

Л ю б о в ь А н д р е е в н а. У меня в самом деле нет ничего.

П и щ и к. Найдутся. *(Смеется.)* Не теряю никогда надежды. Вот, думаю, уж все пропало, погиб, ан глядь, — железная дорога по моей земле прошла, и... мне заплатили. А там, гля-

Вишневый сад

ди, еще что-нибудь случится не сегодня-завтра... Двести тысяч выиграет Дашенька... у нее билет есть.

Любовь Андреевна. Кофе выпит, можно на покой.

Фирс *(чистит щеткой Гаева, наставительно).* Опять не те брючки надели. И что мне с вами делать!

Варя *(тихо).* Аня спит. *(Тихо отворяет окно.)* Уже взошло солнце, не холодно. Взгляните, мамочка: какие чудесные деревья! Боже мой, воздух! Скворцы поют!

Гаев *(отворяет другое окно).* Сад весь белый. Ты не забыла, Люба? Вот эта длинная аллея идет прямо, прямо, точно протянутый ремень, она блестит в лунные ночи. Ты помнишь? Не забыла?

Любовь Андреевна *(глядит в окно на сад).* О, мое детство, чистота моя! В этой детской я спала, глядела отсюда на сад, счастье просыпалось вместе со мною каждое утро, и тогда он был точно таким, ничто не изменилось. *(Смеется от радости.)* Весь, весь белый! О сад мой! После темной ненастной осени и холодной зимы опять ты молод, полон счастья, ангелы небесные не покинули тебя... Если бы снять с груди и с плеч моих тяжелый камень, если бы я могла забыть мое прошлое!

Антон Павлович Чехов

Г а е в. Да, и сад продадут за долги, как это ни странно...

Л ю б о в ь   А н д р е е в н а. Посмотрите, покойная мама идет по саду... в белом платье! *(Смеется от радости.)* Это она.

Г а е в. Где?

В а р я. Господь с вами, мамочка.

Л ю б о в ь   А н д р е е в н а. Никого нет, мне показалось. Направо, на повороте к беседке, белое деревцо склонилось, похоже на женщину...

Входит Т р о ф и м о в в поношенном студенческом мундире, в очках.

Какой изумительный сад! Белые массы цветов, голубое небо...

Т р о ф и м о в. Любовь Андреевна!

Она оглянулась на него.

Я только поклонюсь вам и тотчас же уйду. *(Горячо целует руку.)* Мне приказано было ждать до утра, но у меня не хватило терпения...

Любовь Андреевна глядит с недоумением.

В а р я *(сквозь слезы)*. Это Петя Трофимов...

Т р о ф и м о в. Петя Трофимов, бывший учитель вашего Гриши... Неужели я так изменился?

Любовь Андреевна обнимает его и тихо плачет.

Г а е в *(смущенно)*. Полно, полно, Люба.

В а р я *(плачет)*. Говорила ведь, Петя, чтобы погодили до завтра.

Л ю б о в ь   А н д р е е в н а. Гриша мой... мой мальчик... Гриша... сын...

В а р я. Что же делать, мамочка. Воля Божья.

Т р о ф и м о в *(мягко, сквозь слезы)*. Будет, будет...

Л ю б о в ь   А н д р е е в н а *(тихо плачет)*. Мальчик погиб, утонул... Для чего? Для чего, мой друг? *(Тише.)* Там Аня спит, а я громко говорю... поднимаю шум... Что же, Петя? Отчего вы так подурнели? Отчего постарели?

Т р о ф и м о в. Меня в вагоне одна баба назвала так: облезлый барин.

Л ю б о в ь   А н д р е е в н а. Вы были тогда совсем мальчиком, милым студентиком, а теперь волосы не густые, очки. Неужели вы все еще студент? *(Идет к двери.)*

Т р о ф и м о в. Должно быть, я буду вечным студентом.

Л ю б о в ь   А н д р е е в н а *(целует брата, потом Варю)*. Ну, идите спать... Постарел и ты, Леонид.

П и щ и к *(идет за ней)*. Значит, теперь спать... Ох, подагра моя. Я у вас останусь... Мне бы, Любовь Андреевна, душа моя, завтра утречком... двести сорок рублей...

Г а е в. А этот все свое.

П и щ и к. Двести сорок рублей... проценты по закладной платить.

Антон Павлович Чехов

Любовь Андреевна. Нет у меня денег, голубчик.

Пищик. Отдам, милая... Сумма пустяшная...

Любовь Андреевна. Ну, хорошо, Леонид даст... Ты дай, Леонид.

Гаев. Дам я ему, держи карман.

Любовь Андреевна. Что же делать, дай... Ему нужно... Он отдаст.

Любовь Андреевна, Трофимов, Пищик и Фирс уходят. Остаются Гаев, Варя и Яша.

Гаев. Сестра не отвыкла еще сорить деньгами. *(Яше.)* Отойди, любезный, от тебя курицей пахнет.

Яша *(с усмешкой).* А вы, Леонид Андреич, все такой же, как были.

Гаев. Кого? *(Варе.)* Что он сказал?

Варя *(Яше).* Твоя мать пришла из деревни, со вчерашнего дня сидит в людской, хочет повидаться...

Яша. Бог с ней совсем!

Варя. Ах бесстыдник!

Яша. Очень нужно. Могла бы и завтра прийти. *(Уходит.)*

Варя. Мамочка такая же, как была, нисколько не изменилась. Если бы ей волю, она бы все раздала.

Гаев. Да...

Пауза.

Если против какой-нибудь болезни предлагается очень много средств, то это значит, что болезнь неизлечима. Я думаю, напрягаю мозги, у меня много средств, очень много и, значит, в сущности, ни одного. Хорошо бы получить от кого-нибудь наследство, хорошо бы выдать нашу Аню за очень богатого человека, хорошо бы поехать в Ярославль и попытать счастья у тетушки-графини. Тетка ведь очень, очень богата.

В а р я (*плачет*). Если бы Бог помог.

Г а е в. Не реви. Тетка очень богата, но нас она не любит. Сестра, во-первых, вышла замуж за присяжного поверенного, не дворянина...

А н я показывается в дверях.

Вышла за не дворянина и вела себя нельзя сказать чтобы очень добродетельно. Она хорошая, добрая, славная, я ее очень люблю, но, как там ни придумывай смягчающие обстоятельства, все же, надо сознаться, она порочна. Это чувствуется в ее малейшем движении.

В а р я (*шепотом*). Аня стоит в дверях.

Г а е в. Кого?

Пауза.

Удивительно, мне что-то в правый глаз попало... плохо стал видеть. И в четверг, когда я был в окружном суде...

Входит А н я.

Антон Павлович Чехов

В а р я. Что же ты не спишь, Аня?

А н я. Не спится. Не могу.

Г а е в. Крошка моя. *(Целует Ане лицо, руки.)* Дитя мое... *(Сквозь слезы.)* Ты не племянница, ты мой ангел, ты для меня все. Верь мне, верь...

А н я. Я верю тебе, дядя. Тебя все любят, уважают... но, милый дядя, тебе надо молчать, только молчать. Что ты говорил только что про мою маму, про свою сестру? Для чего ты это говорил?

Г а е в. Да, да... *(Ее рукой закрывает себе лицо.)* В самом деле, это ужасно! Боже мой! Боже, спаси меня! И сегодня я речь говорил перед шкафом... так глупо! И только когда кончил, понял, что глупо.

В а р я. Правда, дядечка, вам надо бы молчать. Молчите себе, и все.

А н я. Если будешь молчать, то тебе же самому будет покойнее.

Г а е в. Молчу. *(Целует Ане и Варе руки.)* Молчу. Только вот о деле. В четверг я был в окружном суде, ну, сошлась компания, начался разговор о том, о сем, пятое-десятое, и, кажется, вот можно будет устроить заем под векселя, чтобы заплатить проценты в банк.

В а р я. Если бы Господь помог!

Г а е в. Во вторник поеду, еще раз поговорю. *(Варе.)* Не реви. *(Ане.)* Твоя мама поговорит с Лопахиным; он, конечно, ей не откажет... А ты, как отдохнешь, поедешь в Ярославль к графине, твоей бабушке. Вот так и будем действовать с трех концов — и дело наше в шляпе. Проценты мы заплатим, я убежден... *(Кладет в рот леденец.)* Честью моей, чем хочешь, клянусь, имение не будет продано! *(Возбужденно.)* Счастьем моим клянусь! Вот тебе моя рука, назови меня тогда дрянным, бесчестным человеком, если я допущу до аукциона! Всем существом моим клянусь!

А н я *(спокойное настроение вернулось к ней, она счастлива).* Какой ты хороший, дядя, какой умный! *(Обнимает дядю.)* Я теперь покойна! Я покойна! Я счастлива!

Входит Ф и р с.

Ф и р с *(укоризненно).* Леонид Андреич, Бога вы не боитесь! Когда же спать?

Г а е в. Сейчас, сейчас. Ты уходи, Фирс. Я уж, так и быть, сам разденусь. Ну, детки, бай-бай... Подробности завтра, а теперь идите спать. *(Целует Аню и Варю.)* Я человек восьмидесятых годов... Не хвалят это время, но все же могу сказать, за убеждения мне доставалось немало в жизни. Недаром меня мужик любит. Мужика надо знать! Надо знать, с какой...

А н я. Опять ты, дядя!

В а р я. Вы, дядечка, молчите.

Антон Павлович Чехов

Ф и р с *(сердито).* Леонид Андреич!

Г а е в. Иду, иду... Ложитесь. От двух бортов в середину! Кладу чистого... *(Уходит, за ним семенит Фирс.)*

А н я. Я теперь покойна. В Ярославль ехать не хочется, я не люблю бабушку, но все же я покойна. Спасибо дяде. *(Садится.)*

В а р я. Надо спать. Пойду. А тут без тебя было неудовольствие. В старой людской, как тебе известно, живут одни старые слуги: Ефимьюшка, Поля, Евстигней, ну и Карп. Стали они пускать к себе ночевать каких-то проходимцев — я промолчала. Только вот, слышу, распустили слух, будто я велела кормить их одним только горохом. От скупости, видишь ли... И это все Евстигней... Хорошо, думаю. Коли так, думаю, то погоди же. Зову я Евстигнея... *(Зевает.)* Приходит... Как же ты, говорю, Евстигней... дурак ты этакой... *(Поглядев на Аню.)* Анечка!..

Пауза.

Заснула!.. *(Берет Аню под руку.)* Пойдем в постельку... Пойдем!.. *(Ведет ее.)* Душечка моя уснула! Пойдем...

Идут. Далеко за садом пастух играет на свирели. Т р о ф и м о в идет через сцену и, увидев Варю и Аню, останавливается.

Тссс... Она спит... спит... Пойдем, родная.

А н я *(тихо, в полусне).* Я так устала... все колокольчики... Дядя... милый... и мама и дядя...

В а р я. Пойдем, родная, пойдем... *(Уходит в комнату Ани.)*

Т р о ф и м о в *(в умилении).* Солнышко мое! Весна моя!

З а н а в е с

Действие второе

Поле. Старая, покривившаяся, давно заброшенная часовенка, возле нее колодец, большие камни, когда-то бывшие, по-видимому, могильными плитами, и старая скамья. Видна дорога в усадьбу Гаева. В стороне, возвышаясь, темнеют тополи: там начинается вишневый сад. Вдали ряд телеграфных столбов, и далеко-далеко на горизонте неясно обозначается большой город, который бывает виден только в очень хорошую, ясную погоду. Скоро сядет солнце. Ш а р л о т т а, Я ш а и Д у н я ш а сидят на скамье; Е п и х о д о в стоит возле и играет на гитаре; все сидят задумавшись. Шарлотта в старой фуражке: она сняла с плеч ружье и поправляет пряжку на ремне.

Ш а р л о т т а *(в раздумье).* У меня нет настоящего паспорта, я не знаю, сколько мне лет, и мне все кажется, что я молоденькая. Когда я была маленькой девочкой, то мой отец и мамаша ездили по ярмаркам и давали представления, очень хорошие. А я прыгала salto mortale и разные штучки. И когда папаша и мамаша умерли,

Антон Павлович Чехов

меня взяла к себе одна немецкая госпожа и стала меня учить. Хорошо. Я выросла, потом пошла в гувернантки. А откуда я и кто я — не знаю... Кто мои родители, может, они не венчались... не знаю. *(Достает из кармана огурец и ест.)* Ничего не знаю.

Пауза.

Так хочется поговорить, а не с кем... Никого у меня нет.

Е п и х о д о в *(играет на гитаре и поет)*. «Что мне до шумного света, что мне друзья и враги...» Как приятно играть на мандолине!

Д у н я ш а. Это гитара, а не мандолина. *(Глядится в зеркальце и пудрится.)*

Е п и х о д о в. Для безумца, который влюблен, это мандолина... *(Напевает.)* «Было бы сердце согрето жаром взаимной любви...»

Яша подпевает.

Ш а р л о т т а. Ужасно поют эти люди... фуй! Как шакалы.

Д у н я ш а *(Яше)*. Все-таки какое счастье побывать за границей.

Я ш а. Да, конечно. Не могу с вами не согласиться. *(Зевает, потом закуривает сигару.)*

Е п и х о д о в. Понятное дело. За границей всё давно уж в полной комплекции.

Я ш а. Само собой.

Е п и х о д о в. Я развитой человек, читаю разные замечательные книги, но никак не могу понять направления, чего мне, собственно, хочется, жить мне или застрелиться, собственно говоря, но тем не менее я всегда ношу при себе револьвер. Вот он... *(Показывает револьвер.)*

Ш а р л о т т а. Кончила. Теперь пойду. *(Надевает ружье.)* Ты, Епиходов, очень умный человек и очень страшный; тебя должны безумно любить женщины. Бррр! *(Идет.)* Эти умники все такие глупые, не с кем мне поговорить... Все одна, одна, никого у меня нет и... и кто я, зачем я, неизвестно... *(Уходит не спеша.)*

Е п и х о д о в. Собственно говоря, не касаясь других предметов, я должен выразиться о себе, между прочим, что судьба относится ко мне без сожаления, как буря к небольшому кораблю. Если, допустим, я ошибаюсь, тогда зачем же сегодня утром я просыпаюсь, к примеру сказать, гляжу, а у меня на груди страшной величины паук... Вот такой. *(Показывает обеими руками.)* И тоже квасу возьмешь, чтобы напиться, а там, глядишь, что-нибудь в высшей степени неприличное, вроде таракана.

Пауза.

Вы читали Бокля?

Пауза.

Антон Павлович Чехов

Я желаю побеспокоить вас, Авдотья Федоровна, на пару слов.

Д у н я ш а. Говорите.

Е п и х о д о в. Мне бы желательно с вами наедине... *(Вздыхает.)*

Д у н я ш а *(смущенно)*. Хорошо... только сначала принесите мне мою тальмочку... Она около шкафа... тут немножко сыро...

Е п и х о д о в. Хорошо-с... принесу-с... Теперь я знаю, что мне делать с моим револьвером... *(Берет гитару и уходит, наигрывая.)*

Я ш а. Двадцать два несчастья! Глупый человек, между нами говоря. *(Зевает.)*

Д у н я ш а. Не дай бог, застрелится.

Пауза.

Я стала тревожная, все беспокоюсь. Меня еще девочкой взяли к господам, я теперь отвыкла от простой жизни, и вот руки белые-белые, как у барышни. Нежная стала, такая деликатная, благородная, всего боюсь... Страшно так. И если вы, Яша, обманете меня, то я не знаю, что будет с моими нервами.

Я ш а *(целует ее)*. Огурчик! Конечно, каждая девушка должна себя помнить, и я больше всего не люблю, ежели девушка дурного поведения.

Д у н я ш а. Я страстно полюбила вас, вы образованный, можете обо всем рассуждать.

Пауза.

Я ш а *(зевает).* Да-с... По-моему, так: ежели девушка кого любит, то она, значит, безнравственная.

Пауза.

Приятно выкурить сигару на чистом воздухе... *(Прислушивается.)* Сюда идут... Это господа...

Дуняша порывисто обнимает его.

Идите домой, будто ходили на реку купаться, идите этой дорожкой, а то встретятся и подумают про меня, будто я с вами на свидании. Терпеть этого не могу.

Д у н я ш а *(тихо кашляет).* У меня от сигары голова разболелась... *(Уходит.)*

Яша остается, сидит возле часовни. Входят Л ю-
бовь Андреевна, Гаев иЛопахин.

Л о п а х и н. Надо окончательно решить — время не ждет. Вопрос ведь совсем пустой. Согласны вы отдать землю под дачи или нет? Ответьте одно слово: да или нет? Только одно слово!

Л ю б о в ь А н д р е е в н а. Кто это здесь курит отвратительные сигары... *(Садится.)*

Г а е в. Вот железную дорогу построили, и стало удобно. *(Садится.)* Съездили в город и позавтракали... желтого в середину! Мне бы сначала пойти в дом, сыграть одну партию...

Л ю б о в ь А н д р е е в н а. Успеешь.

Антон Павлович Чехов

Л о п а х и н. Только одно слово! *(Умоляюще.)* Дайте же мне ответ!

Г а е в *(зевая)*. Кого?

Л ю б о в ь А н д р е е в н а *(глядит в свое портмоне)*. Вчера было много денег, а сегодня совсем мало. Бедная моя Варя из экономии кормит всех молочным супом, на кухне старикам дают один горох, а я трачу как-то бессмысленно... *(Уронила портмоне, рассыпала золотые.)* Ну, посыпались... *(Ей досадно.)*

Я ш а. Позвольте, я сейчас подберу. *(Собирает монеты.)*

Л ю б о в ь А н д р е е в н а. Будьте добры, Яша. И зачем я поехала завтракать... Дрянной ваш ресторан с музыкой, скатерти пахнут мылом... Зачем так много пить, Леня? Зачем так много есть? Зачем так много говорить? Сегодня в ресторане ты говорил опять много и все некстати. О семидесятых годах, о декадентах. И кому? Половым говорить о декадентах!

Л о п а х и н. Да.

Г а е в *(машет рукой)*. Я неисправим, это очевидно... *(Раздраженно Яше.)* Что такое, постоянно вертишься перед глазами...

Я ш а *(смеется)*. Я не могу без смеха вашего голоса слышать.

Г а е в *(сестре)*. Или я, или он...

Л ю б о в ь А н д р е е в н а. Уходите, Яша, ступайте...

Я ш а *(отдает Любови Андреевне кошелек)*.

Сейчас уйду. *(Едва удерживается от смеха.)* Сию минуту... *(Уходит.)*

Л о п а х и н. Ваше имение собирается купить богач Дериганов. На торги, говорят, приедет сам лично.

Л ю б о в ь   А н д р е е в н а. А вы откуда слышали?

Л о п а х и н. В городе говорят.

Г а е в. Ярославская тетушка обещала прислать, а когда и сколько пришлет, неизвестно...

Л о п а х и н. Сколько она пришлет? Тысяч сто? Двести?

Л ю б о в ь   А н д р е е в н а. Ну... Тысяч десять — пятнадцать, и на том спасибо.

Л о п а х и н. Простите, таких легкомысленных людей, как вы, господа, таких неделовых, странных, я еще не встречал. Вам говорят русским языком, имение ваше продается, а вы точно не понимаете.

Л ю б о в ь   А н д р е е в н а. Что же нам делать? Научите, что?

Л о п а х и н. Я вас каждый день учу. Каждый день я говорю все одно и то же. И вишневый сад, и землю необходимо отдать в аренду под дачи, сделать это теперь же, поскорее — аукцион на носу! Поймите! Раз окончательно решите, чтобы были дачи, так денег вам дадут сколько угодно, и вы тогда спасены.

Л ю б о в ь   А н д р е е в н а. Дачи и дачники — это так пошло, простите.

Г а е в. Совершенно с тобой согласен.

Л о п а х и н. Я или зарыдаю, или закричу, или в обморок упаду. Не могу! Вы меня замучили! *(Гаеву.)* Баба вы!

Г а е в. Кого?

Л о п а х и н. Баба! *(Хочет уйти.)*

Л ю б о в ь А н д р е е в н а *(испуганно)*. Нет, не уходите, останьтесь, голубчик. Прошу вас. Может быть, надумаем что-нибудь!

Л о п а х и н. О чем тут думать!

Л ю б о в ь А н д р е е в н а. Не уходите, прошу вас. С вами все-таки веселее...

Пауза.

Я все жду чего-то, как будто над нами должен обвалиться дом.

Г а е в *(в глубоком раздумье)*. Дуплет в угол... Круазе в середину...

Л ю б о в ь А н д р е е в н а. Уж очень много мы грешили...

Л о п а х и н. Какие у вас грехи...

Г а е в *(кладет в рот леденец)*. Говорят, что я все свое состояние проел на леденцах... *(Смеется.)*

Л ю б о в ь А н д р е е в н а. О, мои грехи... Я всегда сорила деньгами без удержу, как сумасшедшая, и вышла замуж за человека, который делал одни только долги. Муж мой умер от шампанского, — он страшно пил, — и на несчастье я полюбила другого, сошлась, и как раз в это время, — это было первое наказание, удар прямо в голову, — вот тут на реке... утонул мой мальчик, и я уехала за границу, совсем уехала, чтобы никогда не возвращаться, не видеть этой реки... Я закрыла глаза, бежала, себя не помня, а он за мной... безжалостно, грубо. Купила я дачу возле Ментоны, так как он заболел там, и три года я не знала отдыха ни днем, ни ночью; больной измучил меня, душа моя высохла. А в прошлом году, когда дачу продали за долги, я уехала в Париж, и там он обобрал меня, бросил, сошелся с другой, я пробовала отравиться... Так глупо, так стыдно... И потянуло вдруг в Россию, на родину, к девочке моей... *(Утирает слезы.)* Господи, Господи, будь милостив, прости мне грехи мои! Не наказывай меня больше! *(Достает из кармана телеграмму.)* Получила сегодня из Парижа... Просит прощения, умоляет вернуться... *(Рвет телеграмму.)* Словно где-то музыка. *(Прислушивается.)*

Г а е в. Это наш знаменитый еврейский оркестр. Помнишь, четыре скрипки, флейта и контрабас.

Л ю б о в ь А н д р е е в н а. Он еще существует? Его бы к нам зазвать как-нибудь, устроить вечерок.

Л о п а х и н *(прислушивается)*. Не слыхать... *(Тихо напевает.)* «И за деньги русака немцы офранцузят». *(Смеется.)* Какую я вчера пьесу смотрел в театре, очень смешно.

Любовь Андреевна. И, наверное, ничего нет смешного. Вам не пьесы смотреть, а смотреть бы почаще на самих себя. Как вы все серо живете, как много говорите ненужного.

Лопахин. Это правда. Надо прямо говорить, жизнь у нас дурацкая...

Пауза.

Мой папаша был мужик, идиот, ничего не понимал, меня не учил, а только бил спьяна, и все палкой. В сущности, и я такой же болван и идиот. Ничему не обучался, почерк у меня скверный, пишу я так, что от людей совестно, как свинья.

Любовь Андреевна. Жениться вам нужно, мой друг.

Лопахин. Да... Это правда.

Любовь Андреевна. На нашей бы Варе. Она хорошая девушка.

Лопахин. Да.

Любовь Андреевна. Она у меня из простых, работает целый день, а главное, вас любит. Да и вам-то давно нравится.

Лопахин. Что же? Я не прочь... Она хорошая девушка.

Пауза.

Гаев. Мне предлагают место в банке. Шесть тысяч в год... Слыхала?

Любовь Андреевна. Где тебе! Сиди уж...

Фирс входит; он принес пальто.

Фирс (*Гаеву*). Извольте, сударь, надеть, а то сыро.

Гаев (*надевает пальто*). Надоел ты, брат.

Фирс. Нечего там... Утром уехали, не сказавшись. (*Оглядывает его.*)

Любовь Андреевна. Как ты постарел, Фирс!

Фирс. Чего изволите?

Лопахин. Говорят, ты постарел очень!

Фирс. Живу давно. Меня женить собирались, а вашего папаши еще на свете не было... (*Смеется.*) А воля вышла, я уже старшим камердинером был. Тогда я не согласился на волю, остался при господах...

Пауза.

И помню, все рады, а чему рады, и сами не знают.

Лопахин. Прежде очень хорошо было. По крайней мере, драли.

Фирс (*не расслышав*). А еще бы. Мужики при господах, господа при мужиках, а теперь все враздробь, не поймешь ничего.

Гаев. Помолчи, Фирс. Завтра мне нужно в город. Обещали познакомить с одним генералом, который может дать под вексель.

Лопахин. Ничего у вас не выйдет. И не заплатите вы процентов, будьте покойны.

Любовь Андреевна. Это он бредит. Никаких генералов нет.

Входят Трофимов, Аня и Варя.

Гаев. А вот и наши идут.

Аня. Мама сидит.

Любовь Андреевна *(нежно).* Иди, иди... Родные мои... *(Обнимая Аню и Варю.)* Если бы вы обе знали, как я вас люблю. Садитесь рядом, вот так.

Все усаживаются.

Лопахин. Наш вечный студент все с барышнями ходит.

Трофимов. Не ваше дело.

Лопахин. Ему пятьдесят лет скоро, а он все еще студент.

Трофимов. Оставьте ваши дурацкие шутки.

Лопахин. Что же ты, чудак, сердишься?

Трофимов. А ты не приставай.

Лопахин *(смеется).* Позвольте вас спросить, как вы обо мне понимаете?

Трофимов. Я, Ермолай Алексеич, так понимаю: вы богатый человек, будете скоро миллионером. Вот как в смысле обмена веществ нужен хищный зверь, который съедает все, что попадается ему на пути, так и ты нужен.

Все смеются.

В а р я. Вы, Петя, расскажите лучше о планетах.

Л ю б о в ь А н д р е е в н а. Нет, давайте продолжим вчерашний разговор.

Т р о ф и м о в. О чем это?

Г а е в. О гордом человеке.

Т р о ф и м о в. Мы вчера говорили долго, но ни к чему не пришли. В гордом человеке, в вашем смысле, есть что-то мистическое. Быть может, вы и правы по-своему, но если рассуждать попросту, без затей, то какая там гордость, есть ли в ней смысл, если человек физиологически устроен неважно, если в своем громадном большинстве он груб, неумен, глубоко несчастлив. Надо перестать восхищаться собой. Надо бы только работать.

Г а е в. Все равно умрешь.

Т р о ф и м о в. Кто знает? И что значит — умрешь? Быть может, у человека сто чувств и со смертью погибают только пять, известных нам, а остальные девяносто пять остаются живы.

Л ю б о в ь А н д р е е в н а. Какой вы умный, Петя!..

Л о п а х и н *(иронически).* Страсть!

Т р о ф и м о в. Человечество идет вперед, совершенствуя свои силы. Все, что недосягаемо для него теперь, когда-нибудь станет близким, понятным, только вот надо работать, помогать всеми силами тем, кто ищет истину.

Антон Павлович Чехов

У нас, в России, работают пока очень немногие. Громадное большинство той интеллигенции, какую я знаю, ничего не ищет, ничего не делает и к труду пока не способно. Называют себя интеллигенцией, а прислуге говорят «ты», с мужиками обращаются, как с животными, учатся плохо, серьезно ничего не читают, ровно ничего не делают, о науках только говорят, в искусстве понимают мало. Все серьезны, у всех строгие лица, все говорят только о важном, философствуют, а между тем у всех на глазах рабочие едят отвратительно, спят без подушек, по тридцати, по сорока в одной комнате, везде клопы, смрад, сырость, нравственная нечистота... И, очевидно, все хорошие разговоры у нас для того только, чтобы отвести глаза себе и другим. Укажите мне, где у нас ясли, о которых говорят так много и часто, где читальни? О них только в романах пишут, на деле же их нет совсем. Есть только грязь, пошлость, азиатчина... Я боюсь и не люблю очень серьезных физиономий, боюсь серьезных разговоров. Лучше помолчим!

Л о п а х и н. Знаете, я встаю в пятом часу утра, работаю с утра до вечера, ну, у меня постоянно деньги свои и чужие, и я вижу, какие кругом люди. Надо только начать делать что-нибудь, чтобы понять, как мало честных, порядочных людей. Иной раз, когда не спится, я думаю: Господи, ты дал нам громадные леса, необъятные поля, глубочайшие горизонты, и, живя тут, мы сами должны бы по-настоящему быть великанами...

Л ю б о в ь   А н д р е е в н а. Вам понадобились великаны... Они только в сказках хороши, а так они пугают.

В глубине сцены проходит Е п и х о д о в и играет на гитаре.

(Задумчиво.) Епиходов идет...

А н я (задумчиво). Епиходов идет...

Г а е в. Солнце село, господа.

Т р о ф и м о в. Да.

Г а е в (негромко, как бы декламируя). О природа, дивная, ты блещешь вечным сиянием, прекрасная и равнодушная, ты, которую мы называем матерью, сочетаешь в себе бытие и смерть, ты живишь и разрушаешь...

В а р я (умоляюще). Дядечка!

А н я. Дядя, ты опять!

Т р о ф и м о в. Вы лучше желтого в середину дуплетом.

Г а е в. Я молчу, молчу.

Все сидят, задумались. Тишина. Слышно только, как тихо бормочет Фирс. Вдруг раздается отдаленный звук, точно с неба, звук лопнувшей струны, замирающий, печальный.

Л ю б о в ь   А н д р е е в н а. Это что?

Антон Павлович Чехов

Л о п а х и н. Не знаю. Где-нибудь далеко в шахтах сорвалась бадья. Но где-нибудь очень далеко.

Г а е в. А может быть, птица какая-нибудь... вроде цапли.

Т р о ф и м о в. Или филин...

Л ю б о в ь А н д р е е в н а *(вздрагивает)*. Неприятно почему-то.

Пауза.

Ф и р с. Перед несчастьем то же было: и сова кричала, и самовар гудел бесперечь.

Г а е в. Перед каким несчастьем?

Ф и р с. Перед волей.

Пауза.

Л ю б о в ь А н д р е е в н а. Знаете, друзья, пойдемте, уже вечереет. *(Ане.)* У тебя на глазах слезы... Что ты, девочка? *(Обнимает ее.)*

А н я. Это так, мама. Ничего.

Т р о ф и м о в. Кто-то идет.

Показывается П р о х о ж и й в белой потасканной фуражке, в пальто; он слегка пьян.

П р о х о ж и й. Позвольте вас спросить, могу ли я пройти здесь прямо на станцию?

Г а е в. Можете. Идите по этой дороге.

П р о х о ж и й. Чувствительно вам благодарен. *(Кашлянув.)* Погода превосходная... *(Декламирует.)* Брат мой, страдающий брат... выдь на Волгу, чей стон... *(Варе.)* Мадемуазель, позвольте голодному россиянину копеек тридцать...

Варя испугалась, вскрикивает.

Л о п а х и н *(сердито).* Всякому безобразию есть свое приличие!

Л ю б о в ь   А н д р е е в н а *(оторопев).* Возьмите... вот вам... *(Ищет в портмоне.)* Серебра нет... Все равно, вот вам золотой...

П р о х о ж и й. Чувствительно вам благодарен! *(Уходит.)*

Смех.

В а р я *(испуганная).* Я уйду... я уйду... Ах, мамочка, дома людям есть нечего, а вы ему отдали золотой.

Л ю б о в ь   А н д р е е в н а. Что ж со мной, глупой, делать! Я тебе дома отдам все, что у меня есть. Ермолай Алексеич, дадите мне еще взаймы!..

Л о п а х и н. Слушаю.

Л ю б о в ь   А н д р е е в н а. Пойдемте, господа, пора. А тут, Варя, мы тебя совсем просватали, поздравляю.

В а р я *(сквозь слезы).* Этим, мама, шутить нельзя.

Л о п а х и н. Охмелия, иди в монастырь...

Антон Павлович Чехов

Га е в. А у меня дрожат руки: давно не играл на бильярде.

Л о п а х и н. Охмелия, о нимфа, помяни меня в твоих молитвах!

Л ю б о в ь А н д р е е в н а. Идемте, господа. Скоро ужинать.

В а р я. Напугал он меня. Сердце так и стучит.

Л о п а х и н. Напоминаю вам, господа: двадцать второго августа будет продаваться вишневый сад. Думайте об этом!.. Думайте!..

Уходят все, кроме Трофимова и Ани.

А н я *(смеясь)*. Спасибо прохожему, напугал Варю, теперь мы одни.

Т р о ф и м о в. Варя боится, а вдруг мы полюбим друг друга, и целые дни не отходит от нас. Она своей узкой головой не может понять, что мы выше любви. Обойти то мелкое и призрачное, что мешает быть свободным и счастливым, — вот цель и смысл нашей жизни. Вперед! Мы идем неудержимо к яркой звезде, которая горит там вдали! Вперед! Не отставай, друзья!

А н я *(всплескивая руками)*. Как хорошо вы говорите!

Пауза.

Сегодня здесь дивно!

Т р о ф и м о в. Да, погода удивительная.

А н я. Что вы со мной сделали, Петя, отчего я уже не люблю вишневого сада, как прежде. Я любила его так нежно, мне казалось, на земле нет лучше места, как наш сад.

Т р о ф и м о в. Вся Россия наш сад. Земля велика и прекрасна, есть на ней много чудесных мест.

Пауза.

Подумайте, Аня: ваш дед, прадед и все ваши предки были крепостники, владевшие живыми душами, и неужели с каждой вишни в саду, с каждого листка, с каждого ствола не глядят на вас человеческие существа, неужели вы не слышите голосов... Владеть живыми душами — ведь это переродило всех вас, живших раньше и теперь живущих, так что ваша мать, вы, дядя уже не замечаете, что вы живете в долг, на чужой счет, на счет тех людей, которых вы не пускаете дальше передней... Мы отстали по крайней мере лет на двести, у нас нет еще ровно ничего, нет определенного отношения к прошлому, мы только философствуем, жалуемся на тоску или пьем водку. Ведь так ясно, чтобы начать жить в настоящем, надо сначала искупить наше прошлое, покончить с ним, а искупить его можно только страданием, только необычайным, непрерывным трудом. Поймите это, Аня.

Антон Павлович Чехов

А н я. Дом, в котором мы живем, давно уже не наш дом, и я уйду, даю вам слово.

Т р о ф и м о в. Если у вас есть ключи от хозяйства, то бросьте их в колодец и уходите. Будьте свободны, как ветер.

А н я *(в восторге)*. Как хорошо вы сказали!

Т р о ф и м о в. Верьте мне, Аня, верьте! Мне еще нет тридцати, я молод, я еще студент, но я уже столько вынес! Как зима, так я голоден, болен, встревожен, беден, как нищий, и — куда только судьба не гоняла меня, где я только не был! И все же душа моя всегда, во всякую минуту, и днем и ночью, была полна неизъяснимых предчувствий. Я предчувствую счастье, Аня, я уже вижу его...

А н я *(задумчиво)*. Восходит луна.

Слышно, как Епиходов играет на гитаре все ту же грустную песню. Восходит луна. Где-то около тополей Варя ищет Аню и зовет: «Аня! Где ты?»

Т р о ф и м о в. Да, восходит луна.

Пауза.

Вот оно, счастье, вот оно идет, подходит все ближе и ближе, я уже слышу его шаги. И если мы не увидим, не узнаем его, то что за беда? Его увидят другие!

Голос Вари: «Аня! Где ты?»

Опять эта Варя! *(Сердито.)* Возмутительно!

А н я. Что ж? Пойдемте к реке. Там хорошо.
Т р о ф и м о в. Пойдемте.

Идут.
Голос Вари: «Аня! Аня!»

З а н а в е с

Действие третье

Гостиная, отделенная аркой от залы. Горит люстра.
Слышно, как в передней играет еврейский оркестр,
тот самый, о котором упоминается во втором акте.
Вечер. В зале танцуют grand-rond. Голос Симеоно-
ва-Пищика: «Promenade à une paire!» Выходят в гостиную: в первой паре П и щ и к и Ш а р л о т т а
И в а н о в н а, во второй — Т р о ф и м о в и Л ю-
б о в ь А н д р е е в н а, в третьей — А н я с почтовым чиновником, в четвертой — В а р я с начальником станции и т. д. Варя тихо плачет
и, танцуя, утирает слезы. В последней паре Д у н я-
ш а. Идут по гостиной. Пищик кричит: «Grand-
rond, balancez!» и «Les cavaliers à genoux et remerciez
vos dames!»*
Ф и р с во фраке проносит на подносе сельтерскую
воду. Входят в гостиную П и щ и к и Т р о ф и м о в.

П и щ и к. Я полнокровный, со мной уже
два раза удар был, танцевать трудно, но, как
говорится, попал в стаю, лай не лай, а хвостом

---

* «Променад парами!»... «Большой круг, балансе!»...
«Кавалеры, на колени и благодарите дам» *(фр.)*.

виляй. Здоровье-то у меня лошадиное. Мой покойный родитель, шутник, царство небесное, насчет нашего происхождения говорил так, будто древний род наш Симеоновых-Пищиков происходит будто бы от той самой лошади, которую Калигула посадил в сенате... *(Садится.)* Но вот беда: денег нет! Голодная собака верует только в мясо... *(Храпит и тотчас же просыпается.)* Так и я... могу только про деньги...

Т р о ф и м о в. А у вас в фигуре в самом деле есть что-то лошадиное.

П и щ и к. Что ж... лошадь хороший зверь... лошадь продать можно...

Слышно, как в соседней комнате играют на бильярде. В зале под аркой показывается В а р я.

Т р о ф и м о в *(дразнит)*. Мадам Лопахина! Мадам Лопахина!..

В а р я *(сердито)*. Облезлый барин!

Т р о ф и м о в. Да, я облезлый барин и горжусь этим!

В а р я *(в горьком раздумье)*. Вот наняли музыкантов, а чем платить? *(Уходит.)*

Т р о ф и м о в *(Пищику)*. Если бы энергия, которую вы в течение всей вашей жизни затратили на поиски денег для уплаты процентов, пошла у вас на что-нибудь другое, то, вероятно, в конце концов вы могли бы перевернуть землю.

П и щ и к. Ницше... философ... величайший, знаменитейший... громадного ума человек, говорит в своих сочинениях, будто фальшивые бумажки делать можно.

Т р о ф и м о в. А вы читали Ницше?

П и щ и к. Ну... Мне Дашенька говорила. А я теперь в таком положении, что хоть фальшивые бумажки делай... Послезавтра триста десять рублей платить... Сто тридцать уже достал... *(Ощупывает карманы, встревоженно.)* Деньги пропали! Потерял деньги! *(Сквозь слезы.)* Где деньги? *(Радостно).* Вот они, за подкладкой... Даже в пот ударило...

Входят Л ю б о в ь А н д р е е в н а и Ш а р л о т т а И в а н о в н а.

Л ю б о в ь А н д р е е в н а *(напевает лезгинку).* Отчего так долго нет Леонида? Что он делает в городе? *(Дуняше.)* Дуняша, предложите музыкантам чаю...

Т р о ф и м о в. Торги не состоялись, по всей вероятности.

Л ю б о в ь А н д р е е в н а. И музыканты пришли некстати, и бал мы затеяли некстати... Ну, ничего... *(Садится и тихо напевает.)*

Ш а р л о т т а *(подает Пищику колоду карт).* Вот вам колода карт, задумайте какую-нибудь одну карту.

П и щ и к. Задумал.

Ш а р л о т т а. Тасуйте теперь колоду. Очень

Антон Павлович Чехов

хорошо. Дайте сюда, о мой милый господин Пищик. Ein, zwei, drei!* Теперь поищите, она у вас в боковом кармане...

П и щ и к *(достает из бокового кармана карту)*. Восьмерка пик, совершенно верно! *(Удивляясь.)* Вы подумайте!

Ш а р л о т т а *(держит на ладони колоду карт, Трофимову)*. Говорите скорее, какая карта сверху?

Т р о ф и м о в. Что ж? Ну, дама пик.

Ш а р л о т т а. Есть! *(Пищику.)* Ну? Какая карта сверху?

П и щ и к. Туз червовый.

Ш а р л о т т а. Есть!.. *(Бьет по ладони, колода карт исчезает.)* А какая сегодня хорошая погода!

Ей отвечает таинственный женский голос, точно из-под пола: «О да, погода великолепная, сударыня».

Вы такой хороший мой идеал...

Г о л о с: «Вы, сударыня, мне тоже очень понравился».

Н а ч а л ь н и к с т а н ц и и *(аплодирует)*. Госпожа чревовещательница, браво!

П и щ и к *(удивляясь)*. Вы подумайте! Очаровательнейшая Шарлотта Ивановна... я просто влюблен...

---

* Раз, два, три! *(нем.)*

Ш а р л о т т а. Влюблен? *(Пожав плечами.)* Разве вы можете любить? Guter Mensch, aber schlechter Musikant[*].

Т р о ф и м о в *(хлопает Пищика по плечу).* Лошадь вы этакая...

Ш а р л о т т а. Прошу внимания, еще один фокус. *(Берет со стула плед.)* Вот очень хороший плед, я желаю продавать... *(Встряхивает.)* Не желает ли кто покупать?

П и щ и к *(удивляясь).* Вы подумайте!

Ш а р л о т т а. Ein, zwei, drei! *(Быстро поднимает опущенный плед.)*

За пледом стоит Аня; она делает реверанс, бежит к матери, обнимает ее и убегает назад в залу при общем восторге.

Л ю б о в ь А н д р е е в н а *(аплодирует).* Браво, браво!..

Ш а р л о т т а. Теперь еще! Ein, zwei, drei.

Поднимает плед; за пледом стоит Варя и кланяется.

П и щ и к *(удивляясь).* Вы подумайте!

Ш а р л о т т а. Конец! *(Бросает плед на Пищика, делает реверанс и убегает в залу.)*

П и щ и к *(спешит за ней).* Злодейка... какова? Какова? *(Уходит.)*

Л ю б о в ь А н д р е е в н а. А Леонида все нет. Что он делает в городе так долго, не понимаю! Ведь все уже кончено там, имение продано или

_____
[*] Хороший человек, но плохой музыкант *(нем.).*

торги не состоялись, зачем же так долго держать в неведении!

В а р я *(стараясь ее утешить).* Дядечка купил, я в этом уверена.

Т р о ф и м о в *(насмешливо).* Да.

В а р я. Бабушка прислала ему доверенность, чтобы он купил на ее имя с переводом долга. Это она для Ани. И я уверена, Бог поможет, дядечка купит.

Л ю б о в ь А н д р е е в н а. Ярославская бабушка прислала пятнадцать тысяч, чтобы купить имение на ее имя, — нам она не верит, — а этих денег не хватило бы даже проценты заплатить. *(Закрывает лицо руками.)* Сегодня судьба моя решается, судьба...

Т р о ф и м о в *(дразнит Варю).* Мадам Лопахина!

В а р я *(сердито).* Вечный студент! Уже два раза увольняли из университета.

Л ю б о в ь А н д р е е в н а. Что же ты сердишься, Варя? Он дразнит тебя Лопахиным, ну что ж? Хочешь — выходи за Лопахина, он хороший, интересный человек. Не хочешь — не выходи; тебя, дуся, никто не неволит...

В а р я. Я смотрю на это дело серьезно, мамочка, надо прямо говорить. Он хороший человек, мне нравится.

Л ю б о в ь А н д р е е в н а. И выходи. Что же ждать, не понимаю!

В а р я. Мамочка, не могу же я сама делать ему предложение. Вот уже два года все мне говорят про него, все говорят, а он или молчит, или шутит. Я понимаю. Он богатеет, занят делом, ему не до меня. Если бы были деньги, хоть немного, хоть бы сто рублей, бросила бы я все, ушла бы подальше. В монастырь бы ушла.

Т р о ф и м о в. Благолепие!

В а р я *(Трофимову).* Студенту надо быть умным! *(Мягким тоном, со слезами.)* Какой вы стали некрасивый, Петя, как постарели! *(Любови Андреевне, уже не плача.)* Только вот без дела не могу, мамочка. Мне каждую минуту надо что-нибудь делать.

Входит Я ш а.

Я ш а *(едва удерживаясь от смеха).* Епиходов бильярдный кий сломал!.. *(Уходит.)*

В а р я. Зачем же Епиходов здесь? Кто ему позволил на бильярде играть? Не понимаю этих людей... *(Уходит.)*

Л ю б о в ь А н д р е е в н а. Не дразните ее, Петя, вы видите, она и без того в горе.

Т р о ф и м о в. Уж очень она усердная, не в свое дело суется. Все лето не давала покоя ни мне, ни Ане, боялась, как бы у нас романа не вышло. Какое ей дело? И к тому же я вида не подавал, я так далек от пошлости. Мы выше любви!

Антон Павлович Чехов

Л ю б о в ь   А н д р е е в н а. А я вот, должно быть, ниже любви. *(В сильном беспокойстве.)* Отчего нет Леонида? Только бы знать: продано имение или нет? Несчастье представляется мне до такой степени невероятным, что даже как-то не знаю, что думать, теряюсь... Я могу сейчас крикнуть... могу глупость сделать. Спасите меня, Петя. Говорите же что-нибудь, говорите...

Т р о ф и м о в. Продано ли сегодня имение или не продано — не все ли равно? С ним давно уже покончено, нет поворота назад, заросла дорожка. Успокойтесь, дорогая. Не надо обманывать себя, надо хоть раз в жизни взглянуть правде прямо в глаза.

Л ю б о в ь   А н д р е е в н а. Какой правде? Вы видите, где правда и где неправда, а я точно потеряла зрение, ничего не вижу. Вы смело решаете все важные вопросы, но скажите, голубчик, не потому ли это, что вы молоды, что вы не успели перестрадать ни одного вашего вопроса? Вы смело смотрите вперед, и не потому ли, что не видите и не ждете ничего страшного, так как жизнь еще скрыта от ваших молодых глаз? Вы смелее, честнее, глубже нас, но вдумайтесь, будьте великодушны хоть на кончике пальца, пощадите меня. Ведь я родилась здесь, здесь жили мои отец и мать, мой дед, я люблю этот дом, без вишневого сада я не понимаю своей жизни, и если уж так нужно продавать, то продавайте и меня вместе с садом... *(Обнимает Трофимова, целует его в лоб.)* Ведь мой сын утонул здесь... *(Плачет.)* Пожалейте меня, хороший, добрый человек.

Т р о ф и м о в. Вы знаете, я сочувствую всей душой.

Л ю б о в ь   А н д р е е в н а. Но надо иначе, иначе это сказать... *(Вынимает платок, на пол падает телеграмма.)* У меня сегодня тяжело на душе, вы не можете себе представить. Здесь мне шумно, дрожит душа от каждого звука, я вся дрожу, а уйти к себе не могу, мне одной в тишине страшно. Не осуждайте меня, Петя... Я вас люблю, как родного. Я охотно бы отдала за вас Аню, клянусь вам, только, голубчик, надо же учиться, надо курс кончить. Вы ничего не делаете, только судьба бросает вас с места на место, так это странно... Не правда ли? Да? И надо же что-нибудь с бородой сделать, чтобы она росла как-нибудь... *(Смеется.)* Смешной вы!

Т р о ф и м о в *(поднимает телеграмму)*. Я не желаю быть красавцем.

Л ю б о в ь   А н д р е е в н а. Это из Парижа телеграмма. Каждый день получаю. И вчера, и сегодня. Этот дикий человек опять заболел, опять с ним нехорошо... Он просит прощения, умоляет приехать, и по-настоящему мне следовало бы съездить в Париж, побыть возле него. У вас, Петя, строгое лицо, но что же делать, голубчик мой, что мне делать, он болен, он одинок, несчастлив, а кто там поглядит за ним, кто удержит его от ошибок, кто даст ему вовремя лекарство? И что ж тут скрывать или молчать, я люблю его, это ясно. Люблю, люблю... Это камень на моей шее, я иду с ним на дно, но я люблю этот камень и жить без него не могу. *(Жмет Трофимову руку.)* Не думайте дурно, Петя, не говорите мне ничего, не говорите...

Т р о ф и м о в *(сквозь слезы)*. Простите за откровенность, бога ради: ведь он обобрал вас!

Л ю б о в ь А н д р е е в н а. Нет, нет, нет, не надо говорить так... *(Закрывает уши.)*

Т р о ф и м о в. Ведь он негодяй, только вы одна не знаете этого! Он мелкий негодяй, ничтожество...

Л ю б о в ь А н д р е е в н а *(рассердившись, но сдержанно)*. Вам двадцать шесть лет или двадцать семь, а вы все еще гимназист второго класса!

Т р о ф и м о в. Пусть!

Л ю б о в ь А н д р е е в н а. Надо быть мужчиной, в ваши годы надо понимать тех, кто любит. И надо самому любить... надо влюбляться! *(Сердито.)* Да, да! И у вас нет чистоты, а вы просто чистюлька, смешной чудак, урод...

Т р о ф и м о в *(в ужасе)*. Что она говорит!

Любовь Андреевна. «Я выше любви!» Вы не выше любви, а просто, как вот говорит наш Фирс, вы недотёпа. В ваши годы не иметь любовницы!..

Трофимов (в ужасе). Это ужасно! Что она говорит?! (Идет быстро в залу, схватив себя за голову.) Это ужасно... Не могу, я уйду... (Уходит, но тотчас же возвращается.) Между нами все кончено! (Уходит в переднюю.)

Любовь Андреевна (кричит вслед). Петя, погодите! Смешной человек, я пошутила! Петя!

Слышно, как в передней кто-то быстро идет по лестнице и вдруг с грохотом падает вниз. Аня и Варя вскрикивают, но тотчас же слышится смех.

Что там такое?

Вбегает Аня.

Аня (смеясь). Петя с лестницы упал! (Убегает.)

Любовь Андреевна. Какой чудак этот Петя...

Начальник станции останавливается среди залы и читает «Грешницу» А. Толстого. Его слушают, но едва он прочел несколько строк, как из передней доносятся звуки вальса, и чтение обрывается. Все танцуют. Проходят из передней Трофимов, Аня, Варя и Любовь Андреевна.

Ну, Петя... ну, чистая душа... я прощения прошу... Пойдемте танцевать... *(Танцует с Петей.)*

Аня и Варя танцуют. Ф и р с входит, ставит свою палку около боковой двери. Я ш а тоже вошел из гостиной, смотрит на танцы.

Я ш а. Что, дедушка?

Ф и р с. Нездоровится. Прежде у нас на балах танцевали генералы, бароны, адмиралы, а теперь посылаем за почтовым чиновником и начальником станции, да и те не в охотку идут. Что-то ослабел я. Барин покойный, дедушка, всех сургучом пользовал, от всех болезней. Я сургуч принимаю каждый день уже лет двадцать, а то и больше; может, я от него и жив.

Я ш а. Надоел ты, дед. *(Зевает.)* Хоть бы ты поскорее подох.

Ф и р с. Эх ты... недотёпа! *(Бормочет.)*

Трофимов и Любовь Андреевна танцуют в зале, потом в гостиной.

Л ю б о в ь А н д р е е в н а. Merci. Я посижу... *(Садится.)* Устала.

Входит А н я.

А н я *(взволнованно).* А сейчас на кухне какой-то человек говорил, что вишневый сад уже продан сегодня.

Л ю б о в ь А н д р е е в н а. Кому продан?

А н я. Не сказал, кому. Ушел. *(Танцует с Трофимовым, оба уходят в зал.)*

Я ш а. Это там какой-то старик болтал. Чужой.

Ф и р с. А Леонида Андреича еще нет, не приехал. Пальто на нем легкое, демисезон, того гляди простудится. Эх, молодо-зелено.

Л ю б о в ь А н д р е е в н а. Я сейчас умру. Подите, Яша, узнайте, кому продано.

Я ш а. Да он давно ушел, старик-то. *(Смеется.)*

Л ю б о в ь А н д р е е в н а *(с легкой досадой)*. Ну, чему вы смеетесь? Чему рады?

Я ш а. Очень уж Епиходов смешной. Пустой человек. Двадцать два несчастья.

Л ю б о в ь А н д р е е в н а. Фирс, если продадут имение, то куда ты пойдешь?

Ф и р с. Куда прикажете, туда и пойду.

Л ю б о в ь А н д р е е в н а. Отчего у тебя лицо такое? Ты нездоров? Шел бы, знаешь, спать...

Ф и р с. Да... *(С усмешкой.)* Я уйду спать, а без меня тут кто подаст, кто распорядится? Один на весь дом.

Я ш а *(Любови Андреевне)*. Любовь Андреевна! Позвольте обратиться к вам с просьбой, будьте так добры! Если опять поедете в Париж, то возьмите меня с собой, сделайте милость. Здесь мне оставаться положительно невозможно. *(Оглядываясь, вполголоса.)* Что ж там говорить, вы сами видите, страна необразованная, народ безнравственный, притом скука, на кухне кормят безобразно, а тут еще Фирс этот ходит, бормочет разные неподходящие слова. Возьмите меня с собой, будьте так добры!

Входит П и щ и к.

П и щ и к. Позвольте просить вас... на вальсишку, прекраснейшая... *(Любовь Андреевна идет с ним.)* Очаровательная, все-таки сто восемьдесят рубликов я возьму у вас... Возьму... *(Танцует.)* Сто восемьдесят рубликов...

Перешли в залу.

Я ш а *(тихо напевает).* «Поймешь ли ты души моей волненье...»

В зале фигура в сером цилиндре и в клетчатых панталонах, машет руками и прыгает; крики: «Браво, Шарлотта Ивановна!»

Д у н я ш а *(остановилась, чтобы попудриться).* Барышня велит мне танцевать — кавалеров много, а дам мало, — а у меня от танцев кружится голова, сердце бьется. Фирс Николаевич, а сейчас чиновник с почты такое мне сказал, что у меня дыхание захватило.

Музыка стихает.

Ф и р с. Что же он тебе сказал?
Д у н я ш а. Вы, говорит, как цветок.
Я ш а *(зевает).* Невежество... *(Уходит.)*

Д у н я ш а. Как цветок... Я такая деликатная девушка, ужасно люблю нежные слова.

Ф и р с. Закрутишься ты.

Входит Е п и х о д о в.

Е п и х о д о в. Вы, Авдотья Федоровна, не желаете меня видеть... как будто я какое насекомое. *(Вздыхает.)* Эх, жизнь!

Д у н я ш а. Что вам угодно?

Е п и х о д о в. Несомненно, может, вы и правы. *(Вздыхает.)* Но, конечно, если взглянуть с точки зрения, то вы, позволю себе так выразиться, извините за откровенность, совершенно привели меня в состояние духа. Я знаю свою фортуну, каждый день со мной случается какое-нибудь несчастье, и к этому я давно уже привык, так что с улыбкой гляжу на свою судьбу. Вы дали мне слово, и хотя я...

Д у н я ш а. Прошу вас, после поговорим, а теперь оставьте меня в покое. Теперь я мечтаю. *(Играет веером.)*

Е п и х о д о в. У меня несчастье каждый день, и я, позволю себе так выразиться, только улыбаюсь, даже смеюсь.

Входит из залы В а р я.

В а р я. Ты все еще не ушел, Семен? Какой же ты, право, неуважительный человек. *(Дуняше.)* Ступай отсюда, Дуняша. *(Епиходову.)* То на бильярде играешь и кий сломал, то по гостиной расхаживаешь, как гость.

Е п и х о д о в. С меня взыскивать, позвольте вам выразиться, вы не можете.

В а р я. Я не взыскиваю с тебя, а говорю. Только и знаешь, что ходишь с места на место, а делом не занимаешься. Конторщика держим, а неизвестно — для чего.

Е п и х о д о в *(обиженно)*. Работаю ли я, хожу ли, кушаю ли, играю ли на бильярде, про то могут рассуждать только люди понимающие и старшие.

В а р я. Ты смеешь мне говорить это! *(Вспылив.)* Ты смеешь? Значит, я ничего не понимаю? Убирайся же вон отсюда! Сию минуту!

Е п и х о д о в *(струсив)*. Прошу вас выражаться деликатным способом.

В а р я *(выйдя из себя)*. Сию же минуту вон отсюда! Вон!

Он идет к двери, она за ним.

Двадцать два несчастья! Чтобы духу твоего здесь не было! Чтобы глаза мои тебя не видели!

Епиходов вышел, за дверью его голос: «Я на вас буду жаловаться».

А, ты назад идешь? *(Хватает палку, поставленную около двери Фирсом.)* Иди... Иди... Иди, я тебе покажу... А, ты идешь? Идешь? Так вот же те-бе... *(Замахивается.)*

В это время входит Л о п а х и н.

Л о п а х и н. Покорнейше благодарю.

В а р я *(сердито и насмешливо)*. Виновата!

Л о п а х и н. Ничего-с. Покорно благодарю за приятное угощение.

В а р я. Не стоит благодарности. *(Отходит, потом оглядывается и спрашивает мягко.)* Я вас не ушибла?

Л о п а х и н. Нет, ничего. Шишка, однако, вскочит огромадная.

Голоса в зале: «Лопахин приехал! Ермолай Алексеич!»

П и щ и к. Видом видать, слыхом слыхать... *(Целуется с Лопахиным.)* Коньячком от тебя по-пахивает, милый мой, душа моя. А мы тут тоже веселимся.

Входит Л ю б о в ь А н д р е е в н а.

Л ю б о в ь А н д р е е в н а. Это вы, Ермолай Алексеич? Отчего так долго? Где Леонид?

Л о п а х и н. Леонид Андреич со мной прие-хал, он идет...

Л ю б о в ь А н д р е е в н а *(волнуясь)*. Ну, что? Были торги? Говорите же!

Л о п а х и н *(сконфуженно, боясь обнаружить свою радость)*. Торги кончились к четырем ча-сам... Мы к поезду опоздали, пришлось ждать до половины десятого. *(Тяжело вздохнув.)* Уф! У меня немножко голова кружится...

Входит Га е в, в правой руке у него покупки, левой он утирает слезы.

Л ю б о в ь А н д р е е в н а. Леня, что? Леня, ну? *(Нетерпеливо, со слезами.)* Скорей же, бога ради...

Г а е в *(ничего ей не отвечает, только машет рукой Фирсу, плача).* Вот возьми... Тут анчоусы, керченские сельди... Я сегодня ничего не ел... Столько я выстрадал!

Дверь в бильярдную открыта; слышен стук шаров и голос Яши: «Семь и восемнадцать!» У Гаева меняется выражение, он уже не плачет.

Устал я ужасно. Дашь мне, Фирс, переодеться. *(Уходит к себе через залу, за ним Фирс.)*

П и щ и к. Что на торгах? Рассказывай же!

Л ю б о в ь А н д р е е в н а. Продан вишневый сад?

Л о п а х и н. Продан.

Л ю б о в ь А н д р е е в н а. Кто купил?

Л о п а х и н. Я купил.

Пауза.

Любовь Андреевна угнетена; она упала бы, если бы не стояла возле кресла и стола. Варя снимает с пояса ключи, бросает их на пол, посреди гостиной, и уходит.

Я купил! Погодите, господа, сделайте милость, у меня в голове помутилось, говорить не могу... *(Смеется.)* Пришли мы на торги, там уже Дериганов. У Леонида Андреича было только пятнадцать тысяч, а Дериганов сверх долга сразу надавал тридцать. Вижу, дело такое, я схватился с ним, надавал сорок. Он сорок пять. Я пятьдесят пять. Он, значит, по пяти надбавляет, я по десяти... Ну, кончилось. Сверх долга я надавал девяносто, осталось за мной. Вишневый сад теперь мой! Мой! *(Хохочет.)* Боже мой, господи, вишневый сад мой! Скажите мне, что я пьян, не в своем уме, что все это мне представляется... *(Топочет ногами.)* Не смейтесь надо мной! Если бы отец мой и дед встали из гробов и посмотрели на все происшествие, как их Ермолай, битый, малограмотный Ермолай, который зимой босиком бегал, как этот самый Ермолай купил имение, прекрасней которого ничего нет на свете. Я купил имение, где дед и отец были рабами, где их не пускали даже в кухню. Я сплю, это только мерещится мне, это только кажется... Это плод вашего воображения, покрытый мраком неизвестности... *(Поднимает ключи, ласково улыбаясь.)* Бросила ключи, хочет показать, что она уж не хозяйка здесь... *(Звенит ключами.)* Ну, да все равно.

Слышно, как настраивается оркестр.

Антон Павлович Чехов

Эй, музыканты, играйте, я желаю вас слушать! Приходите все смотреть, как Ермолай Лопахин хватит топором по вишневому саду, как упадут на землю деревья! Настроим мы дач, и наши внуки и правнуки увидят тут новую жизнь... Музыка, играй!

> Играет музыка. Любовь Андреевна опустилась на стул и горько плачет.

(*С укором.*) Отчего же, отчего вы меня не послушали? Бедная моя, хорошая, не вернешь теперь. (*Со слезами.*) О, скорее бы все это прошло, скорее бы изменилась как-нибудь наша нескладная, несчастливая жизнь.

П и щ и к (*берет его под руку, вполголоса*). Она плачет. Пойдем в залу, пусть она одна... Пойдем... (*Берет его под руку и уводит в зал.*)

Л о п а х и н. Что ж такое? Музыка, играй отчетливо! Пускай всё, как я желаю! (*С иронией.*) Идет новый помещик, владелец вишневого сада! (*Толкнул нечаянно столик, едва не опрокинул канделябры.*) За все могу заплатить! (*Уходит с Пищиком.*)

> В зале и гостиной нет никого, кроме Любови Андреевны, которая сидит, сжалась вся и горько плачет. Тихо играет музыка. Быстро входят А н я и Т р о ф и м о в. Аня подходит к матери и становится перед ней на колени. Трофимов остается у входа в залу.

А н я. Мама!.. Мама, ты плачешь? Милая, добрая, хорошая моя мама, моя прекрасная, я люблю тебя... я благословляю тебя. Вишневый сад продан, его уже нет, это правда, правда, но не плачь, мама, у тебя осталась жизнь впереди, осталась твоя хорошая, чистая душа... Пойдем со мной, пойдем, милая, отсюда, пойдем!.. Мы насадим новый сад, роскошнее этого, ты увидишь его, поймешь, и радость, тихая, глубокая радость опустится на твою душу, как солнце в вечерний час, и ты улыбнешься, мама! Пойдем, милая! Пойдем!..

З а н а в е с

Действие четвертое

Декорация первого акта. Нет ни занавесей на окнах, ни картин, осталось немного мебели, которая сложена в один угол, точно для продажи. Чувствуется пустота. Около выходной двери и в глубине сцены сложены чемоданы, дорожные узлы и т. п. Налево дверь открыта, оттуда слышны голоса Вари и Ани. Л о п а х и н стоит, ждет. Я ш а держит поднос со стаканчиками, налитыми шампанским. В передней Е п и х о д о в увязывает ящик. За сценой в глубине гул. Это пришли прощаться мужики.
Голос Гаева: «Спасибо, братцы, спасибо вам».

Я ш а. Простой народ прощаться пришел. Я такого мнения, Ермолай Алексеич: народ добрый, но мало понимает.

Антон Павлович Чехов

Гул стихает. Входят через переднюю Л ю б о в ь А н - д р е е в н а и Г а е в; она не плачет, но бледна, лицо ее дрожит, она не может говорить.

Г а е в. Ты отдала им свой кошелек, Люба. Так нельзя! Так нельзя!

Л ю б о в ь А н д р е е в н а. Я не смогла! Я не смогла!

Оба уходят.

Л о п а х и н *(в дверь, им вслед).* Пожалуйте, покорнейше прошу! По стаканчику на прощанье. Из города не догадался привезть, а на станции нашел только одну бутылку. Пожалуйте!

Пауза.

Что ж, господа! Не желаете? *(Отходит от двери.)* Знал бы — не покупал. Ну, и я пить не стану.

Яша осторожно ставит поднос на стул.

Выпей, Яша, хоть ты.

Я ш а. С отъезжающими! Счастливо оставаться! *(Пьет.)* Это шампанское не настоящее, могу вас уверить.

Л о п а х и н. Восемь рублей бутылка.

Пауза.

Холодно здесь чертовски.

Я ш а. Не топили сегодня, все равно уезжаем. *(Смеется.)*

Л о п а х и н. Что ты?

Я ш а. От удовольствия.

Л о п а х и н. На дворе октябрь, а солнечно и тихо, как летом. Строиться хорошо. *(Поглядев на часы в дверь.)* Господа, имейте в виду, до поезда осталось всего сорок шесть минут! Значит, через двадцать минут на станцию ехать. Поторапливайтесь.

Т р о ф и м о в в пальто входит со двора.

Т р о ф и м о в. Мне кажется, ехать уже пора. Лошади поданы. Черт его знает, где мои калоши. Пропали. *(В дверь.)* Аня, нет моих калош! Не нашел!

Л о п а х и н. А мне в Харьков надо. Поеду с вами в одном поезде. В Харькове проживу всю зиму. Я все болтался с вами, замучился без дела. Не могу без работы, не знаю, что вот делать с руками; болтаются как-то странно, точно чужие.

Т р о ф и м о в. Сейчас уедем, и вы опять приметесь за свой полезный труд.

Л о п а х и н. Выпей-ка стаканчик.

Т р о ф и м о в. Не стану.

Л о п а х и н. Значит, в Москву теперь?

Т р о ф и м о в. Да, провожу их в город, а завтра в Москву.

Л о п а х и н. Да... Что ж, профессора не читают лекций, небось всё ждут, когда приедешь!

Т р о ф и м о в. Не твое дело.

Антон Павлович Чехов

Л о п а х и н. Сколько лет, как ты в университете учишься?

Т р о ф и м о в. Придумай что-нибудь поновее. Это старо и плоско. *(Ищет калоши.)* Знаешь, мы, пожалуй, не увидимся больше, так вот позволь мне дать тебе на прощанье один совет: не размахивай руками! Отвыкни от этой привычки — размахивать. И тоже вот строить дачи, рассчитывать, что из дачников со временем выйдут отдельные хозяева, рассчитывать так — это тоже значит размахивать... Как-никак, все-таки я тебя люблю. У тебя тонкие, нежные пальцы, как у артиста, у тебя тонкая, нежная душа...

Л о п а х и н *(обнимает его)*. Прощай, голубчик. Спасибо за все. Ежели нужно, возьми у меня денег на дорогу.

Т р о ф и м о в. Для чего мне? Не нужно.

Л о п а х и н. Ведь у вас нет!

Т р о ф и м о в. Есть. Благодарю вас. Я за перевод получил. Вот они тут, в кармане. *(Тревожно.)* А калош моих нет!

В а р я *(из другой комнаты)*. Возьмите вашу гадость! *(Выбрасывает на сцену пару резиновых калош.)*

Т р о ф и м о в. Что же вы сердитесь, Варя? Гм... Да это не мои калоши!

Л о п а х и н. Я весной посеял маку тысячу десятин, и теперь заработал сорок тысяч чистого. А когда мой мак цвел, что это была за картина! Так вот я, говорю, заработал сорок тысяч и, значит, предлагаю тебе взаймы, потому что могу. Зачем же нос драть? Я мужик... попросту.

Т р о ф и м о в. Твой отец был мужик, мой — аптекарь, и из этого не следует решительно ничего.

Лопахин вынимает бумажник.

Оставь, оставь... Дай мне хоть двести тысяч, не возьму. Я свободный человек. И все, что так высоко и дорого цените вы все, богатые и нищие, не имеет надо мной ни малейшей власти, вот как пух, который носится по воздуху. Я могу обходиться без вас, я могу проходить мимо вас, я силен и горд. Человечество идет к высшей правде, к высшему счастью, какое только возможно на земле, и я в первых рядах!

Л о п а х и н. Дойдешь?

Т р о ф и м о в. Дойду.

Пауза.

Дойду или укажу другим путь, как дойти.

Слышно, как вдали стучат топором по дереву.

Л о п а х и н. Ну, прощай, голубчик. Пора ехать. Мы друг перед другом нос дерем, а жизнь знай себе проходит. Когда я работаю подолгу, без устали, тогда мысли полегче, и кажется, будто мне тоже известно, для чего я существую. А сколько, брат, в России людей, которые суще-

Антон Павлович Чехов

ствуют неизвестно для чего. Ну, все равно, циркуляция дела не в этом. Леонид Андреич, говорят, принял место, будет в банке, шесть тысяч в год... Только ведь не усидит, ленив очень...

А н я *(в дверях)*. Мама вас просит: пока она не уехала, чтоб не рубили сада.

Т р о ф и м о в. В самом деле, неужели не хватает такта... *(Уходит через переднюю.)*

Л о п а х и н. Сейчас, сейчас... Экие, право. *(Уходит за ним.)*

А н я. Фирса отправили в больницу?

Я ш а. Я утром говорил. Отправили, надо думать.

А н я *(Епиходову, который проходит через залу)*. Семен Пантелеич, справьтесь, пожалуйста, отвезли ли Фирса в больницу.

Я ш а *(обиженно)*. Утром я говорил Егору. Что ж спрашивать по десяти раз!

Е п и х о д о в. Долголетний Фирс, по моему окончательному мнению, в починку не годится, ему надо к праотцам. А я могу ему только завидовать. *(Положил чемодан на картонку со шляпой и раздавил.)* Ну, вот, конечно. Так и знал. *(Уходит.)*

Я ш а *(насмешливо)*. Двадцать два несчастья...

В а р я *(за дверью)*. Фирса отвезли в больницу?

А н я. Отвезли.

В а р я. Отчего же письмо не взяли к доктору?

А н я. Так надо послать вдогонку... *(Уходит.)*

В а р я *(из соседней комнаты)*. Где Яша? Скажите, мать его пришла, хочет проститься с ним.

Я ш а *(машет рукой)*. Выводят только из терпения.

Д у н я ш а все время хлопочет около вещей; теперь, когда Яша остался один, она подошла к нему.

Д у н я ш а. Хоть бы взглянули разочек, Яша. Вы уезжаете... меня покидаете... *(Плачет и бросается ему на шею.)*

Я ш а. Что ж плакать? *(Пьет шампанское.)* Через шесть дней я опять в Париже. Завтра сядем в курьерский поезд и закатим, только нас и видели. Даже как-то не верится. Вив ла Франс!..[*] Здесь не по мне, не могу жить... ничего не поделаешь. Насмотрелся на невежество — будет с меня. *(Пьет шампанское.)* Что ж плакать? Ведите себя прилично, тогда не будете плакать.

Д у н я ш а *(пудрится, глядясь в зеркальце)*. Пришлите из Парижа письмо. Ведь я вас любила, Яша, так любила! Я нежное существо, Яша!

Я ш а. Идут сюда. *(Хлопочет около чемоданов, тихо напевает.)*

Входят Л ю б о в ь А н д р е е в н а, Г а е в, А н я и Ш а р л о т т а И в а н о в н а.

Г а е в. Ехать бы нам. Уже немного осталось. *(Глядя на Яшу.)* От кого это селедкой пахнет?

_____

[*] Да здравствует Франция! (*фр.* Vive la France!)

Любовь Андреевна. Минут через десять давайте уже в экипажи садиться... *(Окидывает взглядом комнату.)* Прощай, милый дом, старый дедушка. Пройдет зима, настанет весна, а там тебя уже не будет, тебя сломают. Сколько видели эти стены! *(Целует горячо дочь.)* Сокровище мое, ты сияешь, твои глазки играют, как два алмаза. Ты довольна? Очень?

Аня. Очень! Начинается новая жизнь, мама!

Гаев *(весело).* В самом деле, теперь все хорошо. До продажи вишневого сада мы все волновались, страдали, а потом, когда вопрос был решен окончательно, бесповоротно, все успокоились, повеселели даже... Я банковский служака, теперь я финансист... желтого в середину, и ты, Люба, как-никак, выглядишь лучше, это несомненно.

Любовь Андреевна. Да. Нервы мои лучше, это правда.

Ей подают шляпу и пальто.

Я сплю хорошо. Выносите мои вещи, Яша. Пора. *(Ане.)* Девочка моя, скоро мы увидимся... Я уезжаю в Париж, буду жить там на те деньги, которые прислала твоя ярославская бабушка на покупку имения — да здравствует бабушка! — а денег этих хватит ненадолго.

Аня. Ты, мама, вернешься скоро, скоро... не правда ли? Я подготовлюсь, выдержу экзамен в гимназии и потом буду работать, тебе помогать. Мы, мама, будем вместе читать разные книги... Не правда ли? *(Целует матери руки.)* Мы будем читать в осенние вечера, прочтем много книг, и перед нами откроется новый, чудесный мир... *(Мечтает.)* Мама, приезжай...

Л ю б о в ь   А н д р е е в н а. Приеду, мое золото. *(Обнимает дочь.)*

Входит Л о п а х и н. Шарлотта тихо напевает песенку.

Г а е в. Счастливая Шарлотта: поет!

Ш а р л о т т а *(берет узел, похожий на свернутого ребенка)*. Мой ребеночек, бай, бай...

Слышится плач ребенка: «Уа, уа!..»

Замолчи, мой хороший, мой милый мальчик.

«Уа!.. уа!..»

Мне тебя так жалко! *(Бросает узел на место.)* Так вы, пожалуйста, найдите мне место. Я не могу так.

Л о п а х и н. Найдем, Шарлотта Ивановна, не беспокойтесь.

Г а е в. Все нас бросают, Варя уходит... мы стали вдруг не нужны.

Ш а р л о т т а. В городе мне жить негде. Надо уходить... *(Напевает.)* Все равно...

Входит П и щ и к.

Л о п а х и н. Чудо природы!..

П и щ и к (*запыхавшись*). Ой, дайте отдышаться... замучился... Мои почтеннейшие... Воды дайте...

Г а е в. За деньгами небось? Слуга покорный, ухожу от греха... (*Уходит.*)

П и щ и к. Давненько не был у вас... прекраснейшая... (*Лопахину.*) Ты здесь... рад тебя видеть... громаднейшего ума человек... возьми... получи... (*Подает Лопахину деньги.*) Четыреста рублей... За мной остается восемьсот сорок.

Л о п а х и н (*в недоумении пожимает плечами*). Точно во сне... Ты где же взял?

П и щ и к. Постой... Жарко... Событие необычайнейшее. Приехали ко мне англичане и нашли в земле какую-то белую глину... (*Любови Андреевне.*) И вам четыреста... прекрасная, удивительная... (*Подает деньги.*) Остальные потом. (*Пьет воду.*) Сейчас один молодой человек рассказывал в вагоне, будто какой-то... великий философ советует прыгать с крыш... «Прыгай!» — говорит, и в этом вся задача. (*Удивленно.*) Вы подумайте! Воды!..

Л о п а х и н. Какие же это англичане?

П и щ и к. Сдал им участок с глиной на двадцать четыре года... А теперь, извините, некогда... надо скакать дальше... Поеду к Знойкову... к Кардамонову... Всем должен... (*Пьет.*) Желаю здравствовать... В четверг заеду...

Л ю б о в ь А н д р е е в н а. Мы сейчас переезжаем в город, а завтра я за границу...

П и щ и к. Как? *(Встревоженно.)* Почему в город? То-то я гляжу на мебель... чемоданы... Ну, ничего... *(Сквозь слезы.)* Ничего... Величайшего ума люди... эти англичане... Ничего... Будьте счастливы... Бог поможет вам... Ничего... Всему на этом свете бывает конец... *(Целует руку Любови Андреевне.)* А дойдет до вас слух, что мне конец пришел, вспомните вот эту самую... лошадь и скажите: «Был на свете такой, сякой... Симеонов-Пищик... царство ему небесное»... Замечательнейшая погода... Да... *(Уходит в сильном смущении, но тотчас же возвращается и говорит в дверях.)* Кланялась вам Дашенька! *(Уходит.)*

Л ю б о в ь А н д р е е в н а. Теперь можно и ехать. Уезжаю я с двумя заботами. Первая — это больной Фирс. *(Взглянув на часы.)* Еще минут пять можно...

А н я. Мама, Фирса уже отправили в больницу. Яша отправил утром.

Л ю б о в ь А н д р е е в н а. Вторая моя печаль — Варя. Она привыкла рано вставать и работать, и теперь без труда она, как рыба без воды. Похудела, побледнела и плачет, бедняжка...

Пауза.

Вы это очень хорошо знаете, Ермолай Алексеич; я мечтала... выдать ее за вас, да и по всему видно было, что вы женитесь. *(Шепчет Ане, та кивает Шарлотте, и обе уходят.)* Она вас любит, вам

Антон Павлович Чехов

она по душе, и не знаю, не знаю, почему это вы точно сторонитесь друг друга. Не понимаю!

Л о п а х и н. Я сам тоже не понимаю, признаться. Как-то странно все... Если есть еще время, то я хоть сейчас готов... Покончим сразу — и баста, а без вас я, чувствую, не сделаю предложения.

Л ю б о в ь А н д р е е в н а. И превосходно. Ведь одна минута нужна, только. Я ее сейчас позову...

Л о п а х и н. Кстати и шампанское есть. *(Поглядев на стаканчики.)* Пустые, кто-то уже выпил.

Яша кашляет.

Это называется вылакать...

Л ю б о в ь А н д р е е в н а *(оживленно)*. Прекрасно. Мы выйдем... Яша, allez!* Я ее позову... *(В дверь.)* Варя, оставь все, поди сюда. Иди! *(Уходит с Яшей.)*

Л о п а х и н *(поглядев на часы)*. Да...

Пауза. За дверью сдержанный смех, шепот, наконец входит В а р я.

В а р я *(долго осматривает вещи)*. Странно, никак не найду...

Л о п а х и н. Что вы ищете?

В а р я. Сама уложила и не помню.

Пауза.

---

* Идите! *(фр.)*

Л о п а х и н. Вы куда же теперь, Варвара Михайловна?

В а р я. Я? К Рагулиным... Договорилась к ним смотреть за хозяйством... в экономки, что ли.

Л о п а х и н. Это в Яшнево? Верст семьдесят будет.

Пауза.

Вот и кончилась жизнь в этом доме...

В а р я *(оглядывая вещи).* Где же это... Или, может, я в сундук уложила... Да, жизнь в этом доме кончилась... больше уже не будет...

Л о п а х и н. А я в Харьков уезжаю сейчас... вот с этим поездом. Дела много. А тут во дворе оставляю Епиходова... Я его нанял.

В а р я. Что ж!

Л о п а х и н. В прошлом году об эту пору уже снег шел, если припомните, а теперь тихо, солнечно. Только что вот холодно... Градуса три мороза.

В а р я. Я не поглядела.

Пауза.

Да и разбит у нас градусник...

Пауза. Голос в дверь со двора: «Ермолай Алексеич!..»

Л о п а х и н *(точно давно ждал этого зова).* Сию минуту! *(Быстро уходит.)*

Варя, сидя на полу, положив голову на узел с платьем, тихо рыдает. Отворяется дверь, осторожно входит Л ю б о в ь А н д р е е в н а.

Антон Павлович Чехов

Любовь Андреевна. Что?

Пауза.

Надо ехать.

Варя *(уже не плачет, вытерла глаза)*. Да, пора, мамочка. Я к Рагулиным поспею сегодня, не опоздать бы только к поезду...

Любовь Андреевна *(в дверь)*. Аня, одевайся!

Входят Аня, потом Гаев, Шарлотта Ивановна. На Гаеве теплое пальто с башлыком. Сходится прислуга, извозчики. Около вещей хлопочет Епиходов.

Теперь можно и в дорогу.

Аня *(радостно)*. В дорогу!

Гаев. Друзья мои, милые, дорогие друзья мои! Покидая этот дом навсегда, могу ли я умолчать, могу ли удержаться, чтобы не высказать на прощанье те чувства, которые наполняют теперь все мое существо...

Аня *(умоляюще)*. Дядя!

Варя. Дядечка, не нужно!

Гаев *(уныло)*. Дуплетом желтого в середину... Молчу...

Входит Трофимов, потом Лопахин.

Трофимов. Что же, господа, пора ехать!

Лопахин. Епиходов, мое пальто!

Любовь Андреевна. Я посижу еще одну минутку. Точно раньше я никогда не видела, какие в этом доме стены, какие потолки, и теперь я гляжу на них с жадностью, с такой нежной любовью...

Гаев. Помню, когда мне было шесть лет, в Троицын день я сидел на этом окне и смотрел, как мой отец шел в церковь...

Любовь Андреевна. Все вещи забрали?

Лопахин. Кажется, все. *(Епиходову, надевая пальто.)* Ты же, Епиходов, смотри, чтобы все было в порядке.

Епиходов *(говорит сиплым голосом).* Будьте покойны, Ермолай Алексеич!

Лопахин. Что это у тебя голос такой?

Епиходов. Сейчас воду пил, что-то проглотил.

Яша *(с презрением).* Невежество...

Любовь Андреевна. Уедем — и здесь не останется ни души...

Лопахин. До самой весны.

Варя *(выдергивает из узла зонтик, похоже, как будто она замахнулась; Лопахин делает вид, что испугался.)* Что вы, что вы... Я и не думала.

Трофимов. Господа, идемте садиться в экипажи... Уже пора! Сейчас поезд придет!

Варя. Петя, вот они, ваши калоши, возле чемодана. *(Со слезами.)* И какие они у вас грязные, старые...

Антон Павлович Чехов

Трофимов *(надевая калоши)*. Идем, господа!..

Гаев *(сильно смущен, боится заплакать)*. Поезд... станция... Круазе в середину, белого дуплетом в угол...

Любовь Андреевна. Идем!

Лопахин. Все здесь? Никого там нет? *(Запирает боковую дверь налево.)* Здесь вещи сложены, надо запереть. Идем!..

Аня. Прощай, дом, прощай! Прощай, старая жизнь!

Трофимов. Здравствуй, новая жизнь!.. *(Уходит с Аней.)*

Варя окидывает взглядом комнату и не спеша уходит. Уходят Яша и Шарлотта с собачкой.

Лопахин. Значит, до весны. Выходите, господа... До свиданция!.. *(Уходит.)*

Любовь Андреевна и Гаев остались вдвоем. Они точно ждали этого, бросаются на шею друг другу и рыдают сдержанно, тихо, боясь, чтобы их не услышали.

Гаев *(в отчаянии)*. Сестра моя, сестра моя...

Любовь Андреевна. О мой милый, мой нежный, прекрасный сад!.. Моя жизнь, моя молодость, счастье мое, прощай!.. Прощай!..

Голос Ани весело, призывающе: «Мама!..» Голос Трофимова весело, возбужденно: «Ау!..»

В последний раз взглянуть на стены, на окна... По этой комнате любила ходить покойная мать...

Г а е в. Сестра моя, сестра моя!..

Голос Ани: «Мама!..» Голос Трофимова: «Ау!..»

Л ю б о в ь А н д р е е в н а. Мы идем!..

Уходят.
Сцена пуста. Слышно, как на ключ запирают все
двери, как потом отъезжают экипажи. Становится
тихо. Среди тишины раздается глухой стук топора
по дереву, звучащий одиноко и грустно.
Слышатся шаги. Из двери, что направо, показывается Ф и р с. Он одет, как всегда, в пиджаке и белой
жилетке, на ногах туфли. Он болен.

Ф и р с *(подходит к двери, трогает за ручку).*
Заперто. Уехали... *(Садится на диван.)* Про меня
забыли... Ничего... я тут посижу... А Леонид Андреич небось шубы не надел, в пальто поехал...
(Озабоченно вздыхает.) Я-то не поглядел... Молодо-зелено! *(Бормочет что-то, чего понять
нельзя.)* Жизнь-то прошла, словно и не жил...
(Ложится.) Я полежу... Силушки-то у тебя нету,
ничего не осталось, ничего... Эх ты... недотёпа!..
(Лежит неподвижно.)

Слышится отдаленный звук, точно с неба, звук
лопнувшей струны, печальный. Наступает тишина,
и только слышно, как далеко в саду топором стучат
по дереву.

З а н а в е с

1904

Содержание

Литературно-художественное издание

Чехов Антон Павлович

ВИШНЕВЫЙ САД

Сборник

Ответственный редактор *Л. Качковская*
Художественный редактор *Е. Фрей*
Технический редактор *Г. Этманова*
Компьютерная верстка *Г. Клочкова*
Корректор *Н. Сикачева*

Общероссийский классификатор продукции
ОК-005-93, том 2; 953000 — книги, брошюры

ООО «Издательство АСТ»
129085, г. Москва, Звездный бульвар, д. 21, строение 1, комната 39
Наш электронный адрес: **www.ast.ru**
E-mail: neoclassic@ast.ru
ВКонтакте: vk.com/ast_neoclassic

«Баспа Аста» деген ООО
129085, г. Мәскеу, жұлдызды гүлзар, д. 21, 1 құрылым, 39 бөлме
Біздің электрондық мекенжайымыз: www.ast.ru
E-mail: neoclassic@ast.ru

Интернет-магазин: www.book24.kz
Интернет-дүкен: www.book24.kz
Импортёр в Республику Казахстан ТОО «РДЦ-Алматы».
Қазақстан Республикасындағы импорттаушы «РДЦ-Алматы» ЖШС.
Дистрибьютор и представитель по приему претензий на продукцию в Республике Казахстан:
ТОО «РДЦ-Алматы».

Қазақстан Республикасында дистрибьютор
және өнім бойынша арыз-талаптарды қабылдаушының
өкілі «РДЦ-Алматы» ЖШС, Алматы қ., Домбровский көш., 3-а», литер Б, офис 1.
Тел.: 8(727) 2 51 59 89,90,91,92, факс: 8 (727) 251 58 12 вн. 107;
E-mail: RDC-Almaty@eksmo.kz
Өнімнің жарамдылық мерзімі шектелмеген.

Өндірген мемлекет: Ресей
Сертификация қарастырылмаган

Подписано в печать 09.06.2018. Формат 76x100 $^1/_{32}$.
Гарнитура «NewtonC». Печать офсетная. Усл. печ. л. 15,48.
Доп. тираж 5000 экз. Заказ 5573

Отпечатано с готовых файлов заказчика
в АО «Первая Образцовая типография»,
филиал «УЛЬЯНОВСКИЙ ДОМ ПЕЧАТИ»
432980, г. Ульяновск, ул. Гончарова, 14

ISBN 978-5-17-097313-2

9 785170 973132 >

BOOK24.RU
ИНТЕРНЕТ-МАГАЗИН

BOOK24.RU

Знак информационной продукции

12+